WILDIS STRENG
Dorftheater

DIE BRETTER, DIE DEN TOD BEDEUTEN Vorweihnachtszeit 2015. Ein Anruf setzt den Weihnachtsbesorgungen des hohenlohisch-westfälischen Ermittlerduos Lisa Luft und Heiko Wüst ein jähes Ende. Dominik Winter, Hauptdarsteller des Theaterstücks des Sängerbundes Altenmünster, wird tot in den Kulissen gefunden. Lisa und Heiko stürzen sich in die Ermittlungen und finden bald heraus, dass das Opfer mit einem Tierberuhigungsmittel betäubt wurde. Die Hoffnung auf eine schnelle Lösung des Falles zerschlägt sich schnell. Ein Motiv hatten viele, und so gestalten sich die Ermittlungen schwierig. Nicht nur die Theaterleute geraten ins Visier, sondern auch Kollegen des Mordopfers. In der Stadt tobt derweil der Klatsch, und die gar nicht so harmonische Vorweihnachtszeit ist wie eh und je ganz schön stressig. Immer tiefer tauchen die beiden Ermittler in Dominiks Leben ein und fördern letztendlich das wahre Motiv zutage, ein Geheimnis, so dunkel wie der Winter in Hohenlohe.

Wildis Streng ist in Crailsheim geboren und aufgewachsen. Nach dem Abitur studierte sie in Karlsruhe Germanistik und Malerei. Seit 2006 arbeitet sie als Gymnasiallehrerin. Nach längerem Aufenthalt im Badischen lebt sie heute wieder in ihrer Heimat und unterrichtet in Crailsheim Deutsch und Bildende Kunst. In ihrer Freizeit widmet sich die überzeugte Hohenloherin der Malerei, der Fotografie und dem Schreiben. Aus ihrer Feder stammen bereits zehn Kriminalromane rund um das sympathische hohenlohisch-westfälische Ermittlerduo Lisa Luft und Heiko Wüst.
Mehr Informationen zur Autorin unter: www.wildisstreng.de

WILDIS STRENG
Dorftheater
KRIMINALROMAN

GMEINER

Personen und Handlung sind frei erfunden. Ähnlichkeiten mit lebenden oder toten Personen sind rein zufällig und nicht beabsichtigt.

Die automatisierte Analyse des Werkes, um daraus Informationen insbesondere über Muster, Trends und Korrelationen gemäß § 44b UrhG (»Text und Data Mining«) zu gewinnen, ist untersagt.

Bei Fragen zur Produktsicherheit gemäß der Verordnung über die allgemeine Produktsicherheit (GPSR) wenden Sie sich bitte an den Verlag.

Immer informiert

Spannung pur – mit unserem Newsletter informieren wir Sie regelmäßig über Wissenswertes aus unserer Bücherwelt.

Gefällt mir!

Facebook: @Gmeiner.Verlag
Instagram: @gmeinerverlag
Twitter: @GmeinerVerlag

Besuchen Sie uns im Internet:
www.gmeiner-verlag.de

© 2015 – Gmeiner-Verlag GmbH
Im Ehnried 5, 88605 Meßkirch
Telefon 07575 / 2095-0
info@gmeiner-verlag.de
Alle Rechte vorbehalten

Lektorat: Claudia Senghaas, Kirchardt
Herstellung: Mirjam Hecht
Umschlaggestaltung: U.O.R.G. Lutz Eberle, Stuttgart
unter Verwendung eines Fotos von: © complize / photocase.de
und © Fiedels – Fotolia.com
Druck: Libri Plureos GmbH, Friedensallee 273, 22763
Hamburg
Printed in Germany
ISBN 978-3-8392-1758-0

Für Mama, Papa und Britta

SONNTAG, 6. DEZEMBER

Dominik Winter lehnte sich ans Fenster. Es war kein richtiges Fenster, sondern ein Kulissenfenster. Er mochte die Bühne, besonders dann, wenn er der Letzte und es ganz still war. Er mochte auch seine Theatertruppe, ganz klar. Aber so eine totenstille Bühne mit einem leeren Zuschauerraum, das hatte schon was. Es war so feierlich. So weihevoll. Still und schön. Zu Hause war nichts mehr still und schön, seit seine Frau das dritte Kind bekommen hatte. Die kleine Ines war noch ein Säugling, der seine Eltern jede Nacht um den Schlaf brachte. Und Dominik war kein Vater, der sich nicht um ein schreiendes Baby gekümmert hätte. Er öffnete zumindest kurz die Augen und nickte seiner Frau ermutigend zu, wenn sie sich zum Stillen erhob, mindestens. Sie machte das schon. Gut. Und sie kümmerte sich auch gut um Philipp und Karina. Aber es war laut, und deswegen tat eben ab und zu diese Stille wohl. Dominik Winter nippte am Obstler, der hinter der Bühne immer bereitstand und der jeden Übungsabend beendete. Der brannte ordentlich und zog gut rein. Still und dunkel, nur das trübe Licht der Straßenlaternen schien von draußen herein. Etwas in den Kulissen knarrte, Holz arbeitete eben. Plötzlich legte sich ein Schatten über Dominik Winters Blickfeld, und er versuchte, ihn mit der Hand wegzuwischen. Aber es gelang ihm nicht. Irritiert zog er die Augenbrauen zusammen, normalerweise vertrug er doch etwas. Er wollte sich zwingen, konzentriert zu bleiben, seine linke Hand wischte über die Augen. Sekunden später dämmerte ihm, dass das nicht normal war, dass das nicht von dem bisschen Saufen kam. Er sank immer tiefer in diesen Schatten, und dann wurde ihm schwindlig. Aus den Augenwinkeln sah er noch, dass sich jemand von der Seite näherte. Das wunderte ihn, er hatte angenommen, der Letzte hier zu sein. »Hallo?«, wollte er sagen, aber seine Stimme schaffte es nicht, er war plötzlich müde, zu müde. Etwas berührte seine Stirn, aber er war nicht mehr in der Lage, es wegzuwischen. Und so konnte er rein gar nichts dagegen tun, dass ihm jemand aus kurzer Entfernung mit der Nagelpistole mitten ins Hirn schoss.

Stefanie Winter wickelte die Kleine. Ihr Baby lag auf dem Wickeltisch und lächelte sie an. Süß war das Kind, sehr süß. Ganz der Papa. Sie war schon seit sieben Jahren mit Dominik verheiratet, und sie war überglücklich mit ihm. Er war ein guter Papa, er sah gut aus. Er verdiente zwar keine Unsummen als Bezirksschornsteinfeger, aber er konnte sie gut versorgen. Und das Haus, in dem sie wohnten, gehörte ihnen bereits. Gut, da hatte der Schwiegervater nachgeholfen, aber was soll's. Andere Leute bekamen auch Starthilfe von der Verwandtschaft. Ines zappelte, und Stefanie fasste behutsam nach den kleinen Füßchen, um dann die Zehen sanft zu kitzeln. Ein süßes Baby. Und die beiden Größeren waren auch hin und weg von der Kleinen. Nun war ihre Familienplanung aber abgeschlossen. Obwohl. Eines vielleicht noch. Wenn Dominik einverstanden wäre. Sie sah auf die Clownsuhr, die sie im Kinderzimmer aufgehängt hatte, weil sie so schön bunt war. Es war schon nach elf. Komisch, normalerweise war Dominik immer früher von der Probe heimgekommen. Zwar mit einer Fahne, aber immerhin nicht allzu spät. War ihm ja auch zu gönnen, sein Beruf war anstrengend, und die Familie beanspruchte ihn auch. Trotzdem. Seltsam. Sie zog der Kleinen ihren Schlafanzug an und verfrachtete sie in ihr Gitterbettchen. Abwesend und ihren Gedanken nachhängend deckte sie das Kind zu. Sie drückte Ines nachlässig einen Kuss auf den zart beflaumten Kopf. Dann ging sie zum Telefon und wählte Dominiks Handynummer. Es klingelte viermal, dann war die Mailbox dran. Stefanie Winter sah wieder auf die Uhr. Viertel zwölf. Unmöglich, da konnte sie niemanden mehr anrufen. Erneut wählte sie die Handynummer, und wieder war nur die Mailbox dran. Sie legte den Hörer auf, langsam, und überlegte, wo Dominik wohl sein könnte. Dann fasste sie sich ein Herz und gab doch Elses Nummer ein. Nach zehnmaligem Klingeln meldete sich eine müde Stimme. »Häußler?«

»Ja, Grüß Gott, Else, hier Steffi.«

»Steffi. Is alles reechd?«

»Naja, der Dominik ist noch nicht daheim. Und das wundert mich ein bisschen.«

»Der hat mit dem Martin noch was gsoffa, glaab ii«, ließ sich die Stimme am anderen Ende der Leitung vernehmen.

»Ja, aber trotzdem, so spät kommt er normalerweise nie nach Hause«, erwiderte Steffi und sah in diesem Moment den Zeiger der alten Standuhr im Wohnzimmer eine Minute vorrücken.

»Jetzt, wo's segsch: Ii glaab, der Martin hat noch in da Epfel wella. Bestimmt is dei Dominik do miit. Jetzt meksch dr ko Sorcha, der kummt scho hamm, so sin die Kerl halt«, beruhigte Else. Steffi überlegte kurz und fühlte in sich hinein. Das konnte doch sein, dass er noch in die einzige Disco Crailsheims gegangen war auf einen Absacker. Das tat er zwar selten, aber wer weiß. Durchaus möglich, und im *Apfelbaum* hatte man selten Netz. Sie verscheuchte die bösen Gedanken. Sie war aber auch zu ängstlich. Was sollte schon passiert sein. »Ich bin halt aweng überängstlich, weisch«, erklärte sie Else und entschuldigte sich für die späte Störung, bevor sie auflegte und endlich ins Bett ging.

MONTAG, 07. DEZEMBER

Am nächsten Morgen erwachte Stefanie aus einem tiefen Schlaf. Sie schreckte hoch und wusste, dass sie etwas Schlechtes geträumt hatte. Was es war, daran konnte sie sich allerdings partout nicht erinnern. Sie drehte sich auf die rechte Seite, um sich an ihren Mann zu schmiegen. Aber er war nicht da. Schlagartig setzte sie sich auf. Er war nicht da. Ihr Blick wanderte zum Leuchtwecker, es war schon halb sieben. Sie fasste neben sich und angelte ihr Handy, fahrig rief sie ihren Mann an. Mailbox, nur die Mailbox. Panik erfasste sie, jetzt wusste sie, dass etwas nicht stimmte, nicht stimmen konnte. Hätte sie doch gestern schon auf ihre innere Stimme gehört! Noch einmal versuchte sie es bei Else, hatte aber nur den Mann dran. »Herr Häußler«, hörte sie sich atemlos ins Telefon sagen, und ihr Herz raste wie wild, »der Dominik ist nicht heimgekommen.«

»Mach dr ko Soorcha, Maadle, der is bestimmt beim Saufa eigschloofa«, beruhigte sie ihr Gesprächspartner mit freundlicher Stimme. »Waasch was, ii geh gschwind ind Halle und gugg noch, und no weck ii den und bring en dr hamm. Okay? Ii muss eh aufschließa, weil die ja heit widder proba wella.«

Stefanie schluckte. Angst, latente, nagende Angst. Etwas in ihrem Inneren wusste, dass da was faul war.

Obwohl das eine logische Erklärung war. Er war in der Halle beim Saufen eingeschlafen. Es würde schon nichts passiert sein. Bestimmt war alles in Ordnung. In diesem Moment begann die Kleine zu schreien. Sie brauchte ihr Frühstück.

»Den da!«, meinte Lisa und zeigte mit dem ausgestreckten Zeigefinger auf eine enorme Nordmanntanne. Heiko seufzte. Der OBI machte schon um halb acht auf, und Lisa hatte darauf bestanden, dass sie vor der Arbeit den Baum kauften, weil sie es nach Feierabend ja doch nicht machen würden. Seit er mit Lisa zusammengezogen war, hatte seine Freundin und Kollegin immer neue Ideen, wie sie ihr gemeinsames Zuhause dekorieren könnten. Dekorieren! So ein Quatsch. Das brauchte kein Mensch. Zeug zum Rumstellen und so, das widerstrebte der männlichen Hohenloher Natur. Und Heiko war ein überzeugter Hohenloher. Im Gegensatz zu Lisa, seiner Freundin, die aus dem westfälischen Wesel stammte und nun seit gut zwei Jahren in Crailsheim zusammen mit ihm auf dem Polizeirevier arbeitete. Sie beide waren Kommissare und hatten, seit Lisa vor zwei Jahren gekommen war, schon drei Mordfälle erfolgreich aufgeklärt. Und Morde waren in Hohenlohe natürlich selten, denn die Hohenloher waren eigentlich gute Menschen, auch wenn sie etwas verschroben waren. Auch Lisa hatte die Hohenloher inzwischen kennen- und liebengelernt, speziell ihn, und seit drei Monaten wohnten sie jetzt zusammen in einem kleinen Einfamilienhaus in der alten Siedlung in Tiefenbach.

»Ich finde, wir brauchen überhaupt keinen Baum«, brummte Heiko, aber Lisa zog missbilligend die Augenbrauen zusammen. »Du würdest am liebsten in einer Höhle im Wald wohnen, mein Bärchen. Ich hab es eben gern ein bisschen schön zu Hause.« Heiko verzog das Gesicht und blickte sich suchend um, wie immer bei der öffentlichen Verwendung seines Kosenamens. »Wir sind doch an Weihnachten sowieso bei meinen Eltern. Wozu brauchen wir dann einen Baum?«, versuchte er es dann noch einmal.

»Wir brauchen einen, und zwar den da«, wiederholte Lisa unerbittlich und deutete erneut auf den ausgewählten Baum, sodass Heiko gar nichts anderes übrig blieb, als ihn in den schubkarrenartigen Einkaufswagen zu bugsieren. Und wie Heiko kurz darauf feststellte, brauchten sie nicht nur einen Baum, sondern auch eine Spitze, eine riesenhafte Plastikbox mit Glaskugeln, eine Girlande, nostalgische Glasvögel mit echten Marabufedern und Lametta, dazu noch zwei Packungen chinesische Strohsterne. Und abgesehen von den Strohsternen war alles lila, vielmehr fliederfarben, wie Lisa behauptete, weil sie in einer Zeitschrift gelesen hatte, dass Lila in diesem Jahr Trendfarbe war, vielmehr Flieder. Die beiden standen gerade mit der Schubkarre an der Kasse, als Heikos Handy klingelte.

Die Crailsheimer Kommissare betraten die Turnhalle Altenmünster. Jemand hatte die Deckenlampen eingeschaltet, die die Szenerie irgendwie passend beleuchteten. Alles wirkte wie aus einem schlechten amerikanischen Horrorfilm. Auf der Bühne war eine der üblichen

Kulissen aufgebaut. Denn im Dezember gab es überall Theaterstücke, die von den Vereinen, meistens von den Chören, aufgeführt wurden. Die Mitglieder des Vereins probten lange für die gut besuchten Veranstaltungen. An der Seitenwand der Halle hing ein schlichtes gelbes Plakat mit der Überschrift ›Dorftheater‹. Und auf der Bühne war ein menschliches Bündel in sich zusammengesunken, schon eifrig umrundet von Uwe, dem Spurensicherer der Crailsheimer Polizei. Auch einige Leute von der Haller Spurensicherung schwirrten in den typischen weißen Anzügen herum. Bei Mordfällen wurde Uwe immer von den Hallern verstärkt. Heiko und Lisa liefen zur Bühne, was die für solche Turnhallen üblichen dumpfen Geräusche auf dem Gummiboden verursachte.

»Moorcha«, grüßte Uwe, als er die beiden bemerkte. »Net erschrecken, schaut bös aus«, warnte er sofort, und wenige Augenblicke später wussten die beiden, was er gemeint hatte. Die Ermittler näherten sich der Leiche von vorne und blickten zuerst auf die Bühne hinauf. Der Tote war zusammengesunken, den Kopf vornübergebeugt. Er saß nur deshalb noch, weil er mit dem Rücken an eine gelb bemalte Hauswand aus Holz gelehnt war. Er trug ein schwarzes T-Shirt und helle Jeans. Heiko registrierte mit einem kurzen Blick auf das Gesicht erleichtert, dass er den Toten nicht von früher kannte, aber dann bemerkte er auch, was die Todesursache war. Denn im Gesicht des Mannes war etwas, was dort nicht hingehörte: Auf seiner Stirn prangte ein silbern glänzender Punkt, es war der Kopf eines Nagels, der im Hirn steckte und ganz offensichtlich die Todesursache war. Unterhalb des Nagels war ein dünnes Rinnsal Blut heruntergelaufen, das beinahe spärlich wirkte. »Der war sofort tot«, wusste Uwe und tippte sich an die Stelle am Kopf, wo beim Opfer der Nagel steckte. »Da ist gleich Ende Gelände. Wie beim Bolzenschussgerät.«

Heiko schauderte. Sie hatten ja schon viel gesehen in letzter Zeit, den mit einer Axt erschlagenen Kleintierzüchter Rudolf Weidner, die erstochene Majorette Jessica Waldmüller, den erdrosselten Angler Walter Siegler. Alles keine schönen Anblicke, aber das hier war deshalb so schlimm, weil eben der Nagel direkt im Hirn steckte und wie ein silbern glänzender Pickel aussah, der dort definitiv nicht hingehörte. »Die Tatwaffe?«

»Liegt da drüben«, meinte Uwe und wies auf eine Ecke der Bühne.

»Äh, wie bitte?«, wunderte sich Lisa.

»Ja, eine Nagelpistole. Und ich wette, es sind Fingerabdrücke drauf.«

»Mord im Affekt?«, vermutete Heiko.

Uwe zuckte mit den Schultern. »Wer weiß …«

»Und wer hat den Toten gefunden?«, fragte Lisa.

»Der Hausmeister. Ein Herr Häußler. Steht da hinten.« Uwe ruckte mit dem Kopf in Richtung des Zuschauerraums.

»Der Mörder muss unter den Theaterleuten sein«, mutmaßte Lisa.

Uwe widersprach. »Nicht unbedingt. Seht ihr den Notausgang da hinten links?« Lisa und Heiko benutzten die seitliche Tür, um endlich auf die Bühne zu gelangen. Zwei Treppen führten hoch zu den Brettern, die angeblich die

Welt bedeuteten. Von hinten sahen die Kulissen gänzlich unspektakulär aus, Dachlatten mit Pressspanplatten, notdürftig zusammengenagelt. Ging man hinter den Platten entlang, so sah man den Notausgang, den Uwe gemeint hatte. »Der ist von außen zu öffnen mit einem Schlüssel. Von innen geht er immer auf«, wusste der Spurensicherer.

»Kuckst du nach Fingerabdrücken?«, bat Lisa, und Uwe nickte gönnerhaft. »Wird aber wahrscheinlich nicht viel helfen.«

»Warum nicht?«

»Wenn wir es nicht mit einem strunzdummen Mörder zu tun haben, werden da keine Fingerabdrücke sein. Schließlich kann man auch den Schlüssel reinstecken und dann die Tür einfach mit dem Schlüssel aufziehen. Man braucht sie nicht zu berühren. Oder es war, und das wäre die einfachste Lösung, jemand von den Theaterleuten. Und eben Mord im Affekt …«

»Kann sein«, meinte Heiko. »Oder doch jemand von außen.«

»Ich schau mir die Tür genau an«, versprach Uwe.

»Und der Todeszeitpunkt?«

Uwe wiegte den Kopf. »So zwischen neun und elf, würde ich sagen …«

Wenig später standen Lisa und Heiko vor einem kleinen, rundlichen Mann, der es fertigbrachte, gleichermaßen verstört und interessiert zu wirken. Er hatte sich als Helmut Häußler vorgestellt, sein Händedruck war eher schlaff gewesen. »Ich bin heut Morgen hier reingekommen, wissen Sie, ich bin hier ehrenamtlich Hausmeister, ich bin ja schon in Rente. Und dann hab ich den Dominik da sitzen gesehen.«

»Wie heißt der weiter?«, forschte Heiko.

»Winter.«

»Hm.«

»Ja. Und dann bin ich da hin, ich hab gedacht, der ist besoffen und eingepennt, und dann war der tot! Da hab ich dann gleich bei euch angerufen. Schlimm, das Ganze, sehr schlimm.«

Heiko dachte an den Ehering, den er am Finger der Leiche entdeckt hatte. »Er war verheiratet?«

»Ja, mit der Steffi. Der muss man es sagen, ich wollte ihn ihr eigentlich vorbeibringen, ich war ganz überzeugt, dass der hier eingeschlafen ist … die beiden haben drei kleine Kinder. Was mach ich denn jetzt?«

»Machen Sie sich keine Gedanken, Herr Häußler, wir übernehmen das«, beruhigte Lisa, fürchtete sich aber schon. »Und was hat der Herr Winter hier gemacht?«, fragte sie dann weiter.

»Der hatte doch die Hauptrolle im Dorftheater.«

»Ah, um was geht es denn in dem Theaterstück?«

Das kleine, runde Männchen kratzte sich am Kopf, der von spärlichen grauen Haarsträhnen bekrönt wurde. »Och, das Übliche. Ein dörflicher Schwank eben. Fragen Sie meine Frau, die leitet die Theatertruppe und kann so was besser erklären.«

»Wieso haben Sie gedacht, der wär besoffen?«, wollte Heiko wissen.

»Hinter der Bühne steht immer eine Flasche Obstler, und die Männer trinken oft mal noch was nach der Probe.

Und manchmal bleibt einer hocken und trinkt ein bisschen mehr, vor allem, wenn er zu Hause drei kleine Kinder hat und die ganze Zeit das Geschrei ertragen muss.«

»Herr Winter hat drei Kinder?«, wunderte sich Lisa.

»Ja«, bestätigte Häußler.

Ein Gedanke formte sich in Lisas Kopf. Überforderung, Verzweiflung, Perspektivlosigkeit. So was gab es öfters.

»Hatte Herr Winter noch mehr Probleme?«, fragte Heiko.

»Sie meinen, ob der sich umgebracht hat? Im Leben net. Dazu fand der sich viel zu toll.«

Lisa dachte bei sich, dass Selbstmord hier trotzdem nicht auszuschließen war. Oft wusste man nicht, was wirklich hinter einer coolen Fassade vorging.

»Wie meinen Sie das?«, forschte Heiko weiter.

»Also, bevor der geheiratet hat, waren alle Weiber aus dem Dorf hinter ihm her. Und nachdem er geheiratet hat, auch, wenn Sie verstehen, was ich meine.«

»Ich verstehe«, bestätigte Lisa. »Und ist er denn auch mal darauf eingegangen?«

Das Männchen zuckte mit den Schultern. »Da müssen Sie meine Frau fragen, die weiß so was.«

»Könnte Ihre Frau vielleicht die Theaterleute hierher einbestellen? Sagen wir um zwölf?«

Häußler nickte eifrig. »Das lässt sich sicher einrichten«, versprach er beflissen.

Nachdem sich die Kommissare versichert hatten, dass sie am Tatort nicht mehr gebraucht wurden, machten sie sich auf den Weg zur Frau des Opfers, der sie ja die traurige Nachricht überbringen mussten, dass sie jetzt Witwe war. Es war für Lisa schwierig, sich vorzustellen, wie man sich dann fühlen würde. Wenn jemand von der Polizei eines Tages bei ihr klingeln würde und ihr die Nachricht überbrächte, dass Heiko tot sei … sie wüsste nicht, was sie tun würde. Noch dazu war es tragisch, dass die Frau drei Kinder hatte. Obwohl, dachte sich Lisa, sicher war das auch von Vorteil, denn immerhin war es ein Grund, weiterzuleben.

Die winterliche Szenerie passte zu Lisas trüben Gedanken. Ein grauverhangener, wolkendurchzogener Himmel hob sich kaum von der fahlweißen Landschaft ab. Hier in Hohenlohe lag im Winter noch Schnee, und zwar nicht in so mikroskopischen Mengen wie anderswo in Deutschland. Sondern richtig, knietief, manchmal meterhoch, wenn man Glück hatte, strahlend weiß und glitzernd, wenn man Pech hatte, matschig grau und schmutzig. Durchbrochen wurde das Grau vom Orangerot der Schneezäune, die die Straßen vor Verwehungen schützten. Wobei es auch Tage gab, an denen man auf den Landstraßen durch zehn Zentimeter hohen Schnee schlitterte, weil einfach die Schneepflüge nicht schnell genug mit der Räumung nachkamen.

»Hier ist es«, sagte Heiko und wies auf ein weiß getünchtes Haus im alten Ortsteil von Altenmünster mit einem enormen Rentierschlitten aus Metall im Vorgarten. Offenbar legte Frau Winter Wert auf eine schöne Dekoration ihres Anwesens, wie Lisa feststellte. Sie parkten den Wagen in der Einfahrt und gingen zur Haustür.

Ihre Schritte knirschten auf dem Schnee. Frau Winter war anscheinend noch nicht dazu gekommen, die Auffahrt zu räumen. Vielleicht war das aber auch Aufgabe ihres Mannes gewesen. Lisa klingelte, und ein wohltönender moderner Gong erklang. Es dauerte nicht lange, bis eine Frau zur Tür kam und öffnete. Sie war weder schlank noch mollig, sondern eher mittel. Ihr hellbraunes Haar hatte sie zu einem Pferdeschwanz zusammengefasst. Alles in allem eine recht gewöhnliche Erscheinung, wäre da nicht ein gewisser Stolz im Blick gewesen, eine Achtung vor sich selbst, die die Frau auf den zweiten Blick über das Normalmaß hinaus attraktiv erscheinen ließ. Dann fielen auch ihre hellgrauen Augen auf, die aus dem makellosen ovalen Gesicht herausleuchteten und selbst den Schlabberpulli und die alten Jeans, die die Frau trug, irgendwie cool wirken ließen. Nur ihr Gesichtsausdruck passte nicht zu dieser Erscheinung, denn auf ihren Zügen zeichnete sich tiefe Besorgnis ab, beinah so, als wüsste sie bereits, was passiert war.

»Frau Winter?«, fragte Heiko und hörte im Hintergrund Kinderlachen.

»Ja?«

»Wüst und Luft. Wir kommen von der Kriminalpolizei. Dürfen wir kurz hereinkommen?«

Die relativ buschigen Brauen über den grauen Augen zogen sich zusammen. »Mein Mann?«, fragte sie und führte die Hand zum Mund. Ihre Lippen zitterten, und ihre Augen wurden wässrig. Die Kommissare wechselten einen Blick. »Dürfen wir hereinkommen?« Frau Winter sandte ihnen einen schwer deutbaren Blick und führte die

Kommissare in ein schönes Wohnzimmer, das zwar einerseits einen modernen Esstisch und eine eher cleane hellgraue Couch beherbergte, andererseits jedoch auch eine enorme Spielecke, in der drei Kinder, ein etwa Sechsjähriger, eine Vierjährige und ein kaum einjähriges Baby, am Boden hockten und sich mit Spielzeugen beschäftigten. Frau Winters Blick blieb an ihren Kindern hängen. Mit leisen, aber bestimmten Worten schickte sie die beiden älteren Kinder auf ihr Zimmer. Als wüsste sie bereits, was sie ihr mitzuteilen hatten, dachte Heiko. Dann nahm sie das Baby vom Boden auf, setzte sich und bat die Kommissare, ebenfalls auf der Couch Platz zu nehmen. »Frau Winter«, begann Heiko und schluckte, als er den Blick aus den grauen Augen auffing. »Wir müssen Ihnen leider mitteilen, dass wir Ihren Mann tot aufgefunden haben.«

Zuerst veränderte sich gar nichts im Ausdruck der Frau. Dann legte sie das Kind neben sich ab, langsam, ganz langsam. Und dann schlug sie die Hände vors Gesicht und weinte, wie Lisa noch nie jemanden hatte weinen sehen und hören. Es war ein tiefer, kehliger Laut, verzweifelt, tierisch. Ihre Hände suchten nach Halt, tasteten an ihrem Körper entlang, fanden aber letztlich keinen Halt, und so setzte sich Lisa spontan neben die Frau und umarmte sie. Frau Winter krallte sich so fest in Lisas Rücken, dass es schmerzte, und weinte hemmungslos schluchzend an ihrer Schulter. Das Kind neben ihr begann ebenfalls zu wimmern und leise vor sich hin zu brabbeln. Heiko wusste nicht, wie er reagieren sollte, er fühlte sich von all der Emotion schlichtweg überfordert, aber er fand, dass Lisa das ganz gut machte. Nach einigen Minuten hatte die Frau sich so weit beruhigt, dass sie ansprechbar war, sie hatte rot verquollene Augen und ein tränennasses Gesicht, aber es ging. Sie löste sich von Lisa und fragte dann mit belegter Stimme: »Wie ist es denn passiert?«

»Im Theater«, informierte Heiko so sachlich wie möglich.

»Ein Unfall?«, mutmaßte Frau Winter.

»Nein«, meinte Heiko und suchte nach den passenden Worten. »Er wurde ...«, ja, wie hieß das denn, wenn jemand mit einem Nagel ins Hirn getötet wurde? »Erstochen«, fand Heiko. »Er wurde erstochen.«

»Kann ich ihn sehen?«, fragte Frau Winter.

Heiko und Lisa warfen sich einen Blick zu. »Er ist gerade auf dem Weg in die Autopsie. Danach können Sie ihn jederzeit sehen«, meinte Lisa und hoffte, dass der Kollege es schaffen würde, das Loch in der Stirn gnädig aussehen zu lassen.

»Was soll ich denn jetzt machen?«, murmelte die junge Witwe, mehr zu sich selbst. »Was soll ich jetzt machen?« Lisa und Heiko konnten ihr keine Antwort darauf geben und schwiegen hilflos. »Wissen Sie schon, wer es war?«, fragte Frau Winter und nahm nun endlich wieder das Kind neben sich wahr. Sie nahm es auf und streichelte es, um es zu beruhigen.

»Leider nein«, meinte Heiko. »Wir hatten gehofft, dass Sie uns vielleicht helfen können?« Die junge Frau schüttelte den Kopf. »Wie soll ich Ihnen helfen können?« Heiko beugte sich verbindlich vor, während Lisa ein Lächeln andeutete, das aufmunternd wirken sollte.

»Wir müssen wissen, wer vielleicht mit Ihrem Mann ein Problem hatte. Ob er bei jemandem Schulden hatte. Ob er mit jemandem zerstritten war, solche Sachen«, erklärte Heiko dann.

Die junge Frau schüttelte langsam den Kopf, so lange, dass sie beinahe schon abwesend wirkte. »Keine Ahnung.«

»Was hat Ihr Mann denn gearbeitet? Hatte er Probleme mit Kollegen?«

»Mein Mann ist Schornsteinfeger und selbstständig«, erzählte Frau Winter und verwendete dabei das Präsens. Es war noch ungewohnt, von ihm in der Vergangenheit zu reden. Weder Heiko noch Lisa korrigierten sie jedoch. Frau Winter schluckte, offenbar hatte sie ihren Fehler bereits selbst bemerkt. »Nach Feierabend hatte er in letzter Zeit am meisten mit den Theaterleuten zu tun. Mit den Sängerbündlern und so. Die Aufführung sollte ja nächstes Wochenende stattfinden.«

»Was hat es denn damit eigentlich auf sich?«, wollte Lisa wissen.

Heiko antwortete anstelle der jungen Witwe. »In den meisten Dörfern gibt es einen Liederkranz, einen Gesangsverein oder so was. Um Weihnachten herum machen diese Vereine dann immer einen Abend mit Liedern und auch einem Theaterstück, meistens eher einem Bauernschwank, was Lustiges. Das ist bei den Dörflern ganz beliebt, diese Veranstaltungen sind immer proppenvoll. Und die Altenmünsterer Chöre bilden zusammen mit denen aus Ingersheim den Sängerbund.«

Frau Winter nickte. »Genau. Und mein Mann hat … hatte immer die Hauptrolle, weil er ein wunderbarer Schauspieler war, ein großartiges Talent, gut aussehend und begabt und …« Wieder barg sie ihr Gesicht in den Händen, um sich aber kurz darauf wieder zu fassen und schniefend aufzublicken. »Ja. So ist das.«

»Und diese Aufführung … die hätte … wann sein sollen?«, fragte Lisa.

»Am Samstag«, informierte Frau Winter und setzte das sich windende Kleinkind neben sich aufs Sofa. »Heut Abend treffen sie sich wieder. Obwohl ich überzeugt bin, dass alle schon Bescheid wissen. Sie wissen ja, wie so was läuft.«

Lisa hatte darauf bestanden, noch abzuwarten, bis die beste Freundin der Frau erschienen war, eine blonde, zierliche junge Frau, und die beiden Damen dann allein gelassen. »Schon schlimm«, meinte Heiko, als sie eine kurze Verschnaufpause im Kaffee Kett machten. Das Kaffee Kett war *das* Crailsheimer Traditionscafé mit einer festen, etwas schrägen Stammkundschaft, zu der auch Lisa und Heiko zählten. Und es war mitten in Crailsheim gelegen, unweit des Polizeireviers, und eignete sich daher wunderbar zum Verschnaufen, denn auf dem Revier selbst gab es lediglich Automatenkaffee. Lisa rührte in ihrem Latte macchiato, und Heiko trank einen schnöden Kaffee mit viel Milch und Zucker. »Ein so junger Familienvater, stell dir mal vor, was soll die Frau denn jetzt machen, allein mit drei Kindern?« Lisa löffelte Milchschaum und meinte dann: »Tragisch, ja. Aber eine solche Tat kommt nicht von ungefähr. Das war ja eine regelrechte Hinrichtung.«

»Wie meinst du das?«

»Na ja, also ein Messer hätte genügt. Eine Pistole, irgendwas in der Art. Aber eine Nagelpistole? Das ist schon …«

»… brachial«, vollendete Heiko mit einem typisch hohenlohischen Begriff, der aber wie so oft wunderbar passte.

»Brachial«, wiederholte Lisa, bedächtig nickend.

»Ich frage mich, wieso der sich überhaupt nicht gewehrt hat. Ob der so besoffen war?«, sinnierte Heiko und dachte an die Obstlerflasche, die sie in der Nähe der Leiche gefunden hatten.

»Na, selbst wenn man besoffen ist, wenn dir jemand eine Nagelpistole an den Kopf hält, dann wehrst du dich doch trotzdem«, hielt Lisa dagegen.

Heiko stimmte innerlich zu. »Das werden die Ulmer herausfinden müssen«, meinte er. Die für Crailsheim zuständige Pathologie befand sich nämlich in Ulm. Kleinere Sachen, wie etwa die Gegenstände, die an einem Tatort gefunden wurden, konnte auch Uwe untersuchen. Aber ganze Leichen wurden eben nach Ulm geschickt.

Um Punkt zwölf befanden sich die beiden Kommissare wieder im Vorraum der Turnhalle Altenmünster. Und tatsächlich trafen sie auf die nahezu vollständig erschienene Theatertruppe. Jetzt stand das Ensemble sehr betreten dreinblickend im Vorraum, da Uwe kurzerhand die ganze Halle zum Tatort erklärt und somit gesperrt hatte. »Moorcha«, grüßte Heiko. Lisa war lange genug in Hohenlohe, um die Übersetzung zu kennen. »Guten Morgen.« Murmelnd wurde zurückgegrüßt. »Luft und Wüst, Kripo Crailsheim«, stellte Heiko Lisa und sich knapp vor. Er entdeckte in dem Kreis einen Nachbarsjungen von früher, Martin Seiler, den er aber nie besonders hatte leiden können. Die Chefin der Theatertruppe kannte er aus der Zeitung, den Mann, der die Leiche gefunden hatte und der ihn jetzt stumm grüßte, von vorhin. Der Rest war ihm unbekannt. »Sie alle wissen ja sicherlich schon, dass der Herr Winter leider ermordet wurde«, begann Heiko. »Und jetzt müssen wir herausfinden, wer ihn umgebracht hat.« Die Umstehenden blickten betreten drein, gerade so, als hätte jeder von ihnen ein schlechtes Gewissen.

»Aber zunächst einmal wüssten wir gern, wer Sie alle sind«, meinte Lisa. Sie nickte der Frau zu, die ganz offensichtlich von allen anderen als eine Art Führerin anerkannt wurde. »Ii bin die Else Häußler. Vorsitzende der Theatertruppe des Sängerbundes Altenmünster.« Lisa musterte die kleine, aber durchaus resolut, ja hoheitsvoll wirkende Frau, die eine zwar locker, aber mit großem Bedacht gelegte dunkelbraune Dauerwellenfrisur trug. Sie war wohl Mitte 60 und passte somit altersmäßig gut zu ihrem Mann, den sie ja früher am Tag bereits kennengelernt hatten.

»Und mich kennst du ja, Heiko«, stellte sich ein schmächtiger Mann Ende 20 vor. »Martin Seiler, Schauspielstudent«, wandte er sich an Lisa.

»Schauspielstudent? Dann sind Sie ja hier genau richtig, nicht wahr?« Lisa hatte es eigentlich nicht ironisch gemeint, aber der Mann verzog seinen Mund zu einem schiefen Lächeln und sagte nichts weiter. Offenbar war seine bisherige Karriere nicht so erfolgreich, dass er sich für Auftritte in einem Dorftheater zu schade war.

»Und ich heiße Sybille Klein«, stellte sich nun eine ausnehmend hübsche Person vor. »Ich bin Einzelhandelskauffrau und … ach, es ist alles ganz furchtbar!« Sie barg ihr Gesicht im Ärmel ihres roten Chiffonshirts, das ihre perfekten Kurven wunderbar umschmeichelte. Ihre scheinbar zufällige Hochsteckfrisur, die lässig wirken sollte, war mit großer Finesse gemacht, jede Strähne, die frei sein sollte, sorgsam herausgezupft, nichts dem Zufall überlassen, ebenso wenig ihr dezentes, aber vorhandenes Make-up. Diese Frau wusste, wie sie wirkte, und tat alles, um das zu unterstreichen. Natürlich so subtil, dass Männer diese Bemühungen niemals bemerkten und diese Kategorie Frau als ›natürliche Schönheit‹ einstuften. »Standen Sie Herrn Winter nahe?«, fragte Heiko. »Ob ich … nein, keinesfalls, aber das Ganze ist doch einfach schrecklich.« Heiko unterstrich in Gedanken ihren Namen. Da war mehr dahinter, da war er sich fast sicher.

Einen krassen Gegensatz zu Sybille bildete die junge Dame neben ihr, die allerdings weniger wie eine junge Dame, sondern vielmehr wie ein krampfhaft bemühtes und auch deshalb reizloses Geschöpf wirkte. Auch ihr Äußeres war wenig ansprechend, sie war deutlich zu üppig und versuchte ganz offenbar, diesen Makel durch eine kreative Optik wieder wettzumachen. Sie trug das knallrot gefärbte Haar kurz und hatte eine Frisur, die man in den 90er Jahren als ›flippig‹ bezeichnet hätte. Außerdem eine grüne Brille und einen ebenso grünen Pulli, der ihre Speckröllchen umschlackerte. »Ich bin Verena Polanski. Ich bin Referendarin am Crailsheimer Gymnasium und bin da mit der Theater-AG betraut. Da hab ich mir gedacht, das wär doch was, bei so einem Theaterstück mitzumachen. Da kannst du was lernen, wie man das organisiert und so. Aber dass dann so was passiert ...« Sie schüttelte betreten den Kopf, und es wirkte ehrlich. Heiko nahm einen sächsischen Einschlag in ihrer Intonation wahr, den sie aber zu verbergen suchte.

Als Letztes wandte sich Heiko einer großen, schlanken Endvierzigerin zu, die aus ernsten grauen Augen bisher schweigend in die Runde geblickt hatte. »Ich bin Marianne Zeitler«, meinte die Frau, und ihre Stimme war leise. »Und Sie spielen auch im Theaterstück mit?«, ermunterte Lisa zum Weiterreden.

»Ja, ich spiele die Zweite Landfrau. Berta. Und ich kann das mit dem Dominik gar nicht fassen, ich ... ich ...« Sie barg das Gesicht in den dünnen, irgendwie zu alt für ihr Alter aussehenden Händen. »Er war so ein lieber Junge«, kam zwischen den Fingern hervor. Else Häußler streichelte ihr den Rücken. »Wir sind alle schockiert, Marianne«, tröstete sie.

»Und ich mach übrigens den Souffleur«, informierte Helmut Häußler.

Heiko machte »So« und wartete danach kurz, ob noch einer der Anwesenden sich genötigt sähe, etwas zu sagen. Endlich fragte er: »Seid ihr jetzt komplett?« Else Häußler schüttelte den Kopf. »Der Vater vom Dominik fehlt. Den habe ich vorhin angerufen und gesagt, dass wir die Theaterprobe auf morgen verschieben. Der kann doch nicht hierherkommen und … an den Ort kommen, wo vor so kurzer Zeit … nun ja.« Heiko stimmte der Frau mit leichtem Murmeln zu, das war wahrscheinlich eine weise Entscheidung gewesen.

Dann resümierte er: »Also, dann wären wir ja jetzt durch«, und fuhr dann fort: »Ist jemandem von euch bei der Theaterprobe gestern was Ungewöhnliches aufgefallen?« Die Leute sahen sich unsicher an. Schließlich war es Else Häußler, die für alle sprach: »Eigentlich war alles wie immer.«

»Wie war es denn immer?«, hakte Heiko nach.

»Wir haben geprobt, und dann bleiben meistens noch ein paar Männer da und trinken noch schnell einen Schnaps. Probenschnaps, sozusagen.«

»Und wer ist gestern dageblieben?« Niemand hob die Hand, aber alle schwiegen so betreten, dass Heiko sofort wusste, dass jemand dageblieben war. »Ich«, sagte schließlich jemand, und es war Martin. »Aber nur kurz. Ich hab wirklich nur ganz kurz noch dagesessen mit dem Dominik.«

»Und?«

»Ich trinke ja kaum Alkohol, aber der Dominik hat da ab und zu ordentlich hingelangt.«

»Jetzt sooch doch sou ebbes net«, tadelte Else zischend. »Der Dominik hat net gsoffa.«

»So hab ich das auch nicht gemeint«, beharrte Martin und schickte der Frau einen giftigen Blick.

»Party hat er halt ab und zu gemacht, im *Apfelbaum*«, schaltete sich Sybille ein.

»So? Als junger Familienvater?«, fragte Lisa.

Nun schnalzte die junge Referendarin tadelnd mit der Zunge. »Also der war schon in Ordnung. Der hat sich rührend um seine Familie gekümmert.«

»Und woher wissen Sie das?«

»Ich hab die Winters mal im Handelshof getroffen, beim Einkaufen. Die waren ein Herz und eine Seele. Ein richtig lieber Papa.«

»So was kann man auch spielen«, widersprach Lisa.

Verena Polanski schüttelte heftig den Kopf. »Auf keinen Fall, das war nicht gespielt.«

»Haben Sie ihn mal im *Epfel* getroffen?«, fragte Heiko nochmals Sybille. Der Begriff ›*Epfel*‹ war allen Crailsheimern geläufig, es handelte sich um die hohenlohische Bezeichnung für die einzige wirklich als solche zu bezeichnende Disco der Stadt, den *Apfelbaum*. Gut, eigentlich hieß der *Apfelbaum* ›Club Factory‹ und bestand aus drei Teilen: dem *Apfelbaum*, dem *P1* (noch kürzer »P« genannt) und dem *Loco*. Trotzdem war *Epfel* diejenige Bezeichnung, die sich durchgesetzt hatte.

»Und was hat er dann immer so gemacht, im *Epfel*?«, fragte Heiko weiter. Denn man konnte im *Epfel* mit den Jungs einen saufen, eine Frau aufreißen, eine Frau fürs Leben finden oder einfach nur wild tanzen.

»Gesoffen«, kategorisierte Sybille. »Und ab und zu Weiber angegraben. Aber nie eine abgeschleppt«, fügte sie schnell hinzu.

»Der war treu wie Gold«, fand Verena, und Lisa fragte sich unwillkürlich, woher sie das so genau wusste. Auf jeden Fall schien Verena von Dominik Winter sehr eingenommen gewesen zu sein. »Sie, Herr Seiler, sind noch dageblieben und haben dem Herrn Winter beim Schnapstrinken Gesellschaft geleistet«, stellte Lisa fest.

»Ja. Aber nicht lang. Und getrunken hat nur er. Wir haben noch so zehn Minuten geredet, dann bin ich gegangen.«

»Wohin sind Sie denn gegangen?«, wollte Heiko wissen.

»Wieso, bin ich jetzt schon verdächtig oder was?«

Lisa machte eine beschwichtigende Geste mit der Hand. »Sie waren eben der Letzte, der mit dem Mordopfer zusammen war. So was macht einen automatisch verdächtig.« Martin schluckte, und sein gewaltiger Adamsapfel im dürren Hals hüpfte dabei merklich. »Eigentlich wollte ich noch in den *Apfelbaum*. Aber dann hatte ich doch keinen Bock mehr und bin einfach heim. In meine Wohnung.«

»Allein?«

»Mit meiner Freundin habe ich noch telefoniert.«

»Wir brauchen von allen, die am Theaterstück beteiligt sind, die Fingerabdrücke. Wegen der Tatwaffe«, informierte Heiko.

»Und wie geht des?«, wollte Else wissen und wirkte sofort wie eine Glucke, die ihre Küken verteidigt.

»Ihr kommt morgen alle auf dem Revier vorbei. Im Lauf des Tages. Und da soll jeder seine Fingerabdrücke abgeben.«

Da im Moment nicht mehr mit weiteren Ergebnissen zu rechnen war, beschlossen Lisa und Heiko, die Ermittlungen für heute abzubrechen und heimzugehen. Die Tiere mussten versorgt werden, mittlerweile hatten sie drei, und die waren ein bisschen wie kleine Kinder. Sita war ein resoluter Rauhaardackel, den Heiko einst aus dem Tierheim geholt hatte. Garfield war Lisas rot getigerte Katze. Aus unerfindlichen Gründen vertrugen sich Sita und Garfield wider ersten Befürchtungen sehr gut miteinander, anders als Garfield und Alfred. Alfred war der Deutsche Riesenschecke, den die Kommissare bei ihrem ersten gemeinsamen Mordfall geschenkt bekommen hatten. Das schwarz-weiße Kaninchen mit den schönen samtbraunen Augen wurde mit der energischen Katze so gar nicht warm, aber auch Garfield war der Hase irgendwie suspekt. Sie ließen sich aber in Ruhe, wohl aus gegenseitigem Respekt, während Sita abwechselnd mit beiden hingebungsvoll kuschelte.

Zu Heikos Entsetzen hatte Lisa darauf bestanden, den Baum sofort aufzustellen und zu schmücken, aus dekorativen Gründen und weil Weihnachten ja mit Riesenschritten näher rücke. Als sie die Wohnung betraten, war Lisa mit mehreren Tüten Weihnachtsdeko für den Baum bepackt, und Heiko trug den Baum, sah also nur Grün, als er die Wohnung betrat, hörte den Hund neben sich hecheln und spürte den Katzenschwanz, der ihm ab und zu einen Schlag versetzte, weil Garfield grundsätzlich nur um Lisas Beine strich. Kaum war die Tür zu und die Tiere versorgt (Alfred hockte mit vorwurfsvollen Blicken im Käfig und erhielt bald seine Möhre – in Hohenlohe Gelbe Rübe genannt –, Garfield bekam eine Dose Thunfisch und Sita, die sich aufführte, als sei sie seit Jahren nicht gefüttert worden, ihr Hundefutter), bestimmte Lisa, wo der Weihnachtsbaum aufgestellt werden sollte. Nämlich mitten im Wohnzimmer, direkt neben dem Esstisch. Sorgsam platzierte Lisa den hohen Hocker, den sie als Unterbau für den Baum erwählt hatte, und riss ungestüm die Packung für den Christbaumständer auf. Heiko stellte den Baum mit Bedacht ab und dachte bei sich, dass seine Mutter solche Kartons immer vorsichtiger aufmachte, während sein Vater auch beim einfachsten Gerät darauf bestand, zuerst die Beschreibung zu lesen. Lisa las weder die Beschreibung noch behandelte sie den Karton sorgfältig, vielmehr war sie bereits dabei, mit einigem handwerklichen Geschick den Ständer zusammenzunesteln. »Da ist ein Bolzen, da muss man den Baum reinklemmen«, erklärte sie, und Heiko hob brav den Baum hoch und wartete, bis Lisa den Bolzen festgeschraubt hatte. Währenddessen betrachtete er den Metallstift. »Schon krass, dieser Nagel«, meinte er plötzlich.

»Hm?« Lisa sah kurz auf.

»Na, der Nagel im Hirn. Das ist schon richtig böse.« Lisa war fertig, und Heiko ließ den Baum probeweise los. Er hielt bombenfest, obwohl sie den billigsten Ständer gekauft hatten.

»Das war bestimmt was sehr Persönliches«, meinte Lisa.

»Was mich allerdings wundert: Wie geht denn so was? Ich meine, wie erschießt man jemanden mit einer Nagelpistole? Die haben ja eine Sicherung, nicht wie die in den Zeichentrickserien, wo man damit wild durch die Gegend ballern kann.«

»Sicherung?«, hakte Lisa nach und riss eine Packung Glaskugeln auf, etwas weniger unsanft als die Ständerpackung.

»Dass sie nur losgehen, wenn sie auf etwas Hartes aufgesetzt werden. Wie zum Beispiel Holz.«

»Oder eine Stirn«, vermutete Lisa.

»Genau.«

»Und hat unsere Mordwaffe eine solche Sicherung?«

»Ja, hat sie. Das haben alle neueren Geräte,« vermutete Heiko.

Lisa begann, die lilafarbenen großen Kugeln gleichmäßig über den Baum zu verteilen, wobei sie Heiko die Packung in die Hand drückte und mit Künstlerblick entschied, wo eine Kugel hinzukommen hatte und wo eben nicht.

»Das bedeutet, dass das Mordopfer sich nicht gewehrt hat, denn wer lässt sich schon so ein Ding auf den Kopf drücken?«, führte Heiko weiter aus.

»Oder, dass er sich nicht wehren konnte«, ergänzte Lisa. »Aber warum?«

»Vielleicht war er besoffen?«

Lisa war mit den größten Kugeln fertig und widmete sich nun den Glasvögeln. »So besoffen kann man doch nicht sein. Zumindest dauert das. Vielleicht hat jemand nachgeholfen?« Nachdem sie die Vögel ausgiebig bewundert und Heiko auf die feinen echten Marabufedern an den Schwänzen aufmerksam gemacht hatte, verteilte sie die Dinger nach Kriterien, die sich Heiko nicht erschlossen. »Auf jeden Fall wirkt das wie etwas Emotionales. Eine Beziehungstat. Neid. Eifersucht.

Irgendwas Böses.« Lisa seufzte. Bei ihren vorherigen Mordfällen hatten sie bisher auch diverse Motive gehabt, am meisten bei ihrem letzten Mordfall, wo der Crailsheimer Fischerkönig mit seiner Königskette erdrosselt worden war. Nach und nach hatte sich herausgestellt, dass der Mann so dermaßen unbeliebt war und jegliche Art von Dreck am Stecken hatte, dass unzählige Leute ein Motiv hatten. Lisa nahm eine Schere und die Lamettapackung und schnitt büschelweise Glitzerfäden ab. »Hilf doch auch mal«, wies sie Heiko an, und der nahm zögerlich drei Fädchen und hängte sie über den nächstbesten Ast.

»Und wie fandest du die Frau?«, wollte Heiko wissen.
»Angemessen schockiert, würde ich sagen.«
»Hm…«
»Außerdem, die wird wohl kaum ihren Mann umbringen, den Vater ihrer drei Kinder.«
»Wer weiß«, gab Heiko zu bedenken. Man konnte nie wissen.

Eine geschlagene halbe Stunde später stand der Baum fertig da mit Kugeln, Glasvögeln, lilafarbenem Lametta, chinesischen Strohsternen, einer glänzenden Spitze und einer Lichterkette, die Lisa noch aus irgendeiner Schublade gekramt hatte. Heiko fand das Ding unglaublich kitschig. Lisa auch, aber, wie sie betonte, kultig-kitschig.

DIENSTAG, 08. DEZEMBER

Am nächsten Morgen kamen sie gemeinsam aufs Revier, und beide erwarteten nicht wirklich, dass Uwe bereits Neuigkeiten hatte. Mit den Ergebnissen der Obduktion konnten sie sowieso erst morgen rechnen, weil die Ulmer recht langsam arbeiteten und Uwes Aufgabe lediglich in der Analyse der am Tatort gefundenen Gegenstände bestand. Auf Lisas Platz befand sich trotzdem ein Zettel, auf dem in Uwes krakelig-männlicher Handschrift zu lesen war, sie sollten möglichst schnell zu ihm hochkommen.

Uwe thronte auf seinem Schreibtischstuhl und hatte die Hände hinter der rasierten Glatze verschränkt. Mit hochgezogenen Augenbrauen erwartete er sie bereits in seinem Reich und beugte sich schließlich nach vorne, um einen Schluck heißen und, wie alle wussten, pappsüßen Kaffees zu trinken.

»Na, Herr Spurensicherer«, begrüßte Heiko seinen Kollegen. »Was gibt's?«

Uwe, der in all den Jahren einen gewissen Sinn für Theatralik entwickelt hatte, schätzte einen so unpathetischen Einstieg überhaupt nicht. »Neuigkeiten«, meinte er also kurz angebunden.

»Und was für Neuigkeiten?«, schaltete sich Lisa ein und lächelte charmant.

»Hinter der Bühne haben wir eine halb leere Obstlerflasche gefunden.«

»Hm«, machte Heiko. »Und?«

»So wie der Winter gestunken hat, hatte der Einiges intus. Also ist die Wahrscheinlichkeit hoch, dass er aus der Flasche noch ordentlich gezogen hat.«

»Allein?«, fragte Heiko.

Uwe schürzte die Lippen. »Ich hab mehrere Fingerabdrücke auf der Flasche gefunden. Und ein paar Speichelspuren am Flaschenhals. Wäre interessant, wo die herkommt, es war nämlich kein Etikett drauf.«

»Ein Selbstgebrannter?«, vermutete Heiko.

»Wahrscheinlich«, bestätigte Uwe. Hobby vieler Bauern war es bekanntermaßen, die Äpfel und Birnen ihrer Streuobstwiesen, die ansonsten ungenutzt verrotten würden, nicht nur brav zu Saft zu pressen und diesen anschließend zu ›Mouschd‹, dem hohenlohischen Nationalgetränk, vergären zu lassen, sondern den Mouschd auch noch zu hochprozentigem Schnaps, in Hohenlohe ›Obschdler‹ genannt, zu verarbeiten. Da dieser Schnaps praktisch hobbymäßig gebrannt wurde, sozusagen privat, kam auch keiner auf die Idee, ihn irgendwo anzumelden oder gar Steuern dafür zu bezahlen, und deshalb wurde er auch entweder selbst getrunken oder bei freundschaftlichen Hausbesuchen vertrieben. Es dürfte also recht schwierig werden, die Herkunft der Flasche nachzuvollziehen.

»Und kannst du die Fingerabdrücke schon zuordnen?«, fragte Lisa.

Uwe schüttelte den Kopf. »Bisher habe ich vier verschiedene Sorten. Aber von denen ist keiner aktenkundig. Die Wahrscheinlichkeit ist hoch, dass eine Sorte vom Winter ist, die Ulmer schicken die Abdrücke im Lauf des Tages.«

»Hm«, machte Heiko und Uwe nippte wieder am Kaffee. »Den Todeszeitpunkt haben sie aber schon bestätigt. So, wie ich gesagt habe. Zwischen neun und elf.«

Heiko nickte sinnend und fragte dann: »Und was ist mit der Pistole?«

»Das ist interessant. Da sollten nämlich offenbar keine drauf sein, weil jemand versucht hat, die Waffe abzuwischen. Das ist aber nicht überall gelungen, und wahrscheinlich kann ich ein paar rekonstruieren.«

»Also haben wir den Mörder, wenn wir die Fingerabdrücke zuordnen können«, mutmaßte Lisa. Heiko seufzte. »Ich bin gespannt, ob es so einfach wird.«

»Und hast du auf der Tür was gefunden?«, fiel Lisa ein.

Uwe strich sich über die rasierte Glatze und schüttelte dann den Kopf. »Nichts Brauchbares, das kannst du vergessen.«

»Und was machen wir jetzt zuerst?«, fragte Lisa, als sie wieder in ihrem Büro saßen. Sie zupfte an den Blättern einer Orchidee, die eine leicht gelbgrünliche Färbung angenommen hatten. Ihr Büro unterschied sich von den anderen dadurch, dass es statt der üblichen Gummibäume und Fici Benajmini einerseits Lisas Orchideen- und andererseits Heikos Mineraliensammlung auf der Fensterbank beherbergte. Heiko fuhr mit den sehr großen Fingerspitzen über einen natürlich gewachsenen Amethystbrocken. »Die Frau haben wir uns schon angeschaut. Aber was ist mit den Eltern von Dominik Winter? Der Kollege hat ihnen doch gestern noch Bescheid gegeben?« Heiko studierte die Akte. »Die Mutter ist tot. Es gibt einen Vater. Albrecht Winter. Bauunternehmer, 64.«

»Ach, ist das der Chef von Winter-Bau?«, fragte Lisa, und Heiko stimmte nach kurzem Nachdenken zu.

Albrecht Winter wohnte in einem der Crailsheimer Villenviertel. Eigentlich gab es nur zwei. Das eine war das Gebiet um den Mittleren Weg, hier waren einigermaßen herrschaftlich wirkende und recht große Häuser aus der Zeit der Jahrhundertwende vorherrschend. Etwas moderner, nämlich aus den 70er- Jahren und daher auch mit dem einen oder anderen architektonischen Schnickschnack versehen, war das Viertel unterhalb der Villa. Hinter dem großen Schulzentrum reihte sich bis zum bewaldeten Hang ein schmuckes Haus ans andere. Die Grundstücke und Häuser hier waren recht teuer, was sich herumsprach und ihr Ansehen steigen ließ, was sie wiederum noch teurer machte. Der schwarze BMW M3, den Heiko trotz Stirnrunzeln seines Chefs Schorsch Ullrich, der eigentlich Georg hieß, als Dienstfahrzeug nutzte, hielt schließlich in der Auffahrt eines modern wirkenden Bungalows im Bauhaus-Stil. In der geräumten Auffahrt stand ein schokoladenfarbiger Jaguar, durchaus ein Prestigefahrzeug, noch mehr, als der M3 es war. Der Gartenweg war gepflegt, die Buchsbaumkugeln, die jetzt Schneemützen trugen, verrieten, dass sich der Besitzer des Anwesens offenbar einen Gärtner leisten konnte. Die Haustür war aus schwerem gebürstetem Edelstahl. Heiko betätigte die Türklingel, und ein tiefer Gong ertönte. Wenig später hörten sie hektische Schritte, eine Kette wurde zurückgeschoben, ein Schlüssel umgedreht, und dann stand ihnen ein großer Mann mit dunkler Cordhose, Samtweste und Hemd gegenüber. Er erinnerte Lisa sofort an Matlock, den kompetent-sympathischen TV-Anwalt aus der 80er-Jahre-Serie und den erklärten Liebling ihrer Oma. Albrecht Winters Frisur war ähnlich kunstvoll zu schwungvollen Wellen drapiert wie die des amerikanischen Fernsehanwalts. Auch das Gesicht war in Würde gealtert, anders jedoch als Matlocks sympathisch-verschmitzte Lachfältchen ließ es einen verkniffenen Zug um den Mund herum erkennen, der auf eine gewisse Neigung zum Sarkasmus schließen ließ.

»Ja?«, meinte der Mann nun mit einer wohltönenden, vollklingenden Bassstimme, die sicher eine Bereicherung des Sängerbundes war. »Luft und Wüst, Kriminalpolizei«, stellte sich Heiko knapp vor, und Lisa war wie immer einfühlsamer.

»Zunächst möchten wir Ihnen unser herzliches Beileid ausdrücken«, meinte sie. Winter nickte ernst und bedankte sich murmelnd, sah sie aber weiterhin auffordernd an, als erwarte er bereits erste Ergebnisse. »Dürfen wir kurz hereinkommen?«, fragte Lisa. Der Mann trat beiseite und machte eine pflichtbewusst-einladende Geste mit der Hand, die zuvor noch in der Hosentasche gesteckt hatte. Er führte die beiden letztlich in ein rustikal eingerichtetes Wohnzimmer mit teurer Couchgarnitur in Weinrot. Ein massiver Schallplattenschrank ließ auf einen gewissen Sinn für Nostalgie schließen. An der Wand hingen tatsächlich, um das Bild zu vervollkommnen, Jagdszenen in Öl, allerdings nicht das in derlei Wohnungen sonst übliche kitschige Geschmiere, sondern vielmehr sehr kunstfertig, durchaus naturalistisch gearbeitet und schnörkelig am Rand signiert, wohl von einem einigermaßen bekannten Künstler. Schwere goldene Samtvorhänge, die von seidig glänzenden Quasten gehalten wurden, umrahmten die großen Fenster. Auf den Fensterbänken standen Zimmerpflanzen aller Art, manche davon mit übernatürlich großen, exotisch wirkenden Blüten. Winter bot ihnen nichts zu trinken an, vielmehr bat er sie einfach, sich zu setzen.

»Also?«, fragte er, und sein Tonfall verriet, dass er es gewohnt war, schnell, effizient und bereitwillig Auskunft zu erhalten. Ganz Firmenchef eben.

»Wir sind gerade dabei, Informationen über Ihren Sohn zu sammeln.«

»So«, machte der Mann, verschränkte die Arme und lehnte sich in seinem Sessel, auf dem er inzwischen Platz genommen hatte, zurück. »Dann sammeln Sie mal.«

Heiko räusperte sich und begann dann: »Wissen Sie, ob Ihr Sohn mit jemandem Probleme hatte?« Winter schnaubte, löste dann seine Arme und strich sich über die Frisur, die sofort in ihre ursprüngliche Form zurückfederte. »Kennen Sie jemanden, der mit gar niemandem ein Problem hat?« Heiko schwieg, um den Mann so zum

Weiterreden zu animieren, was aber nicht funktionierte.

»Wie war denn zum Beispiel seine Ehe?«, half Lisa nach.

»Die Steffi ist ganz okay«, attestierte Winter. »Nur hätten die beiden nicht unbedingt drei Kinder gebraucht. Eins oder zwei hätten auch gereicht. Aber die wollte das unbedingt so. Die geht voll in ihrer Mutterrolle auf.«

»Und war Ihr Sohn auch gern Vater?«, fragte Lisa weiter.

Winter nickte. »Im Grunde schon.«

»Im Grunde?«

Der Mann sah zum Fenster hinaus, wo Büsche ihre schwarzen Zweige schneebefleckt in einen hellgrauen Himmel reckten. »Ab und zu hätte er gern mal seine Ruhe gehabt. Sprich, gar kein Kind, keine Familie, einfach Ruhe.«

»Wollte er seine Familie verlassen?«, fragte Lisa und überlegte, ob an der Selbstmord-Theorie vielleicht doch was dran sein könnte.

»Das nicht. Er hat seine Frau geliebt. Und er hätte das Ganze schon weiter mitgemacht. Das Theater war ein ganz guter Ausgleich. Da war er nicht der Papa, sondern der bejubelte Hauptdarsteller.« Die relative Stille im Raum wurde jäh unterbrochen, als eine Kuckucksuhr losging, gänzlich pietätlos. Der hölzerne Vogel war wieder in seinem Verschlag verschwunden, da stellte Lisa fest: »Er hatte die Hauptrolle.«

Winter nickte. »Ja, er hatte immer die Hauptrolle. Er war einfach der Beste.« Heiko entdeckte einen Meisenknödel an einem Busch im Garten, an dem sich soeben ein Spatz zu schaffen machte. Irgendwie passte das

Vogelfutter nicht zu dem sonst so akribisch gestylten Garten. »Obwohl, da bringen Sie mich auf was«, meinte Winter endlich. »Der Martin war immer recht neidisch. Der meint ja, dass er was ganz Besonderes ist. Ein richtiger Schauspieler!« Winter vollführte theatralische Gesten und zog die Augenbrauen so hoch, dass sich tiefe Furchen auf seiner Stirn bildeten.

»Ist das der Schauspielstudent?«, fragte Lisa.

Winter bejahte. »Der studiert in Stuttgart Schauspiel und glaubt ganz im Ernst, dass er damit berühmt wird. Dabei ist der weder besonders gut aussehend noch talentiert.«

»Na, also, ganz ehrlich, wenn einer Schauspiel studiert, dann könnte man tatsächlich auch auf die Idee kommen, ihn mit der Hauptrolle zu betrauen. Die anderen sind doch sicherlich Laienschauspieler?«, gab Heiko zu bedenken.

»Hier geht's aber nicht um Professionalität. Sondern um den Spaß. Und zudem kann den Martin keiner leiden. Mein Dominik war super im Dorf integriert. Jeder mochte ihn.«

»Außer dem Martin?«

»Vielleicht«, meinte Winter. »Gut, dass meine Frau das nicht mehr erleben muss.«

»Sie sind Witwer?«, fragte Lisa so mitfühlend wie möglich.

»Sie ist vor zehn Jahren an einem Herzinfarkt gestorben.«

Heiko beobachtete die Mimik des Mannes. Er wirkte abgeklärt, aber einigermaßen betroffen. Es war glaubwürdig, dass er traurig war. Erst die Frau, und nun auch noch sein Sohn … »Und wie war Ihr Verhältnis zu Ihrem Sohn?«, erkundigte sich Heiko.

Winter zuckte die Achseln. »Normal, würde ich sagen.«

»Was ist normal?«

»Nun, wir haben nicht ununterbrochen telefoniert oder Kaffee miteinander getrunken. Aber wir waren gut miteinander und haben uns öfters zum Essen getroffen. So alle zwei Wochen ungefähr. Hat mir aber eh gereicht, ich bin sowieso eingespannt in der Firma.«

»Ihr Sohn hat ja nicht in der Firma mitgearbeitet?«

Winter strich sich wieder über die weiße Matlockfrisur. »Nein.«

»Und warum nicht?«

»Als er in der Pubertät war, hatten wir unsere Differenzen. Da hat er extra was anderes gelernt. Schornsteinfeger, da hat er dann garantiert nichts mit Hochbau am Hut.«

»Hat Sie das gestört?«

Winter sah zum Fenster hinaus. »Das ist halt schon das Ideal, das man sich so wünscht – der wohlgeratene Sohn, der in die Fußstapfen des Vaters tritt, übernimmt die Firma. Funktioniert in der Praxis nur leider nicht immer. Vielleicht hätte es sich ja noch ergeben, aber jetzt ist es sowieso zu spät.«

Sie trafen Martin Seiler in seiner Wohnung in Altenmünster an, wo ihnen ein farbloses Geschöpf, das sich als seine Freundin Annika vorstellte, öffnete. Die blasse und dünne junge Frau, die man im vorletzten Jahrhundert rein vom Optischen her als schwindsüchtig bezeichnet hätte, führte die beiden Ermittler mit einer Mimik, die reinstes Erschrecken ob der Anwesenheit der Polizei verriet, in ein Wohnzimmer, das komplett mit Ikea-Möbeln ausgestattet war. Der signifikanteste Teil des Wohnzimmers war allerdings ein Bücherregal, das offenbar in mehreren Reihen hintereinander in den tiefen Fächern mit Büchern aller Art vollgestopft war. Sogar die Zwischenräume waren, wo es ging, noch gefüllt. Heiko registrierte, dass es sich hauptsächlich um Theaterstücke handelte.

»Du studierst Schauspiel?«, eröffnete er also das Gespräch.

»Im dritten Semester, ja«, erklärte Seiler. Heiko duzte ihn, da sie sich ja noch von früher kannten. Aus Kinderzeiten. Wie gesagt, Seiler war ihm nie besonders sympathisch gewesen.

»Man könnte auf die Idee kommen, dass jemand, der Schauspiel studiert, in einem solchen Dorftheaterstück automatisch die Hauptrolle kriegt«, lockte Lisa.

Martin grinste von einem Ohr zum anderen, aber es war zu krass, um echt zu wirken. Dann winkte er theatralisch ab. »Wissen Sie, schon okay. Ich hab grad Semesterferien, und für mich ist das lediglich eine Fingerübung. Eine Sozialstudie sozusagen.« Heiko nahm wahr, dass Martin sich jeglichen Dialekt abtrainiert hatte, obwohl er früher reinstes Hohenlohisch gesprochen hatte. Vielleicht brauchte er das für die Karriere. Heiko war es definitiv unsympathisch. Man hatte zu seiner Herkunft und zu seiner Mentalität, ja, zu seinem Dialekt zu stehen.

»Winter war ganz gut, wie man so hört«, bohrte Heiko weiter.

»Der Dominik war super für Bauernschwänke«, schaltete sich Annika ein, »aber der Martin ist für subtilere Rollen gemacht.« Sozusagen zu Höherem berufen, fügte Heiko in Gedanken hinzu. Ah ja. Eine Katze kam maunzend zur Tür herein und strich sofort um Lisas Beine. Unglaublich, woher die Viecher immer wussten, dass Lisa Katzen mochte, im Gegensatz zu Heiko, der ein ausgesprochener Hundemensch war. Lisa bückte sich begeistert und streichelte das grau-weiße Tier.

»Sie heißt Shakespeare«, erläuterte Annika. »Das war Martins Idee.«

»Wenn du doch so auf Shakespeare stehst, wieso spielst du dann bei einem Bauernschwank mit?«, frotzelte Heiko weiter. Irgendwie musste man den Kerl doch aus der Reserve locken können! Martin zuckte die schmalen Achseln. »Reines Gutmenschentum. Liebe zur Heimat.« Heiko zweifelte stark daran.

»Anscheinend warst du als Letzter mit dem Winter zusammen. Worüber habt ihr geredet?«, fuhr Heiko fort.

Martin schnaubte. »Da gab es nicht viel zu reden. Dominik hat geredet, und man konnte entweder zuhören oder nicht. In letzter Zeit hat er meistens über das Kindergeschrei gejammert.« Das konnte Heiko nun wiederum verstehen. Nicht umsonst dachte er noch lange, lange nicht an Kinder, auch, wenn seine Mutter ihn beständig dazu nötigen wollte. Wann er denn der Lisa endlich einen Heiratsantrag machen würde, die sei doch das ultimative Mädle, so eine täte er nie wieder kriegen. Und die wäre bestimmt eine super Mama, und die weibliche Hand, unter die er gekommen sei, seit sie zusammenwohnten, täte ihm ja so gut. Er sei viel öfter rasiert und wesentlich geschmackvoller angezogen. Blablabla. Jedenfalls, Kinder brauchten sie definitiv keine.

»War er verzweifelt?«, mutmaßte Lisa.

»Sie wollen wissen, ob er sich umgebracht hat?«, schlussfolgerte Martin. Lisa nickte leicht und ließ den Katzenschwanz durch ihre Finger gleiten. Er war buschiger als der von Garfield.

»Nie im Leben. Der war einfach nur weinerlich und hat gejammert. Das Geschäft mit den Kindern hatte doch eh seine Frau.« Heiko grinste innerlich über die hochdeutsche Verwendung des Begriffes »Gschäft«. Ganz perfekt war die Hochsprache beim Seiler eben doch nicht.

»Wie war denn die Ehe so?«

»Och, ganz gut, was man hört. Die beiden haben immer sehr glücklich gewirkt.«

»Und waren sie es auch?«, fragte Lisa. Oftmals waren nämlich gerade diejenigen Paare, die zusammen ach-sowunderschön-und-glücklich wirkten, zutiefst unzufrieden.

»Ich denke schon«, antwortete Annika. »Ich war damals mit der Steffi in der Schule. Sie war seine Jugendliebe. Waren immer viele hinter dem Dominik her, aber gekriegt hat ihn schlussendlich die Steffi.«

Shakespeare hatte zu schnurren begonnen und war Lisa auf den Schoß gehüpft. Dort rekelte sich der englische Schriftsteller und streckte seine Tatzen verspielt in die Luft. Lisa begann, seinen Bauch zu kraulen, was das Schnurren noch tiefer und dröhnender werden ließ.

»Und waren immer noch andere Damen hinter ihm her?«

Martin antwortete: »Dominik hat schon mal links und rechts geschaut. Ist aber meines Wissens nicht fremdgegangen, sondern hat sich eher Appetit geholt, wie man so schön sagt. Und die Frauen haben sich das gerne gefallen lassen. Keine Ahnung, ob was gelaufen ist oder nicht.«

»Eher nicht«, meinte Annika. »Der war schon in Ordnung.«

Martin warf seiner Freundin einen prüfenden Blick zu, gerade so, als überlege er, ob sich Dominik vielleicht auch mal an sie rangemacht habe.

»Kommen wir doch noch mal zu Dominiks letztem Abend. Erinnerst du dich noch an irgendwelche Einzelheiten aus eurem Gespräch?« Martin überlegte angestrengt und seine Stirn legte sich dabei in seltsam kräuselige Falten. Der würde eher einen Charakterdarsteller abgeben als einen Hollywoodbeau, dachte sich Heiko. Nur, ob der Charakter dafür reichen würde, blieb fraglich.

»Er hat wieder recht abgelästert über die alte Häußlerin, wie sie sich immer als heimlicher Ortsvorsteher aufspielt.«

»Wieso das?«

»Na ja, sie hat schon eine gewisse Stellung im Ort

und wird eben respektiert, und da meint sie, dass sie zu allem ihren Senf dazugeben muss. Auch, wenn sie was nicht wirklich was angeht.«

»Hat sich Winter auf ein konkretes Ereignis bezogen?«, hakte sich Lisa ein.

»Keine Ahnung.«

»Hm«, machte Heiko und benutzte damit die hohenlohische Universaläußerung, die, je nach Intonation, immer das ausdrückte, was der Sprecher damit auszudrücken wünschte. Um diese Feinheiten zu verstehen, musste man allerdings etwas Übung haben und ein gewisses Grundverständnis der Hohenloher Mentalität. Für Lisa war das auch nach nun fast drei Jahren in Hohenlohe immer noch schwierig.

»Ja.«

»Noch was?«

»Männer reden doch nicht ununterbrochen, wenn sie trinken.«

Das stimmt auch wieder, dachte sich Heiko. Viele trinken gemeinsam, um gemeinsam zu schweigen. Das unterschied sie von den Frauen, die sich bei den sogenannten ›Mädelabenden‹ aufführten wie amerikanische Teenager auf der Pyjamaparty, und zwar ganz gleich, in welchem Alter sie waren, hatte er zumindest schon verschiedentlich gehört. »Sind deine Fingerabdrücke auch auf der Flasche?«, fragte Heiko.

Martin überlegte. »Kann sein, ich glaube, beim letzten Saufabend habe ich auch mal einen Schluck genommen. Aber vorgestern nicht. Ich hab ja eh vorhin meine Fingerabdrücke abgegeben, das könnt ihr also nachprüfen.«

Lisa nahm eine der vier Samtpfoten in die Hand und strich gedankenverloren darüber. Die Katze ließ sich alles gefallen, ohne zu kratzen.

»Und warum nicht?«, bohrte Heiko.

Seiler zuckte die Achseln. »Einfach so, ohne Grund. Ich trinke nicht so viel.«

»Aha«, machte Heiko.

»Shakespeare ist aber lieb«, lobte Lisa, und Annika lächelte so stolz, als wäre der Kater ihr frisch eingeschulter Sohn. »Können Sie uns sonst noch irgendwas zu Dominik Winter sagen? Hatte er Schulden? Irgendwelche Probleme?«

Annika sah zu Martin hin, welcher endlich, nach einigem Nachdenken, langsam den Kopf schüttelte. »Nicht, dass ich wüsste. Ein ganz normaler Kerl mit normalem Leben.«

Auf dem Weg zum Revier fing es an zu schneien. Dicke weiße Flocken fielen wie Federn aus Frau Holles Kopfkissen auf die vom Salz grauweiße Straße, um dort augenblicklich zu dunklem Matsch zu schmelzen, der links und rechts von den Reifen wegspritzte. Am Straßenrand blieben die Flocken jedoch liegen und türmten die Schneeränder der Straße höher. »Ein normaler Kerl mit einem normalen Leben«, wiederholte Heiko. »Toll, wie sollen wir da was rausfinden?« Lisa sah sinnend zum Fenster hinaus, soeben glitt der Wasserturm vorbei. Im grauen Dämmerlicht strahlten seine Lichter am Wasserbehälter wie eine Lichterkette zu Weihnachten. »Ich finde immer noch die Mordart frappierend. Das ist schon ganz böse. Und warum hat er sich nicht gewehrt?«

Heiko sagte lange nichts, schien darüber nachzudenken. Erst, als sie den Kreisverkehr beim Bullinger Eck passierten, meinte er: »Vielleicht hat der Uwe ja was rausgefunden.«

Uwe empfing sie mit der Obstlerflasche. Es knarzte, als er sich in seinem Bürostuhl zurücklehnte. Mit einem Stift klopfte er demonstrativ gegen die Flasche, was ein volltönendes »Plingpling« verursachte. »Gibt's was Neues?«, fragte Heiko. Uwe nickte würdevoll, und sein Bart wackelte dabei auf und ab.

»Fingerabdrücke?«, vermutete Lisa.

»Die Leute waren heut Morgen alle da. Es passen die Abdrücke vom Seiler und vom Häußler. Dann die vom Mordopfer und ganz unten ist eine Sorte fremde.«

»Nicht in der Datenbank«, riet Heiko.

»Nein«, bestätigte Uwe.

»Ah. Dann müssten wir also den Seiler und den Häußler verstärkt ins Visier nehmen. Und den geheimnisvollen Unbekannten?«, überlegte Heiko laut.

Uwe strich sich über die rasierte Glatze. »Na ja, die Fingerabdrücke überlagern sich. Und die ganz obendrauf sind ausschließlich vom Mordopfer«, relativierte Uwe.

»Der hatte sie also als Letztes ausgiebig in der Hand«, resümierte Lisa. »Und das würde auch die Aussage von Seiler bestätigen, dass der Winter an dem Abend alleine gesoffen hat?«

»Richtig«, nickte Uwe und machte eine bedeutungs-

volle Kunstpause. Nicht nur Heiko hatte das Gefühl, dass da noch was anderes war.
»Aber?«
»Nichts aber.«
»Kein Aber?«
»Nein, ein Und.«
»Und?«
»In der Flasche war etwas, was da nicht hineingehört«, fing Uwe an. Als Heiko beharrlich schwieg und allmählich missbilligend die Augenbrauen zusammenzog, fuhr der Spurensicherer fort: »Da war ein Beruhigungsmittel drin. Außer dem Schnaps.«
»Was für eins?«
»Eines, das man für Tiere benutzt. Veterinärmedizin.«
Lisa zog die Stirn kraus, woran Heiko sah, dass sie nachdachte. Süß. »Das ist also die Antwort auf die Frage, warum er sich nicht gewehrt hat. Er konnte sich nicht wehren, er war bewusstlos.«
»Bewusstlos würde ich nicht sagen«, wiegelte Uwe ab. »Eher, sagen wir, bewusstseinsgetrübt, verstärkt durch den Alkohol.«
»Er hat also alles mitbekommen?«
Uwe bestätigte. »So, wie es aussieht, wollte der Mörder den Mann zwar außer Gefecht setzen, ihn aber nicht gleich und schmerzlos töten, sondern ihn seine Ermordung erleben lassen.«
»Eine Hinrichtung?«
»Vielleicht. Jedenfalls, eine komische Mischung.«
»Der Mörder war dem Opfer körperlich unterlegen«, vermutete Heiko. »Eine Frau?«

»Warum nicht? Frauen und Männer hätten bei der Nagelpistole gleiche Chancen, einen tödlichen Schuss zu landen. Genau genommen müsste man sich ziemlich blöd anstellen, wenn das Opfer überleben sollte.« Lisa sah aus dem Fenster, vor dem immer noch dicke Flocken zu Boden schwebten. »Wie heißt das Zeug? Dieses Beruhigungsmittel?«

»Der Stoff heißt Acepromazin«, meinte Uwe. »Ist zum Beispiel in Präparaten wie Calmicare, Vetidorm oder Somniben.«

»Und konntest du die Fingerabdrücke auf der Nagelpistole identifizieren?«

»Nein, die waren wirklich sehr ordentlich abgewischt. Keine Chance.«

Die beiden Kommissare beschlossen, eine kurze Pause zu machen, um wieder einen klaren Kopf zu bekommen. Also bummelten sie über den ständigen Weihnachtsmarkt, der in Crailsheim hauptsächlich aus einem Socken-, einem Gewürz-, einem Halbedelstein- und einem Unterwäschestand gebildet wurde, auf dem es aber außerdem immerhin passable Steaks und Bratwürste zu kaufen gab. Sie hatten sich mit je einer Bratwurst am Stehtisch vor dem TC, einem der letzten alteingesessenen Traditionskaufhäuser in Crailsheim, wo Lisa bevorzugt ihre Kleider kaufte, obwohl sie schon jede Menge im Schrank hatte, postiert. »Tierberuhigungsmittel«, sinnierte Lisa.

Heiko kaute. Gründlich. Die Wurst war jetzt genau richtig. »Ja.«

»Haben wir einen Bauern unter den Theaterleuten?«

»Das sind Präparate für kleinere Tiere. Hunde, Katzen, Kaninchen«, erklärte Heiko.

»Woher weißt du das?«, wunderte sich Lisa.

»Sita hat das einmal gekriegt, wegen Silvester. ›Somniben‹ hieß das Zeug.«

»Wieso wegen Silvester?«

»Na, wegen der Knaller. Da haben die Hunde doch immer voll Schiss. Sita hat sich immer winselnd unter dem Tisch verkrochen. Also hat sie von mir ein paar Tropfen Somniben gekriegt, sozusagen prophylaktisch.«

»Und, hat's funktioniert?«, wollte Lisa wissen und biss erneut in ihr schmackhaftes Bratwurstweckle.

»Bestens! Sita war total entspannt. Und ich hatte ein schönes Silvester.«

»Soso!«, machte Lisa.

»Vor deiner Zeit«, präzisierte Heiko grinsend, »weisch ja.«

»Ah, zu deinen Playboyzeiten.«

Heiko verdrehte die Augen. Was die Weiber immer dachten!

»Man kriegt es also beim Kleintierarzt«, stellte Lisa fest. »Vielleicht kann Simon die Kleintierärzte überprüfen? Ob denen was fehlt beziehungsweise wer das in letzter Zeit so alles verschrieben bekommen hat?«

»Mir fällt sogar jemand mit einer Katze ein«, meinte Heiko und ließ das letzte Bratwurstweckle-Stück in seinem Mund verschwinden.

»Mir auch. Aber das wäre zu einfach. Oder?«

Heiko zog die Schultern hoch. »Warum sollte es nicht mal einfach sein?«

Martin Seiler saß vor seinem Übungsspiegel und übte Gesichtsausdrücke. Er war gut darin, sogar sehr gut. Der einzige Grund, warum er sich noch nicht für eine dieser Daily Soaps hatte casten lassen, war, dass er eben nicht so gut aussah. Das wusste er, und es ärgerte ihn. Er arbeitete hart, er ging zweimal die Woche ins Fitnessstudio, er benutzte Cremes und Wässerchen, er zupfte sich die Augenbrauen. Und doch, die Nase stand nach wie vor schief im Gesicht, die Augenbrauen lagen zu dicht über den blassgrauen ausdruckslosen Augen, die Stirn war zu niedrig. Er zog eine Wutgrimasse. Das konnte er gut, es sah wirklich wütend aus. Der Dominik hatte alles gehabt, alles. Der hatte gut ausgesehen, die Damen waren ihm in Scharen hinterhergelaufen. Gut, er selber hatte die Annika, und die war schon recht. Sollte er aber mal berühmt werden, so wüsste er genau, was zu tun wäre. Wenn sich die Weiber mal um ihn reißen würden. Ansonsten konnte er immer noch die Annika heiraten. Oder hier alles hinschmeißen und allein nach Berlin gehen, denn Berlin wirkte ja bekanntlich Wunder. Aber dass der Dominik hier immer und automatisch die Hauptrolle gekriegt hatte, nur, weil sein Vater der Kumpel vom Schmierenkomödienschreiber war, das war ungerecht. Ungerecht, ungerecht, ungerecht. Martin Seiler zog eine Grimasse, die Unzufriedenheit ausdrückte. Dann ballte sich seine rechte Hand zur Faust, und die schnellte wie von selbst auf das Spiegelglas, welches krachend splitterte und sich tiefrot färbte vom heruntertropfenden Blut.

Simon Steinle war Kriminalobermeister. Noch. Denn noch in diesem Jahr würde er zum Kriminalkommissar befördert werden, quasi automatisch. Im Dezember wurde Simon 40, jenes Alter, in dem alle Kriminalobermeister letztlich zum Kriminalkommissar befördert wurden. Und er hatte es als eher kleiner und schmächtiger Schwabe in Hohenlohe gar nicht so leicht. Nicht, dass die Hohenloher mit Schwaben ein Problem gehabt hätten. Zumindest kein ernsthaftes. Aber ein halbernstes schon. Denn Schwaben galten als spießig, pedantisch und verbissen. Hohenloher waren auch verbissen, sehr sogar. Absolut stur. Aber pedantisch und spießig nicht. Zumindest nicht alle. Vor einem halben Jahr hatte sich Simon, der ansonsten noch bei seiner Mutter wohnte, mit seiner Internetfreundin Regina verlobt und wirkte seither wie ausgewechselt. Er war überglücklich und verbrachte jede freie Minute mit seiner Regina – was gar nicht so einfach war, denn immerhin hatten sie eine Fernbeziehung. Regina lebte in Ludwigsburg, Simon in Crailsheim. Weniger glücklich machte ihn allerdings die Tatsache, dass er karrieremäßig vor sich hin dümpelte. Das würde sich aber in zwei Wochen von selber erledigen, denn da würde er automatisch befördert werden und bekäme dann eigene Fälle. Georg Ullrich, der ständig Solitär spielende Crailsheimer Polizeichef, hatte die Kollegen angewiesen, den Herrn Steinle ab und zu in die Ermittlungen mit einzubeziehen. Trotzdem blieben ihm gelegentliche Laufburschenjobs nicht erspart. Und so verzog er etwas missbilligend das Gesicht, als Lisa und Heiko, zurück auf dem Revier, ihn darum baten.

»Könnet ihr des net selber macha?«, schimpfte er.

»Och, Simon, du würdest uns echt helfen damit«, schleimte Lisa und schenkte dem kleinen Schwaben ihr schönstes Lächeln. »Wäre gut, wenn du vor allem herausfinden könntest, bei welchem Tierarzt ein Herr Martin Seiler mit seiner Katze Shakespeare in Behandlung ist.«

»Der nennt sei Katz Shakespeare?«, stellte Simon nun versöhnlich grinsend fest.

»Theaterfan. Da liegt das doch nahe«, frotzelte Heiko.

»Klar«, stimmte Simon gespielt todernst zu.

»Aber nicht bloß das. Vor allem brauchen wir alle, denen ihre Viecher Beruhigungsmittel mit dem Wirkstoff …«, Heiko zog einen zerknitterten Zettel aus seiner hinteren Hosentasche, »Acepromazin verschrieben bekommen haben. Zum Beispiel Somniben, Vetidorm oder Calmicare.« Heiko hatte keine Schwierigkeiten mit diesen pseudolateinischen Begriffen, nur mit dem Chemiezeugs kannte er sich nach wie vor nicht gut aus – der einzige Fünfer seiner Schullaufbahn.

»Sag doch nicht Viecher«, tadelte Lisa.

Heiko verdrehte die Augen. »Du weißt doch genau, wie das gemeint ist. In Hohenlohe sagt kein Mensch ›Kleintiere‹. Des heißt Viecher. Und des is gar net bös.«

Lisa grinste. Aus diversen Gesprächen mit Kleintierzüchtern und Bauern kannte sie inzwischen noch weitere Feinheiten. So wurde zwischen ›Hasen‹, in Hohenlohe ›Hosa‹ genannt, und ›Zierhasen‹, also ›Zierhosa‹, unterschieden. Dabei waren mit ›Hosa‹ diejenigen Tiere gemeint, die entweder gleich geschlachtet wurden oder aber in die Landesgrenzen überschreitenden Ausstellungen präsentiert wurden. Wurden allerdings dort von den Juroren Fehler festgestellt, etwa eine fehlerhafte Ohrenstellung oder eine zu dünne Behaarung an den Pfoten, so war der ›Hos‹ ein Fall für den Tiefkühler. ›Zierhosa‹ waren hingegen diejenigen Tiere, die lediglich ›zur Zierde‹ gehalten wurden. Tierarztbesuche und ähnlich kostspieliges Zeug riefen bei den meisten Kleintierzüchtern und Bauern allerdings nur missbilligendes Kopfschütteln hervor. Ein kranker ›Hos‹ war auch ein Fall für den Tiefkühler beziehungsweise die Pfanne, ganz einfach. Lisa und Heiko hatten bereits Gelegenheit gehabt, in diese ganz besondere Welt einzutauchen. Ihr erster gemeinsamer Fall war der Mord am Tiefenbacher Kleintierzüchter Rudolf Weidner gewesen.

Simon hatte nun doch nachsichtig genickt und sich brav Notizen gemacht. »Gut, ii kümmer mi drum«, sagte er dann gnädig und entließ seine Kollegen mit einer wedelnden Handbewegung, die er sich wohl vom Schorsch Ulrich abgeschaut hatte.

Da sie ja erst die Ergebnisse von Simons Recherche abwarten mussten, widmeten sie sich den bisherigen Akten – Dominik Winters Lebenslauf, dem seiner Frau, seines Vaters. Sie konnten aber nichts Auffälliges finden. Schließlich warf Lisa den Aktendeckel mit einem satten Klack und etwas entnervt auf den Schreibtisch. »Und was machen wir jetzt?«

Heiko verschränkte die Finger. »Wie wäre es, wenn

wir uns mal den Häußler vornehmen? Dem seine Fingerabdrücke sind ja schließlich auch auf der Obstlerflasche?«

»Wenn aber die Tatwaffe selber so ausgiebig und ordentlich abgewischt wurde, dann hätte der Mörder wohl kaum die auf der Obstlerflasche übersehen. Außerdem, um das Beruhigungsmittel in die Flasche zu schütten, muss man nicht unbedingt Fingerabdrücke hinterlassen«, gab Lisa zu bedenken.

»Oder es war der Seiler, dann würde alles wunderbar passen«, hielt Heiko dagegen. Dann schüttelte er den Kopf. »Ich will eigentlich nur wissen, was der Häußler zu der Flasche sagt. Ich hab so ein Gefühl, dass der weiß, wo die herkommt.«

»Wieso das denn?«, wunderte sich Lisa.

»Och, die älteren Herren haben öfters so Kanäle zur Deckung des Eigenbedarfs an Spirituosen.«

Nach einem kurzen Telefonat bei Häußler zu Hause war klar, dass er heute mit seinen Stammtischbrüdern in der *Rose* in Onolzheim, das von allen Crailsheimern schlichtweg ›Oonza‹ genannt wurde, zechte. Das kam Heiko gerade recht, war doch der Tag schon deutlich vorangeschritten, und er hatte sowieso Lust auf was Gscheits zum Essen. Die Jahreszeit machte ihm zu schaffen, die Kälte, die frühe Dunkelheit, das Trübe. Wäre auch mal bald wieder Zeit für die Sauna. Aber die neu wiedereröffnete *Rose* war auch nicht schlecht, wie man so hörte. Da gäbe es gute Schnitzel, hatte Onkel Sieger schon erzählt. Also fuhr das hohenlohisch-westfälische Ermittlerteam mit dem M3 nach Oonza und parkte wenig später neben der *Rose*, die nur durch ein beleuchtetes Metallschild mit einer golden ziselierten Rose als Gastwirtschaft ausgewiesen war. Die Wirtschaft befand sich im ersten Stock, deshalb mussten die Kommissare nach der Haustür und einer Glastür mit einer abblätternden Window-Color-Rose eine knarzende Treppe hinauf, die in einen charmant-rustikal eingerichteten Vorraum führte, von dem aus es dann rechts in die Gastwirtschaft ging. Als sie die Tür mit der Aufschrift ›Gaststube‹ öffneten, schlugen ihnen Wärme und laute Stimmen entgegen. Gleich neben dem Eingang stand ein mintgrüner alter Kachelofen, der behagliche Wärme spendete, auf der Ablage darüber befanden sich ein altes Akkordeon und eine braune Küchenwaage. Aus einer Stereoanlage neben dem Ofen tönten Schlager, und von verschnörkelten Metalllampen über den einzelnen hellen, gut besetzten Holztischen ging warm flutendes Licht aus. An den Wänden hingen abwechselnd Bilder von Musikkapellen und Rehgeweihe. Der Wirt hatte sie bereits entdeckt und lächelte ihnen freundlich zu. »Hoggt eich oofach nou, wo ihr wellt«, lud er ein. Heiko hatte mit Kennerblick sofort bemerkt, wo sich der Stammtisch befand – in den meisten Wirtschaften war es ganz einfach der Tisch mit der größten und schönsten Lampe. Er wandte sich also nach rechts, und so standen die beiden Kommissare vor dem Stammtisch, der mit mehreren Männern unterschiedlichen Alters besetzt war, einer von ihnen war Häußler. »Sgott«, grüßte Heiko, die Kurzform von ›Grüß Gott‹.

Die Gespräche verstummten, und die Stammtischbrüder blickten unwillig auf, offenbar waren sie Störungen ihres heiligen Stammtischrituals nicht gewohnt. »Ach, der Kommissar«, meinte Häußler. »Und seine Kollegin«, fügte er schnell hinzu, als er Lisa entdeckte. »Wellt ihr zu mir?«, fragte er weiter, und seine Brust schwoll vor gewissem Stolz. »Mir henn ja vorhin scho driwwer gschwätzt, iwwer den Mord. Und ii hobb en ja gfunda, den arma Kerle«, erklärte er seinen Stammtischbrüdern, die anerkennend murmelten und jetzt auf der Sitzbank zusammenrückten, um den Ermittlern Platz zu machen. Heiko und Lisa setzten sich und bestellten beim eifrig herbeieilenden dunkelhaarigen und leicht gebeugten Wirt zwei Colas. »Trinkt doch was Gscheits«, meinte Häußler. »Die henn an guada Wei.«

»Wir sind noch im Dienst«, erklärte Lisa.

»Und zum Essa?«, fragte der Wirt und setzte seinen Kuli aufrecht auf den kleinen Block, bereit zum Schreiben.

»Euer Schnitzel soll gut sein«, meinte Heiko.

»Ja, des is guad. Und was dazu?«

»Och, Pommes.«

»Gibt es auch kleine Schnitzel?«, fragte Lisa und erntete damit verständnisloses Schnauben von den Stammtischbrüdern. Der, der neben Heiko saß, murmelte grinsend: »Ess, Maadle, dass d' was wirsch.«

»A Kinderschnitzel kemmer macha. Aa mit Pommes?«

»Gibt es Kartoffelsalat?«

»Klar.« Der Mann klappte den Block zu und verschwand in die Küche, wo Heiko erkennen konnte, wie die üppige bebrillte Wirtin sich sofort ans Werk machte. Wenig später zischte Fett auf, und Heiko wusste, dass die Schnitzel hier Pfannenschnitzel waren und nicht aus der Fritteuse kamen. Lecker!

»Sou, und wie kou ii eich helfa?«, meinte Häußler gönnerhaft.

»Es gibt da doch diese Obstlerflasche mit einem Beruhigungsmittel drin, das wohl der Mörder da reingetan hat«, begann Heiko und registrierte sofort, dass einige Männer am Stammtisch scharf die Luft einsogen.

»Ja«, sagte Häußler, sonst nichts.

»Und wir haben uns gefragt, wo die wohl herkommt? Etikett ist ja keines drauf, gell?«

»Die Flasche ist ein Privatbrand«, meinte Häußler nach einem Schluck aus seinem Bierglas. »Und ii hob se geschenkt gricht. Waaß awwer nimmi, von wem.« Allgemeines Aufatmen am Tisch.

»Wissen Sie, uns geht es ja nicht darum, irgendwelche Schwarzbrenner hochzunehmen«, meinte Lisa wenig subtil. »Vielmehr wollen wir einfach wissen, wem die alleruntersten Fingerabdrücke auf der Flasche gehören. Um denjenigen als Mörder ausschließen zu können. Sonst müssten wir eben die ganze Zeit nach diesem Mann fahnden. Oder der Frau.« Ja richtig, die Gleichberechtigung. Der Wirt brachte die Colas und zwei kleine Beilagensalate, die offenbar zu jedem Essen gehörten. Am Stammtisch war es indessen ganz ruhig, zu ruhig. »Also, wenn Sie sich erinnern könnten, wer Ihnen die Flasche … geschenkt hat, dann würde das unsere Arbeit wesentlich erleichtern«, resümierte Lisa und ließ die erste Gabel voll Salat in ihrem Mund verschwinden. Wieder kam der Wirt und stellte ein seltsames Konstrukt auf dem Tisch ab. Es handelte sich um ein Krokodil aus hellem, farblos lackiertem Holz, das auf dem Rücken zwölf Vertiefungen für Schnapsgläser hatte. Und in jeder Vertiefung stand ein Obstlerglas.

»Kommt, nehmt aa oon«, nötigte Häußler, und Heiko und Lisa ließen den Dienst für einige Sekunden ruhen und schnappten sich absolut simultan mit den anderen Stammtischlern ein Obstlerglas. Vielleicht würde kollektives Trinken die Zungen ein wenig lockern. »Proschd«, murmelten alle, und bis auf Lisa tranken alle das Gläslein auf einen Schluck leer.

»Brennt gut«, lobte Heiko. Schweigen. Mit klackenden Geräuschen wurden die Gläser wieder zurück auf das treuherzig dreinblickende Krokodil gestellt, außer Lisas. »Wisst ihr, wenn jetzt der Mann gar nichts gemacht hätte, wäre es ja gscheit, der würde sich melden, dann bräuchten wir nicht die ganze Zeit nach ihm zu suchen«, erläuterte Heiko. Man sah in den Gesichtern, dass die Hirne arbeiteten. Abwägten. Blicke wurden getauscht. »Aber wenn der was zu verbergen hätte, dann …«, fuhr Heiko fort.

»Die Flasch is von mir«, meldete sich dann endlich ein Mann um die 60, der bisher relativ still auf dem hintersten Platz der Bank gesessen war.

»Aha, und Sie sind?«

»Stark, Ferdinand«, meinte er und schluckte. »Was passiert jetzt?«

»Nix«, meinte Heiko. »Sie haben doch bloß eine Flasche Schnaps verschenkt. Was soll da passieren?« Kurz blickte Ferdinand Stark sie entgeistert an, seine Stirn legte sich unter den grauen, adrett gewellten Haaren in Falten, dann grinste er. »Stimmt.«

»Aber es wäre gut, wenn wir Ihre Fingerabdrücke bekommen könnten«, meinte Lisa. »Und wenn Sie uns sagen würden, wo Sie am Sonntagabend waren.«

»Hier«, tönte es nun kollektiv aus allen Kehlen. Auch die Köchin, die soeben mit dem Essen kam und offenbar einiges mitbekommen hatte, bestätigte mit einem gemurmelten »Der wor do«. Sie stellte lächelnd ein Schnitzel vor Lisa ab, das fast so groß wie der Teller war. »Entschuldigen Sie, da muss ein Fehler vorliegen. Ich wollte das Kinderschnitzel«, beschwerte sich die Kommissarin sofort.

Die Frau grinste. »Ist doch das Kinderschnitzel«, meinte sie und stellte vor Heiko ein Schnitzel ab, das den Tellerrand deutlich überragte. »Beilagen kommen gleich«, meinte sie, und Sekunden später kam der schwarzhaarige Mann und stellte vor Lisa eine Schüssel voller Kartoffelsalat und vor Heiko eine Platte Pommes, die eine Familie hätte ernähren können, ab. »Soocht halt, wenn's net langt«, meinte die Wirtin und wünschte guten Appetit.

Häußler stand in seiner Werkstatt und besah sich sein Werkstück. Eine kleine Blumenbank für das stetig wachsende Arsenal an Zimmerpflanzen wollte er bauen, vielmehr: musste er bauen. Solche Aufträge kamen von seiner Frau, und es machte ihm nichts aus, auch wenn er gerne mal was für sich gebaut hätte. Vielleicht sogar was Größeres, ein richtiges Möbelstück, aber die Else meinte zu Recht, dass sie da gar keinen Platz dafür hatten, wo sollten sie es denn hinstellen. Und sie hatte ja recht, sie hatte immer recht. Sie hatte auch damit recht gehabt, dass es mit dem Dominik einmal nicht gut enden würde. So, wie der hinter allen Weibern herstieg und sich kaum um seine junge Familie scherte. Häußler benutzte den Schleifblock, um eine Kante zu begradigen. Ein schabendes Geräusch entstand dabei, ein Geräusch, das die nächtliche Stille durchschnitt. Er liebte es, nachts zu arbeiten, denn da hatte er seine Ruhe. Und seine Frau brauchte ihren Vormitternachtsschlaf, welcher ja bekanntlich der Schönheitsschlaf war. Häußler drehte die Bank um und nahm die Nagelpistole zur Hand. Mit geübten Bewegungen setzte er sie an und schoss einen kleinen Nagel von unten in die umlaufende Leiste. Er ging ganz leicht durch das Buchenholz, weich, butterweich. Weicher ging es nur noch durch eine menschliche Stirn. Der arme Dominik, das war kein schöner Tod. Aber es war halt auch nicht die feine englische Art, seine Frau zu bescheißen. Klack, ein Schuss, und ein weiterer Nagel saß. Obwohl seine Frau immer nur Andeutungen gemacht hatte, nach dem Motto »Nix gwiiß waaß mer net (Nichts Genaues weiß man nicht)«. Aber so was tat man einfach nicht, die arme Stefanie, die armen Kinder. Klack, ein weiterer Nagel bohrte sich in das Holz, und Häußler fluchte leise, weil sich ein Splitter abgespleißt hatte. Dann hörte er ein Geräusch auf der Kellertreppe. Er ging zur Tür und öffnete sie. Vor ihm stand eine Gestalt in weißem Hemd. In Bruchteilen einer Schrecksekunde dachte er, es sei ein Geist. Der Dominik vielleicht. Ruhelos, rachsüchtig. Dann erkannte er seine Frau. Mit den üblichen Lockenwicklern im dunkel gefärbten Haar. »Etz kummsch ins Bett«, befahl sie murmelnd, und Häußler nickte.

Nachdem die Kommissare nach Hause gekommen waren und ihre Tiere versorgt hatten, setzten sie sich aufs Sofa. Sie hatten sich beim Einzug ein cooles orangefarbenes Bigsofa geleistet, auf dem es sich herrlich fläzen und mit allen Tieren kuscheln ließ. Heiko angelte soeben nach der Fernbedienung, als er von draußen plötzlich Gesang hörte. Er runzelte die Stirn und sah Lisa fragend an. Die zuckte die Achseln, ging zum Fenster und schob den Vorhang beiseite. »Da sind eine Menge Leute«, sagte sie. »Beim Nachbarn.« Vor dem Haus links von ihrem standen etwa 15 Leute, blickten in eine bestimmte Richtung und sangen: »Morgen kommt der Weihnachtsmann.«

»Komm, das schauen wir uns mal an«, meinte Heiko und schlüpfte bereits in seinen Mantel.

Die Kälte, die sie traf, war hart und stach ihnen mit feinen Nadeln in die Haut. Lisa kuschelte sich enger in ihren Mantel, genau wie es die Menschen taten, die da vor dem Nachbarhaus standen. Soeben verklangen die letzten Töne des Weihnachtsliedes, und die Leute schwiegen für einen kurzen Moment andächtig. Dann schwang der Laden des vorderen Fensters auf und gab den Blick frei auf eine dekorierte Szene mit einem riesigen Jutesack und einem Plastikweihnachtsmann. Daneben lagen kunstvoll in Goldfolie verpackte Geschenke. Anerkennendes Gemurmel entrang sich den Anwesenden, und es wurde Applaus gespendet. Heiko näherte sich in beiläufiger Haltung und sprach den Mann an, der ihm am nächsten stand und in einen olivgrünen Parka gewandet war. »Was macht ihr denn da?«

Der Angesprochene drehte sich um und antwortete: »Des ist der Adventskalender von den Landfrauen. Jeden Tag wird ein Fenster aufgemacht. Und wir singen ein Weihnachtslied und es gibt Glühwein und Breedlich.« Genussvoll verwendete der Mann das hohenlohische Wort für Weihnachtsplätzchen.

»Das ist ja süß«, fand Lisa und wurde sofort von einer der Damen in Beschlag genommen.

»Wellt ihr aa an Glühwein?«, fragte sie eher rhetorisch, verschwand auch, ohne eine Antwort abzuwarten und kehrte dann mit zwei Tassen zurück, die mit duftendem Gebräu gefüllt waren. Die Kommissare bedankten sich, und die Frau, die die Tassen gebracht hatte, stellte sich neben sie. »Ihr wohnt doo im Nachbarhaus, gell?«, fragte sie. Lisa nickte und nippte am Glühwein. Es wurde sowieso mal Zeit, dass sie mit den Leuten hier ein bisschen in Kontakt kamen. Das Getränk wärmte sofort, auch die Hände, weil sie in der Eile keine Handschuhe angezogen hatten.

»Ja, und wir fühlen uns hier total wohl. Ich bin übrigens Lisa, und das ist Heiko.«

»Des is schää«, meinte die Frau, die sich bei der Gelegenheit als Katrin vorstellte. »Ha ja, also wie scho gsocht, do mecht ebba jede amol so a Fenschder, und no is jeden Oowad bei jemand andersch der Adventskalender.«

»Ach«, meinte Lisa. »Wenn ich das gewusst hätte, hätte ich da auch mitgemacht.«

»Ja, für dieses Jahr ist jetzt schon alles voll«, schaltete sich der Mann ein, der sich bei der Gelegenheit gleich als Manfred vorstellte. »Aber wenn unsere Siedlung das nächste Mal dran ist, sagen wir euch gern Bescheid.«

Lisa nickte eifrig, während Katrin nun verstohlen zu ihrem Haus hinüberlinste. »Man kommt manchmal gar net zum Dekorieren, gell«, meinte sie dann und lächelte Lisa dünn zu.

»Weißt du, Katrin, wir sind beide berufstätig, Vollzeit.« Lisa folgte dem Blick der Landfrau und entdeckte tatsächlich, dass ihr Haus als Einziges in der Straße unbeleuchtet, ungeschmückt und damit irgendwie trostlos wirkte.

»Ha ja, so is manchmal, gell.« Manfred schien die komische Situation zu erkennen und wechselte gekonnt das Thema. »Nächsten Montag singen wir bei der Sonja, die wohnt ja auf der anderen Seite neben euch. Die ist Hobbykünstlerin, das wird bestimmt au net schlecht.«

»Wirklich?«, staunte Lisa. »Das wusste ich gar nicht, dass die Künstlerin ist.«

»Doch, doch«, versicherte Manfred.

Drei Stunden später nach je eineinhalb Gläsern Glühwein, netten Gesprächen und einem ›Tatort‹ im Fernsehen lagen Lisa und Heiko endlich eng umschlungen im Bett. Die Katze hatte es sich zu Lisas Füßen bequem gemacht, und zwar explizit zu Lisas Füßen, was gar nicht so einfach gewesen war. »Was machen wir denn dieses Jahr für Weihnachtskarten?«, fragte Lisa und durchbrach damit die angenehme Stille.

»Weihnachtskarten? Braucht man das?«, fragte Heiko zurück.

»Also bitte, klar braucht man das, das ist doch die einzige Gelegenheit im Jahr, wo man mal mit der Verwandtschaft korrespondiert. Natürlich brauchen wir Karten, und ich habe auch schon eine Idee.« Heiko schwieg, ihm schwante nichts Gutes. Aber seine Taktik, das Thema durch Ignorieren zu beenden, ging nicht auf, denn Lisa fuhr fort: »Wir basteln so kleine Nikolausmützchen für die Tiere und machen dann damit ein Weihnachtsfoto.«

Heiko atmete erst mal auf, weil er immerhin drumrum kam, selber den Nikolaus zu mimen. Das war ja schon mal was. »Wie, basteln?«, fragte er also.

»Na, aus rotem Filz und Watte.«

»Aha.«

»Obwohl, für Sita wären vielleicht auch Engelsflügel schön. Die Sita als Christkind.«

Heiko fragte sich, ob seine Freundin das ernst meinte, und hoffte, es bliebe beim Vorschlag. »Und was hältst du vom Fall?«, wechselte er das Thema und streichelte Lisas Rücken. Sie schmiegte sich an ihn. »Na ja, also ich denke nicht, dass es der Schnapsbrenner war.« Sie hatten den Mann ja noch gebeten, der Form halber morgen seine Fingerabdrücke abzugeben. Aber es war zu erwarten, dass die Fingerabdrücke seine waren, die alleruntersten, die des Schnapsproduzenten, und sein Alibi war sowieso mehr als überzeugend.

»Vielleicht der missgünstige Schauspielstudent?«, schlug Lisa vor.

»Wer weiß«, meinte Heiko.

»Wir müssen uns nach und nach alle Schauspieler und alle, die mit dem Theaterstück zu tun hatten, vornehmen.«

»Die anderen aus seinem Umfeld auch«, gab Heiko zu bedenken und drückte Lisa einen leichten Kuss auf die Stirn. Die blöde Katze sprang auf und strich schnurrend um Lisas Hand herum. Gedankenverloren streichelte sie das eifersüchtige Vieh. »Das wird wieder eine Sisyphusarbeit«, seufzte die Kommissarin, und Heiko stimmte ihr innerlich zu. Stille, nächtliche Stille, nur das Schnurren der Katze und die Scheinwerfer eines Autos, die kurzzeitig die nachtdunkle Straße erleuchteten. »Übrigens kommen meine Eltern an Heiligabend zu Besuch«, sagte Lisa plötzlich und sah Heiko direkt an. Heikos Adrenalin schnellte nach oben. Auch nach zwei gemeinsamen Jahren war Lisas pedantische Mutter nicht davon zu überzeugen, dass Heiko kein schwäbischer Schweinebauer war, bar jeder Manieren und absolut indiskutabel als Schwiegersohn. Heiko sparte sich also ein »Oh, toll« und sagte stattdessen einfach: »Hm.«

Der dicke Mann hielt das sich windende Tier am Schwanz hoch. Die Maus fiepte ängstlich. Er führte das Tier direkt vor seine Augen. Der kleine Nager versuchte sich aufzurichten und zappelte wild mit den kurzen Beinchen. Würde ihm aber nichts helfen. Der Mann öffnete den Deckel des Terrariums und ließ die

Maus behutsam hineingleiten. Das Tier flüchtete sofort in eine Ecke und duckte sich. Schließlich setzte sich der Nager auf und putzte sich. Beinahe niedlich, aber seine Lieblinge hatten ihn schon entdeckt. Die Kornnatter war bereits aufmerksam geworden und näherte sich langsam, züngelnd, voller Vorfreude. Der Mann ging in die Hocke, auf Augenhöhe mit seinem Liebling, und beobachtete interessiert, was jetzt folgte. Die Maus schnupperte, hob das Köpfchen, richtete sich auf, und die Natter kam näher und näher, schlich geradezu, was aber nicht nötig war, weil die Maus ja erstens nicht abhauen konnte und zweitens gar nicht wusste, was ihr bevorstand. Es ging ganz schnell, zu schnell. Die Natter richtete den Kopf auf, wickelte dann in Sekundenbruchteilen ihren geschmeidigen Körper mehrfach um das Opfer, die Maus quiekte, wand sich, und schließlich zuckte das wehrlose Fellbündel nur noch ganz leicht. Die Maus quiekte ein letztes Mal, ihr linkes Hinterbein, das frei geblieben war, bewegte sich noch einmal, und dann begann sein Liebling nach einer kurzen Pause mit dem Verschlingen. Dem Dominik war es wohl ganz ähnlich gegangen wie gerade eben der kleinen Maus. Ein absolut ahnungsloses Opfer. Geschah ihm ganz recht.

MITTWOCH, 09. DEZEMBER

Stefanie Winter erwachte und fasste mechanisch neben sich. Es war die pure Gewohnheit, und nun würde sie sich daran gewöhnen müssen, dass ihre Hand ins Leere griff. Denn Dominik war fort, für immer. Sie liebte ihn so sehr, hatte ihn so sehr geliebt. Sie fasste sich an die Stirn, unsäglich peinigende Kopfschmerzen plagten sie. Am liebsten hätte sie ein paar Tabletten eingeworfen, viele, zu viele. Aber das durfte sie nicht, denn die Kinder brauchten sie, sie musste für sie da sein. Philipp und Karina fragten andauernd nach ihrem Papa, und sie brachte es nicht übers Herz, ihnen die Wahrheit zu sagen. Wie sollte man einem Kind erklären, dass der Papa tot war und nie mehr wiederkommen würde? Wut und Zorn stiegen in ihr hoch, Tränen aber keine, denn die Tränen waren alle geweint. Die Wut auf das Schicksal, auf den Mörder, der ihr eine solche Last aufgebürdet hatte, unter der sie eines Tages zusammenbrechen würde, kochte hoch, schäumte über, schlug in Wellen über ihr zusammen und entlud sich in einem markerschütternden Schrei, der sich ihrer gemarterten Kehle entrang und der die kleine Ines dazu brachte, erschrocken mitzubrüllen.

Lisa und Heiko kamen wieder gemeinsam aufs Revier und wurden noch im Mantel von Simon in Beschlag genommen, der ihnen stolz die Ergebnisse seiner Recherche präsentierte. »Das Beruhigungsmittel haben zwei Tierärzte im Programm. Der Kunz in Tiefenbach und die Meißner in Gründelhardt.«

»Und? Hast du noch irgendwelche Patientennamen?«

»In Gründelhardt ist auch der Seiler. Mit einer Katze namens Shakespeare.«

Else Häußler kaufte ein, und zwar im Handelshof. Hier bekam sie alles, und schließlich wollte sie sich und ihren Helmut ausgewogen ernähren. Helmut war ein guter Mann, und sie führten eine gute Ehe, auch nach 40 Jahren noch. Der Einkaufswagen schnarrte über den gefliesten Boden des Handelshofs. Aus den Lautsprechern tönten Weihnachtslieder, unterbrochen von Durchsagen. Else Häußler kam an der Süßigkeitenabteilung vorbei, wo allein zwei Regale mit grinsenden Weihnachtsmännern aller Preisklassen und Lebkuchen vollgepackt waren. Sie nahm für jeden ihrer Enkel einen der teuersten Weihnachtsmänner, den sie finden konnte, holte für sich und Helmut noch eine Packung Mon Chéri und ging dann weiter zum Obst und Gemüse. Die Fertignudelabteilung ließ sie rechts liegen – Fertignudeln waren für eine echte Hohenloherin indiskutabel. Und heute Morgen beim Frühstück hatte ihr Helmut das mit der Obstlerflasche erzählt. Unglaublich, was die Polizei heutzutage alles rausfinden konnte. Und so schnell. Sie hatte ja immer gedacht, dass beim Dominik was nicht stimmte. Und so, wie der sich gegenüber den Damen verhalten hatte – also, das ging einfach nicht. So innig mit der Sybille knutschen und daheim die Frau und drei Kinder hocken haben, so was war unmoralisch. Und Unmoral duldete sie nicht in ihrem Dorf. Else Häußler hob eine Honigmelone an und prüfte mit leichtem Druck auf die Schale, ob sie auch reif war. »Sou, bisch aa awengie do«, tönte es plötzlich hinter ihr. Sie drehte sich um und entdeckte Ruth Kleidermann, eine alte Schulkameradin. »Ach, Ruthle«, meinte sie. »Ja, sou vill Gschäft.« Sie wies auf ihren Einkaufswagen, der allerdings noch kaum befüllt war, da sie ja bisher nur bei den Hartwaren und den Süßigkeiten gewesen war.

»Bei mir aa. Awwer du meksch dr aa zvill Stress, Maadle«, urteilte Ruth.

»Ha ja«, stimmte Else zu und setzte eine leidende Miene auf.

»Un jetz aa noch der Mord! Also noh!«, meinte Ruth.

»*Nur heute, 100 Gramm Leberwurst für nur 1,69*«, tönte plötzlich eine Stimme aus dem Lautsprecher. »*Oder: Snicky Küchenrolle, weich und saugstark, der Viererpack nur 1,29.*«

»Ii soochs dr!«, stimmte Else zu. »Und mer waaß ja net, wer en umbroochd hat.«

»Wissas noch goor nix?«, bohrte Ruth.

»*Samti Marmelade, fruchtig-süß und lecker, alle Sorten im 200-Gramm-Glas nur 1,29*«, lockte die Stimme aus dem Lautsprecher.

»Ha, awengie was wissas glaab scho«, meinte Else und warf Ruth damit ein Bröckchen hin. Die sprang natürlich sofort darauf an. »Was denn?« Else zierte sich und zog die Augenbrauen hoch. »Ii waaß net, ob ii des sou verzeila deff. Des sin ja Interna, waasch.«

»Karli Ketchup, feurig und würzig, die Literflasche für nur 1,09«, tönte es.

»Also ii baatsch nix rum«, versprach Ruth und machte eine ›Meine-Lippen-sind-versiegelt‹-Geste. »Awwer des hasch net von mir: Scheint's hat der Mörder a Beruhigungsmittel in da Obschdler nei. Waasch, in die Flasch, wo die Kerl immer noch saufa nach dr Probe. Und sou hat sich dann der Dominik nimmi wehra kenna.«

»Also noh!«, meinte Ruth, und ihre Augen leuchteten.

»Italienische Ravioli in fruchtiger Tomatensoße von Mamma Hanna, 500 Gramm nur 1,69«, schlug die Lautsprecherstimme vor.

»Wie henns en nochamol umbroochd?«, fragte Ruth weiter.

Else legte endlich die Honigmelone in den Wagen und erzählte dann: »Mei Mou hat en ja gfunda. Des wor net schee, des sooch ii dr! Der hat mir alles verzeilt.«

»Was!«

»Ja.« Sie tippte sich auf die Stirn. »Doo is a Noochl dringsteckt, mitta im Hiira.«

»Ach!«

»Ja! Und do is glei Ende Gelände, gell.«

»Ja!«

»400 Gramm Hackfleisch, frisch und saftig, nur 2,49«, pries wieder die Stimme an.

»Jaja.«

»Hm.«

»Un wennd mii frägsch, no is der seinera Fraa neewa nauß.«

»Des is awwer net schää!« Ruth schüttelte missbilligend den Kopf.

»Find ii aa. Awwer net weiterverzeila, gell!«

»Uff mii kousch di ab-so-lut verlassa!«

Die Fahrt nach Gründelhardt war trübe, wie es für manche Wintertage hier typisch war. Schmutzig grau präsentierte sich die Landschaft, in den Schneemassen steckten hier und da verstört wirkende Graureiher mit eng an den Körper gezogenen Köpfen. Hungrige Bussarde klammerten sich an die kahlen Äste der Obstbäume, hektisch die Landschaft überblickend auf der Suche nach Futter. Dann rauschte der kahle, skelettartige Wald vorbei, dann nichts, freies Feld, dann die Abfahrt nach Unterspeltach, letztlich rechts ein Schild mit der Aufschrift ›Banzenweiler‹, und schließlich passierte der M3 die Ortseinfahrt von Gründelhardt, auf Hohenlohisch schlicht ›Grändert‹ genannt. Sie parkten schließlich den Wagen vor der Tierarztpraxis, die gegenüber einem Kindergarten gelegen war. Im Garten befanden sich neben einem riesigen Holzstapel an der Wand des großen Hauses diverse Tierfiguren, die auf den ersten Blick wie echt wirkten. Dazwischen schlich eine tatsächlich lebendige Katze mit Silberblick umher.

»Die hat wohl was an den Augen«, mutmaßte Lisa und betrachtete das braun-weiße Tier.

»Ja, ich hab schon gehört, dass die Meißner auf Augensachen spezialisiert ist«, meinte Heiko. »Da kommen die Leute von überallher mit ihren Viechern.« Der Türöffner surrte, und die Kommissare begaben sich zur

Anmeldung. Über der Theke baumelte ein Mobile mit Plastikungeziefer in monströser Größe, unter anderem eine handtellergroße Zecke. In einem Einmachglas in einer Vitrine daneben schwamm ein weißer Bandwurm. Eine rothaarige bebrillte Sprechstundenhilfe mit türkisfarbenem Schal schickte sie unerbittlich ins Wartezimmer, Polizei hin oder her. Und so saßen die beiden Ermittler im Wartezimmer zusammen mit drei Tierhaltern. Neben dem Fenster saß eine üppige Blondine in den 30ern, die ein graues Meerschweinchen auf dem Schoß hielt und das quiekende Tier unablässig streichelte. Sie unterhielt sich mit der modelhaften Besitzerin einer schwarz-braun gestromten Bulldogge, die beständig röchelte. Der dritte – unsichtbare – Patient befand sich in einer kleinen Box. Seine Besitzerin war eine Kaugummi kauende schwarzgekleidete Jugendliche, die die Arme vor der Brust verschränkt hielt und stoisch eine Hundefotografie an der gegenüberliegenden Wand betrachtete.

»Mein Diego frisst schon seit ein paar Wochen nicht mehr«, erzählte die Blonde gerade der Hundehalterin.

»Was?«, meinte die. »Ja, was machen Sie dann?«

»Wir füttern ihn ein paar Mal täglich mit Brei. Und er kriegt Anabolika zum Muskelaufbau.« Heiko konnte ein Grinsen nicht unterdrücken. Anabolika fürs Meerschwein, cool!

»Und was haben Sie denn?«, fragte die Blonde, an die Jugendliche gewandt, und hielt im Streicheln des Meerschweinchens, welches sofort zu quieken aufhörte, inne. »Eine Zwergmaus. Die hat ein Geschwür am Ohr.«

Nun konnte sich Heiko nur noch mit Mühe beherrschen, denn unwillkürlich fragte er sich, wie groß denn ein Geschwür am Ohr einer Zwergmaus sein sollte und wie man das wohl behandelte. »Ja gell, man hat sie halt lieb«, meinte die Blonde und streichelte wieder nervös das Meerschweinchen Diego, welches erneut in unwilliges Quieken verfiel. Die Tür ging auf, und Frau Meißner erschien, eine kleine, schlanke Frau mit aschblondem halblangem Haar und Brille. Sie wirkte ernst, aber auch mütterlich und kompetent, wie Lisa sofort feststellte. »Frau Sengle mit Diego«, rief sie auf, und die Blondine setzte das Meerschweinchen augenblicklich zurück in seine Transportbox, um dann mit wiegenden Schritten den Behandlungsraum zu betreten.

Anschließend wurde die Ohrgeschwürzwergmaus hereingerufen und schließlich die röchelnde Bulldogge, die, wie sich herausstellte, auf den klangvollen Namen Wauzi hörte. Keine Extrawurst für die Kommissare, schön der Reihe nach. Lisa hatte sich eine Illustrierte gegriffen, ein Schöner-Wohnen-Magazin, während Heiko gelangweilt in der *Auto, Motor und Sport* blätterte.

»Weißt du noch: ›Wir sind die Wauzis‹?«, fragte Lisa.

Heiko dachte kurz nach. Irgendwie klingelte es bei ihm.

»Haben keine Mama?«, half Lisa.

»Ach ja, haben keinen Papa, niemand hat uns lieb!«, ergänzte Heiko. »Die Stofftierwerbung aus den 80ern, richtig. Das ist aber schon ewig her.«

»Ja, wir werden alt«, meinte Lisa, halb im Scherz, aber

tatsächlich war auch etwas Wahres dran. Nun waren sie Mitte 30, das war schon ein gewisses Alter, man konnte sagen, sie gingen auf die 40 zu. Zeit zum Heiraten, würde Heikos Mutter sagen. Nach einer weiteren Viertelstunde – offenbar war die Beratung in der Tierarztpraxis äußerst gründlich – ging die Tür auf, und Frau Meißner bat sie herein. Der Raum roch, wie alle Arztpraxen rochen: nach frischem Desinfektionsmittel. Auch sonst hatte er einiges von einem normalen Behandlungsraum, nur, dass die Pritsche in der Mitte deutlich höher war und auch nicht so groß, dass ein Mensch darauf Platz gefunden hätte.

»Sie sind von der Polizei«, stellte Frau Meißner fest und schüttelte den beiden Ermittlern mit kräftigem Druck die Hand.

»Ja, wir hätten da eine Frage.« Die Frau nickte, unterdessen kam eine dunkelhaarige, zierliche Ärztin mit fränkischem Dialekt herein, die sich erkundigte, ob man die Zahnkorrektur beim Meerschweinchen Diego unter Vollnarkose oder ohne machen sollte. Nachdem sie ihre Antwort erhalten hatte – sie lautete schlicht: »Ohne!« –, widmete sich die Ärztin ganz den Kommissaren. »Wie kann ich Ihnen helfen?«

»Vielleicht ist Ihnen zu Ohren gekommen, dass es in Crailsheim einen Mord gegeben hat.«

»Ja, das stand in der Zeitung. Und was hat das mit mir zu tun?«

»Das Mordopfer wurde vor seinem Tod betäubt. Und zwar mit einem Tierberuhigungsmittel mit dem Wirkstoff Acepromazin.«

Die bebrillten blauen Augen der Tierärztin weiteten

sich. »So«, meinte sie. »Und jetzt habt ihr rausgefunden, dass wir so ein Mittel auch benutzen.«
»Ihr und die Tiefenbacher, genau.«
»Stimmt«, bestätigte Frau Meißner. »Bin ich jetzt verdächtig?«
»Quatsch«, meinte Heiko. »Aber wir fragen uns – und das müssen Sie natürlich diskret behandeln –, ob Sie vielleicht einem Herrn Seiler ein solches Mittel mitgegeben haben?«
Frau Meißner sah sie an und schien einige Sekunden nachzudenken. »Wissen Sie, so was ist vertraulich. Ich gebe keine Patientendaten raus.« Heiko und Lisa wechselten einen Blick. »Wir könnten auch einen Beschluss holen, aber das würde die ganze Sache unnötig verkomplizieren«, erklärte Heiko dann. Die Veterinärin schien mit sich zu ringen. Wieder streckte die Fränkin den Kopf zur Türe herein und verkündete, das Meerschweinchen Diego habe seine Zahnkorrektur erfolgreich absolviert und würde nun wieder wie ein Weltmeister Gurke mümmeln. Die Tierärztin nickte lobend und lächelnd, und die Fränkin verschwand. »Wie, sagten Sie, heißt der Mann?« Frau Meißner setzte sich ergeben schnaubend vor ihren Rechner und tippte endlich, nachdem Heiko den Namen wiederholt hatte, *Seiler* ein. »Ach ja, Shakespeare, nicht wahr?«, erinnerte sie sich. »Ein goldiger Kater. Und ein ganz netter junger Mann.« Wieder ein prüfender Blick in Richtung der Kommissare. Dann seufzte sie noch einmal und meinte schließlich: »Der Kater hat von uns Somniben bekommen. Für Silvester, im Voraus.«

»Könnten Sie uns das ausdrucken?«, bat Heiko, und Sekunden später surrte der Laserdrucker.

Auf dem Weg hinaus begegnete ihnen Frau Sengle mit dem Meerschweinchen Diego in seiner Transportbox. »Noch mal gut gegangen«, meinte sie, sie wirkte sichtlich erleichtert und lächelte gelöst.

»Also hat der Seiler das Zeug zu Hause«, stellte Lisa fest, als sie wieder im Auto saßen. Heiko nickte. »Ich würde sagen, wir statten dem noch mal einen Besuch ab.«

Schnell hatte der M3 den Weg nach Altenmünster zurückgelegt. Sie trafen den überraschten Seiler zu Hause an, seine Freundin war nicht da. Er geleitete die Kommissare ins Wohnzimmer, wo eine Leselampe und ein Riesenschmöker mit der Aufschrift ›Kafkas Gesamtwerke‹ davon zeugten, dass Martin Seiler soeben mit Lesen beschäftigt gewesen war. Heiko schüttelte sich innerlich. Kafka! Das würde er freiwillig niemals lesen, dieses psychopathische Zeug. Es hatte ihm vollkommen gereicht, ein paar kurze Texte in der Schule lesen zu müssen. Schon damals hatte er sich geschworen: Nie wieder Kafka! Seiler stand da, die Hände so tief in den Hosentaschen, dass der Bund seiner Jeans nach unten rutschte, und sah sie auffordernd an. Heiko räusperte sich. »Martin, das Mordopfer wurde mit einem Tierberuhigungsmittel betäubt, bevor der eigentliche Mord passiert ist.«

Seiler erstarrte. »Und? Was hat das mit mir zu tun?«

»Sie haben von Frau Dr. Meißner aus Gründelhardt ein solches Präparat für Ihre Katze bekommen«, erklärte Lisa.

Seilers Blick wanderte im Zimmer umher, als suche er nach einer Fluchtmöglichkeit. »Bitte, was? Ich verstehe gar nichts«, beschwerte er sich dann.

»Das Zeug heißt Somniben«, erklärte Heiko. »Und du hast es verschrieben bekommen.«

Seilers Augenbrauen zogen sich zusammen. Dann nahm er die rechte Hand aus der Hosentasche und deutete mit einer schnellen Zeigebewegung auf die beiden Kommissare. »Ach, und jetzt folgert ihr, dass ich dem Dominik das Zeug eingetrichtert hab?«

»Via Obstler«, präzisierte Heiko. »Deine Fingerabdrücke sind auch auf der Obstlerflasche.«

»Ach so, ja klar.« Es folgte eine kurze Pause, in der alle schwiegen und Shakespeare, der zuvor auf dem Sofa gelegen hatte, sich streckte, die Krallen spreizte und ausgiebig gähnte. »Natürlich sind meine Fingerabdrücke da drauf, wie gesagt, ich hab irgendwann mal einen Schluck genommen«, erläuterte Seiler kalt. »Und was das Zeug angeht – einen Moment.« Er verließ das Zimmer, auf Schritt und Tritt verfolgt von Heiko und Lisa, die sich in diesem Stadium der Ermittlungen nicht erlauben konnten, dass ihnen ein Verdächtiger abhaute. Seiler verdrehte die Augen, als er dies registrierte, führte die Ermittler aber schnurstracks ins Schlafzimmer, wo sich der Medikamentenschrank befand. Er öffnete ihn und suchte eine Weile, schließlich reichte er Heiko eine kleine Schachtel, die offenbar ein Fläschchen enthielt.

»Vorsicht, das ist Beweismaterial«, mahnte Lisa und zog ein Tütchen hervor.

»Ist es nicht«, behauptete Seiler, nahm dem verdutzten Heiko die Schachtel ab, öffnete sie und förderte das originalverschweißte Fläschchen zutage. »Das Zeug war für Silvester gedacht. Für in zwei Wochen. Kannst du mitnehmen.« Ungerührt tütete er die Flasche wieder ein und reichte sie Heiko mit tödlichen Blicken. Der nahm sie zögernd, packte die Flasche bedächtig wieder aus, kontrollierte die Perforation der Versiegelung, über die Frau Meißner mit schwungvoller Handschrift sogar noch mit Folienstift die Dosierungsanweisung geschrieben hatte. Er drehte das Fläschchen um, um zu sehen, ob es dicht war. Und es war dicht. Nichts floss aus.

»Tja, das ändert die Sache«, meinte Heiko entschuldigend. Wunderbar, dachte er sich, jetzt fangen wir wieder bei null an.

»Meine ich doch auch«, befand Seiler, latent zickig. »Hast du vielleicht noch eine Idee, wer mit dem Winter ein Problem gehabt haben könnte?«

Seiler wirkte beleidigt und schien kurz davor, die beiden rauszuschmeißen.

»Wissen Sie, wir machen auch nur unseren Job«, meinte Lisa versöhnlich und schenkte dem jungen Mann ihr strahlendstes Lächeln.

Der seufzte endlich und meinte dann: »Also, ich kann euch da nicht weiterhelfen. Vielleicht wollt ihr aber mal eine Kopie vom Stück haben? Dann wisst ihr, worum es in dem Theaterstück überhaupt geht.«

»Ist das vom Körner?«, vermutete Heiko und meinte damit den Altenmünsterer Schriftsteller, der zu Weihnachten und Ostern literarisch mehr oder weniger hochwertige Gedichte ans Hohenloher Tagblatt schickte, welches die Machwerke auch immer pflichtschuldig veröffentlichte.

»Es gibt zwei Schriftsteller in Altenmünster«, präzisierte Seiler. »Den Körner und den Weiland. Und der Weiland ist eher für die volkstümlichen Sachen zuständig, obwohl der Körner meines Wissens auch schon ein paar Theaterstücke geschrieben hat. Anspruchsvoller, wesentlich besser, wenn ihr mich fragt. Aber wie heißt es so schön, panem et circensem, das heißt Schlachtplatte und Bauernschwänke fürs Volk, nicht wahr?«

»Panem et circensem«, äffte Heiko und vollführte theatralische Gesten, als sie wieder im Auto saßen. Lisa grinste.

»Ist halt ein gebildeter Mann, der Martin Seiler.«

»Ist er nicht. Es heißt panem et circen*ses*. Und ich kann dieses pseudointellektuelle Getue nicht leiden.«

Lisa blätterte im Theaterskript, das Seiler ihnen noch schnell auf seinem All-in-one-Gerät kopiert und mit dem Tacker zusammengeheftet hatte. Seine Passagen waren im Original neongelb, hier waren sie hellgrau unterlegt und somit schwer zu lesen. »Seine Rolle war tatsächlich nicht allzu groß«, meinte Lisa, während sie die Seiten schnell durch ihre Finger gleiten ließ.

»Und um was geht's?«, wollte Heiko wissen.

»Das Stück heißt schlicht ›Dorftheater‹«, erklärte Lisa. »Und in der ersten Szene kommen der Dorfpfarrer und eine junge Frau namens Luise vor.«

»Aha«, machte Heiko.

»Der Pfarrer schleicht aus dem Wohnwagen von

Fräulein Luise, welche ihm hinterherwinkt«, las Lisa die Regieanweisung vor. »Pfarrer nach rechts ab. Von links kommen die beiden Landfrauen Berta und Adelheid.«

»Soso.«

Lisa blätterte die Seiten durch. »Das muss man mal ganz lesen«, beschloss sie.

»Ja, das sollten wir. Und wir fahren noch kurz nach Tiefenbach zum Tierarzt und lassen uns eine Liste der Leute geben, die dort Somniben und vergleichbares Zeug verschrieben bekommen haben.«

In Tiefenbach beim Tierarzt Dr. Kunz, der, seit Lisa und Heiko mit ihren Tieren in Tiefenbach wohnten, auch ihr Haustierarzt war, gab ihnen eine geschäftig wirkende Sprechstundenhilfe die Auskunft, eine solche Liste zu erstellen sei ein »größers Gschäft«, ließ sich ihre E-Mail-Adresse geben und schickte sie wieder davon. Heiko und Lisa fanden, dass eine solche Liste auch von den Gründelhardtern sinnvoll wäre, und riefen in der Praxis von Frau Doktor Meißner an, wo man ihnen versprach, eine solche Liste auch so schnell wie möglich zu schicken.

»Und was machen wir jetzt?«, fragte Heiko.

»Wir könnten eine kurze Mittagspause einlegen«, schlug Lisa vor. »Ich hab irgendwie Hunger.«

Das kam Heiko gerade recht. »Kett?«, fragte er.

Eine halbe Stunde später saßen die beiden Kommissare im Kaffee Kett und hatten vor sich das Tagesessen stehen – Lasagne mit Salat. »Lecker«, fand Lisa und kaute zufrieden auf einem Bissen herum. Sie winkte der älteren weiß gelockten Dame, die immer Bonbons (in Hohenlohe ›Bombo‹ genannt) verteilte und die soeben erwacht war. Ab und zu schlief sie vor ihrer Weinschorle ein und schlummerte selig, um Minuten später wieder topfit und sehr kommunikativ zu sein. Heiko trank einen Schluck Cola.

»Und jetzt?«, fragte er dann.

Lisa überlegte. »Das mit dem Tierberuhigungsmittel kann ja dauern, hat die Sprechstundenhilfe gesagt.«

»Das hätte ja auch zu gut gepasst!«, meinte Heiko und verpasste dem Tisch einen sanften Schlag.

»Pass doch auf«, tadelte Lisa sofort.

Heiko grinste. »Schau mal zum Stammtisch rüber«, forderte er. Am Stammtisch saßen immer mehrere ältere Herren, die es als ihr ureigenstes Privileg ansahen, am Stammtisch zu sitzen. Sobald sich jemand anderer an diesen ganz speziellen Tisch setzte, wurde er barsch aufgefordert, den Platz zu räumen. »Da kann ich doch jetzt nicht so hinschauen«, meinte Lisa schüchtern und etwas ehrfürchtig.

»Ist dir schon mal die Vertiefung im Tisch aufgefallen?«, fragte Heiko weiter. Lisa nickte, tatsächlich hatte sie das Beinahe-Loch im Stammtisch schon bemerkt. »Hast du da draufgehauen?«, fragte sie also halb im Scherz. Heiko schüttelte den Kopf. »Ich nicht. Aber einer der Stammtischler hat dort seinen dauerhaften Platz. Und der sitzt also da, all die Jahre, jeden oder fast jeden Tag, und bearbeitet mit dem Zeigefinger den Tisch.« Lisa hielt im Kauen inne, schluckte dann und mutmaßte: »Du veräppelst mich.«

Heiko grinste. »Nein, das hört sich unglaublich an, aber die Story stimmt wirklich.« Kurz schien Lisa zu überlegen. Heiko deutete auf das Gemälde des Crailsheimer Lokalkünstlers Erhard Prank, das in der Nähe des Stammtischs an der Wand hing. Es stammte aus seiner Clown-Serie, und Lisa hatte sich schon oft gefragt, welche Bedeutung es hatte. »Schau, das sind die alten Stammtischler. Als Clowns, okay, aber jeder hat seine charakteristischen Attribute.« Er deutete von links nach rechts und referierte. »Der da ist Arzt, der da hat einen Hund, der da hockt immer so da, und das ist der, der mit dem Finger auf dem Tisch rumgräbt.« Lisa starrte das Bild an und fand keine bessere Erklärung als die, die Heiko geliefert hatte. Die Hohenloher kamen aber auch auf Ideen!

Plötzlich klingelte Heikos Handy, und es war Frau Häußler dran, die Chefin der Theatertruppe. »Häußler, Grüß Gott, Herr Kommissar, ich hoff, ich stör net?«, begann sie, und zwar in einer Lautstärke, dass Lisa trotz des beträchtlichen Lärmpegels im Kaffee Kett wunderbar mithören konnte.

»Gar nicht«, beruhigte Heiko. »Ihnen ist noch was eingefallen?«

»Ja«, meinte die Frau, und es klang eifrig. »Also, ii waaß net, ob's wichtig is, aber ii glaab, der Dominik hat nach derra Sybille guggt.«

»So«, machte Heiko. »Wie kommen Sie denn darauf?«

»Na ja, also in dr Rolle im Theaterstück müssen die a boor Mol knuschta, und des hat immer reechd innich ausgseecha.«

Heiko seufzte. Das war ja super. Eine tolle Spur. Aber im Moment vielleicht das Beste, was sie hatten. »Und der war nicht einfach nur ein guter Schauspieler, der Dominik?«, vermutete Heiko.

»Do wor mehr dahinter, des sooch ii eich«, widersprach Frau Häußler, und Heiko glaubte, sie vor sich zu sehen, mit bedeutsam erhobenem Zeigefinger. »Sou ebbes sicht mer doch«, fügte sie noch bekräftigend hinzu.

Manfred Körner suchte einen Reim. Seit 20 Minuten saß er da und suchte. Er wollte ein Gedicht über das Leben verfassen, es gab einen Wettbewerb. Und es war Ehrensache, dass er da teilnahm. Denn irgendwann würde er von seiner Schriftstellerei leben wollen und den Job als Versicherungskaufmann aufgeben. Dass er das Zeug dazu hatte, das hatte ihm früher schon sein Deutschlehrer bescheinigt. ›Manfred, du hast Talent‹, hatte der Mann gesagt, ›also mach was draus.‹ Und so nutzte er eben jede Gelegenheit, um sich als Schriftsteller ins Gespräch zu bringen. Immer, wenn es einen Wettbewerb gab, schrieb er ein Gedicht oder eine Kurzgeschichte. Und es hatte sich rentiert bisher, zwei dritte Preise und einen zweiten hatte er bisher gewonnen. Die Urkunden hingen gerahmt an der Wand. Er klopfte mit dem edlen Olivenholzkugelschreiber aufs Blatt, was unordentliche Punkte verursachte. Er brauchte einen Reim auf »Leben«. Er wollte ein Sonett verfassen und war schon bei den Terzetten angelangt, Metrum Alexandriner, die Hohe Schule. Er schloss die Augen und ging in Gedanken das Alphabet durch: Beben, eben, geben, kleben – ja genau –, neben, Reben, Streben, – Streben war gut! Das menschliche Streben! Er setzte wieder den Stift an, und wieder fiel ihm partout kein sinnvoller Vers ein. Er stellte den Kugelschreiber bedächtig in seine Halterung aus poliertem Messing. Er konnte so nicht arbeiten. Er brauchte auch mal einen Erfolg. Und ein kleiner Erfolg wäre schon gewesen, wenn das Gremium sein extra für den Liederkranz verfasstes Theaterstück ›Hinter den Mauern‹ gespielt hätte. Stattdessen hatten sie wieder den Stuss dieses Nichtskönners Weiland ausgesucht. Ein Stümper, wie er im Buche stand. Aber anscheinend präferierten die Hohenloher derlei Proletenliteratur. Das passte durchaus, durchaus. Er fühlte sich verkannt, er hätte als junger Mann doch studieren sollen, in die Großstadt abhauen, sich nicht von seinem Vater zu dieser blöden Lehre überreden lassen sollen. Sicherlich wäre er dann jetzt bekannt. Er war nicht so vermessen zu glauben, dass er den Nobelpreis bekommen hätte. Aber vielleicht wäre er bekannt. Man würde seinen Namen kennen, die Heidenreich oder der Reich-Ranicki hätte ihn vielleicht schon besprochen. Er wäre vielleicht nach Frankfurt gekommen, auf die Buchmesse, hätte im Lesezelt lesen dürfen. Und so war es eben anders gekommen. Aber dieses Jahr würde das Stück vom Weiland wohl sterben, im wahrsten Sinne des Wortes, mit seinem Hauptdarsteller. Ein zufriedenes Grinsen stahl sich auf Körners schmale Lippen. Nicht untalentiert war der junge Winter gewesen, durchaus nicht. In einem ernsthaften Theaterstück hätte er durchaus brillieren können. Aber er hatte sich anders entschieden. Sein Fehler.

Ein Anruf bei Sybille daheim ergab, dass sie nicht da war, sondern nur ihr Ehemann, den sie ja schlecht nach einer Affäre seiner Frau mit dem Mordopfer fragen konnten. Aber sie erfuhren von dem Mann, dass seine Frau »im Gschäft« sei, im Woha.

Das war praktisch, denn da konnten die Kommissare hinlaufen, alles andere wäre absoluter Quatsch gewesen. Sie wanderten also hinunter durchs winterliche Crailsheim. Schon um den ersten Advent herum wurde die Weihnachtsbeleuchtung aufgehängt, große, glühbirnenstrotzende Sterne, die sich nebst passenden Schnörkeln und mit Tannengirlanden bekrönt über die Straße der Innenstadt spannten. Aus den Geschäften dudelte Weihnachtsmusik, überall Weihnachtsdeko, Nikolausmützen und Dekokitsch. Besonders gefährlich war das ›Lager‹, ein Laden für Zeug, das man nicht brauchte, zumindest nach Heikos Definition. Lisa war da kaum rauszukriegen, wenn sie erst einmal drinnen war. Jetzt hatten sie aber keine Zeit für so was, Gott sei Dank. Sie passierten den alten Burkhardt, eines der althergebrachten Crailsheimer Bekleidungshäuser, das jetzt von einer modernen Kette betrieben wurde. Wie auch der alte Oechsle war der Burkhardt dem steigenden Bedürfnis der Landbevölkerung nach Einheitskleidung zum Opfer gefallen. Schade, fand Heiko. Der TC hielt sich hingegen, ebenso wie das Woha. Das Woha war sozusagen (neben dem EBERL, dem Großmarkt für jedermann) das Crailsheimer Karstadt, denn es gab dort fast alles: Unterwäsche, Klamotten, Handtaschen, Bücher, Schreibwaren, Pralinen, Sportsachen. Und es war viel charmanter als ein seelenloser Karstadt. Im Woha hatte es zudem in seiner Kindheit die einzige Rolltreppe in der Innenstadt gegeben, und Heiko hatte sie halbstundenweise befahren, während seine Mutter im Laden gestöbert hatte. Nach unten führte nur eine normale Treppe, auch heute noch, deswegen hatte er immer seine elanvollen Runden gedreht, verfolgt von den Blicken der kopfschüttelnden, aber milde nachsichtig lächelnden Verkäuferinnen.

Sie betraten das Woha, und sofort umfing sie dezente weihnachtliche Kaufhausdudelmusik. Umhereilende Verkäuferinnen zwischen schlendernden Kunden, hauptsächlich Kundinnen. Lisa steuerte zielstrebig auf den Tresen der Schmuckabteilung zu, die dem Eingang am nächsten gelegen war. »Entschuldigen Sie, wir suchen eine Sybille Klein«, fragte sie eine orientalisch wirkende und stark geschminkte Verkäuferin. »Die ist oben, beim Sport«, gab die junge Frau freundlich lächelnd Auskunft und wies in Richtung der Rolltreppe.

»Frau Klein?« Sybille Klein war auch heute wieder ausnehmend geschmackvoll gestylt. Über einer dunklen Jeans trug sie eine azurblaue Seidenbluse. Das Haar hatte sie zu einem strengen und sehr hohen Pferdeschwanz gebunden. Ihr Gesicht war dezent geschminkt, dezent, unauffällig, aber überaus geschickt ihre zahlreichen Vorzüge betonend. Die vollen schönen Lippen, die grünen strahlenden Augen. Heiko konnte sich durchaus vorstellen, dass Dominik Winter eine solche Frau gern geküsst hatte. Vielleicht steckte ja doch mehr dahinter, wer weiß.

»Ach, Herr Wüst und Frau ... wie war noch Ihr Name?« Lisa registrierte innerlich, dass sich das blonde Wunder den Namen ihres Kerls sehr wohl gemerkt hatte, ihren aber nicht.

»Luft«, half sie also mit dünnem Lächeln. »Lisa Luft.«

»Richtig«, meinte Sybille und fuhr sich durch die Haare, obwohl sie zu einem Pferdeschwanz aufgesteckt waren. Ein Hairflip, wusste Lisa. Ein Durch-die-Haarefahren. Wirkte auf Männer hilflos, weckte den Beschützerinstinkt und diente somit zum Flirten. »Was kann ich für euch tun?«, säuselte die Verkäuferin mit hoher Piepsstimme.

Heiko räusperte sich männlich und tief. »Können wir irgendwohin, wo wir uns unterhalten können? Hier sind so viele Leute.«

Sybille lächelte. »Natürlich. Becki? Ich geh mal kurz nach oo«, rief sie ihrer Kollegin zu, die nickte und mit der Hand wedelte.

Kurze Zeit später saßen die drei in der Angestelltenküche des Woha. Sybille Klein saß Heiko gegenüber, die Hände wie in der Kirche gefaltet, den Blick aufmerksam auf Heiko gerichtet. »Frau Klein, uns gegenüber ist die Vermutung geäußert worden, Herr Winter könnte ein gewisses Interesse an Ihnen gehabt haben«, begann Lisa förmlich. Sybille lächelte undeutbar, löste ihre Hände voneinander, um die linke auf dem Tisch abzulegen und ihren Kopf in die rechte zu stützen, schräg gelegt wie ein Welpe, der außerstande ist, etwas zu begreifen. »Sexueller Art«, präzisierte Lisa unerbittlich.

Sybilles Lächeln erstarb. »Keine Ahnung, ob Dominik ein solches Interesse an mir hatte«, versetzte sie. »Ich jedenfalls nicht an ihm.«

»Hat er denn jemals versucht, sich Ihnen zu nähern?«, fuhr Heiko fort.

»Nun, das musste er wohl, immerhin gibt es bei diesem Theaterstück ja mehrere Kussszenen.«

»Und? Haben Sie die gern gespielt?«, forschte Lisa weiter.

»War mir ziemlich egal. Das waren eh bloß Küsschen.«

Die Ermittler sparten sich die Bemerkung, dass Else Häußler das aber anders sähe, denn das war sowieso Ansichtssache. »Haben Sie sich denn auch außerhalb des Theaterstücks jemals getroffen?«

Jetzt lachte Sybille auf, glockenhell. »Nein, auf keinen Fall. Dominik war nicht mein Typ. Ich stehe auf Männer, nicht auf Kinder. Außerdem bin ich glücklich verheiratet.«

Das brachte Heiko auf eine Idee. »War denn Ihr Mann über die Tatsache informiert, dass Sie Herrn Winter in Ihrer Rolle als … was spielen Sie noch mal genau?«

»Eine Prostituierte. Das Fräulein Luise.«

»So. In Ihrer Rolle als Prostituierte, dass Sie ihn da küssen mussten?«

Sybilles Lächeln erstarb und sie starrte Heiko entgeistert an. Sie betrachtete ihre manikürten Fingernägel lange und ausgiebig, bevor sie antwortete: »Nein, war er nicht. Aber ich hätte ihm das schon noch beigebracht. Außerdem waren das ja so Theaterküsse, leichtes Berühren mit offenem Mund, wie schon gesagt, und nicht etwa wildes Geknutsche.«

Heiko wurde einen Moment von der Kaffeemaschine abgelenkt, die ein klägliches Röcheln und Schnauben ausstieß, als wäre sie ein verwundeter Drache. »Ist Ihr Mann ein eifersüchtiger Typ?«, fragte er dann.

»Wie meinen Sie das?« Nun wurde Sybille Klein ungehalten, und zwischen ihren schönen, perfekt gezupften Augenbrauen erschien eine zornige Steilfalte.

»Ob er eifersüchtig ist«, wiederholte Lisa unbeirrt.

»Ja. Ist er. Aber er hat Dominik nicht umgebracht«, behauptete die Verkäuferin.

»Wieso können Sie da so sicher sein?«, hakte Lisa nach.

»Keine Ahnung. Ich war am Samstag nach der Probe noch im *Apfelbaum*, und er war, glaub ich, mit Kumpels einen trinken. Oder im Fitnessstudio, keine Ahnung. Wir führen eine vertrauensvolle Ehe und kontrollieren einander nicht ununterbrochen.«

Sie trafen Matthias Klein zu Hause in Ingersheim an. Die Kleins wohnten in einem Neubau, den ein für solche Bauten einigermaßen großes Grundstück umgab. Klein öffnete im Jogginganzug, der aber nicht zur Proleten-Jogginganzugs-Sorte gehörte, sondern irgendwie salonfähig im sportlichen Sinne wirkte. »Ja?«, fragte er wenig freundlich, offenbar hatten sie ihn bei irgendetwas gestört.

»Herr Klein, wir sind von der Polizei, Wüst und Luft«, begann Lisa und musterte den durchtrainierten Mann von oben bis unten. Seine dunkle Bürstenfrisur war mit Gel hochgestellt und wirkte genauso hart und unnachgiebig, wie er wohl selbst war. Dies verhieß nämlich der verkniffene Zug, den er um den Mund hatte und der die tiefen Nasolabialfalten verursachte, die beinahe entstellend wirkten. Der Jogginganzug war weiß mit gelben Streifen, was aber deshalb nicht unmöglich aussah, weil es an Matthias Klein nichts gab, was man hätte verstecken müssen – der Mann bestand praktisch aus Muskeln ohne ein einziges Gramm Fett. Unwillig winkte er und ließ die beiden Kommissare eintreten. Der Haushalt war pieksauber, absolut perfekt, nirgends lag ein Stäubchen, spärliche, aber wohldosierte und wohl direkt aus dem Katalog bestellte Dekoration. Bilder gab es wenige, dafür hing ein nahezu lebensgroßes Hochzeitsfoto von ihm und Sybille an der Wand in Richtung Wohnzimmer. Lisa blieb davor stehen. Im Hintergrund befanden sich Bäume und eine kleine romantisch wirkende Holzbrücke. Sybille trug ein Prinzessinnenkleid mit Reifrock und bauschigen Tüllwolken. Obenrum war das Kleid korsagenartig eng, aber Sybille konnte sich das auch leisten, wie Lisa eingestehen musste. Die Art von Kleid, die man sich als Kind immer für sich selbst als Braut wünschte, die einem dann aber irgendwie zu kitschig war, wenn man tatsächlich heiratete. Zumindest wünschte sich Lisa für sich selbst einmal ein etwas weniger prinzessinnenhaftes Kleid. Ein bisschen prinzessinnenhaft musste es natürlich schon sein, wann hatte man als Frau schließlich sonst im Leben einmal Gelegenheit, ein solches Kleid anzuziehen, ohne für verrückt gehalten zu werden. Matthias Klein trug einen hellen Anzug, die Haare zu einer noch wilderen Konstruktion hochgestellt als gerade eben. Dazu eine weiße Weste und Fliege. Aber da war wieder dieser Zug um seinen Mund, der sein Lächeln, das wohl glücklich sein sollte, zu einer monströsen Grimasse erstarren ließ. »Sie beide sind ein schönes Paar«, lobte Heiko. Nun zeigte der Mann erstmalig so etwas wie ein Grinsen. »Das sagen alle. Wir sind auch sehr glücklich.« Lisa und Heiko wechselten einen Blick. Matthias führte sie ins Wohnzimmer, das, wie erwartet, sehr clean wirkte. Weiße Ledercouch, große Stereoanlage, Plasmafernseher. Und auch hier ein Hochzeitsfoto an der Wand, aber ein anderes, mit kleinerem Ausschnitt und ohne Lächeln, vielmehr mit versonnen-verliebt wirkendem Ausdruck und protzigem goldfarbenem Holzrahmen. Auf dem Fernseher flimmerte der Videotext, es wurden Sportergebnisse angezeigt. Widerwillig und mit einiger Überwindung nahm Klein die Fernbedienung und schaltete das Gerät ab.

»Also?«, fragte er. »Worum geht's?«

»Ihre Frau ist ja in dieser Theatertruppe. Bei den Sängerbündlern in Altenmünster«, fing Heiko an. Matthias Klein nickte und nahm die Handflächen auseinander, um sie kurz darauf wieder zusammenzuführen.

»Und was weiter?«

»Uns ist zu Ohren gekommen, dass Dominik Winter … hm, ein Auge auf Ihre Frau geworfen haben könnte.«

Klein schnaubte unwillig. »Klar hatte er das, alle Kerle finden die Sybille hübsch. Aber meine Frau ist treu wie Gold.«

»Das bezweifeln wir auch nicht«, versetzte Heiko, weil er plötzlich den Eindruck hatte, dass unbedingt vermieden werden musste, dass dieser Mann Sybille für untreu hielt. »Uns geht es um die Avancen von Dominik Winter.«

»Davon weiß ich nichts. Aber das ist wohl auch besser so. Wäre ihm nämlich nicht gut bekommen, wenn er meine Frau angegraben hätte.«

Lisa begann, den Kerl nicht mehr nur unsympathisch, sondern auch bedrohlich zu finden. »Hätten Sie ihn dann umgebracht?«, mutmaßte sie und zog tadelnd-fragend eine Augenbraue hoch. Jetzt starrte Klein sie mit offenem Mund an, und Lisa registrierte einen gar nicht stylischen Spuckefaden zwischen den Schneidezähnen. »Ach, daher weht der Wind! Ihr wollt mir den Mord anhängen!« Dann beugte sich Klein vor und leckte sich die Lippen mit einer sehr rosafarbenen Zunge. »Dann hört mir mal gut zu. In meinen Kreisen regelt man so was wie ein Mann. Mit einer gepflegten Schlägerei, und glaubt mir, ich hätte ihn grün und blau geprügelt, wenn er die Sybi auch nur angefasst hätte.« Heiko war in diesem Moment gottfroh, nichts von den Kussszenen erzählt zu haben. Denn er traute dem Kerl durchaus zu, dass die Frau unter Umständen auch was abbekommen würde. Auch er hatte ja damals seinem Kontrahenten, der Lisa nicht in Ruhe gelassen hatte, Bescheid gegeben, aber ohne Schlägerei. Die kurze Ansage, ihm notfalls zu zeigen, »wo dr Bartl da Mouschd holld« (denn wo der Bartel den Most holt, ist es ja bekanntlich kühl und dunkel), hatte bei diesem Fischkopf vollauf genügt.

»Na, na, Herr Klein!«, tadelte Lisa und fragte sich allmählich wirklich, ob diese Ehe tatsächlich so vertrauensvoll war, wie Sybille sie beschrieben hatte.

»Ist doch wahr. Wir sind verheiratet, und damit ist die Sybille meine. Und ich gehöre ihr. So ist das in einer Ehe. Und wir sind beide sehr glücklich damit.«

Heiko und Lisa wechselten wieder einen Blick. Hörte sich irgendwie beängstigend an. »Trotzdem müssten wir wissen, wo Sie sich am Sonntagabend aufgehalten haben«, erklärte Lisa.

»Wo ich immer am Sonntagabend bin«, antwortete Klein. »Im Fitnessstudio.«

»In welchem?«, hakte Lisa nach.

»In dem in der Haller Straße.«

»Gut, wir überprüfen das«, versprach Lisa.

Nun bleckte Klein die perfekt weißen, wohl gebleachten Zähne auf eine Weise, dass das wohl angestrebte Grinsen absolut misslang. »Macht das.«

»Haustiere haben Sie keine?«, versicherte sich Lisa.

»Sehen Sie hier irgendwo Tierhaare?«, hielt der Mann motzig dagegen.

»Eine normale Antwort reicht, Herr Klein«, maßregelte Heiko ihn, woraufhin Matthias Klein die Augen verdrehte und den Kopf schüttelte.

»Der hat doch irgendwie einen Knall«, meinte Lisa, als sie wieder draußen waren. Heiko hatte sich eine Zigarette angezündet und rauchte mit tiefen Zügen. Die Zigarettenglut war die intensivste Farbe, die momentan draußen zu finden war, ein leuchtendes, fast grelles Orange. Um sie herum waren Grautöne und alle Schattierungen von Weiß, dazwischen abgestorben wirkende Sträucher. Wolkenverhangener, dunstgrauer Himmel. Im Nachbargarten war ein Vogelhäuschen aufgestellt, das von Singvögeln aller Art regelrecht belagert wurde. Die kleinen Tiere machten einen ziemlichen Lärm, der die ansonsten trockene Winterstille auf unheimliche Art und Weise durchschnitt.

»Auf mich hat er auch leicht psychopathisch gewirkt«, stimmte Heiko zu. »Trotzdem nehme ich ihm die Sache mit der Schlägerei ab. Der würde den Winter eher krankenhausreif prügeln. Umbringen wäre nicht sein Stil.«

»Das kannst du nicht wissen«, relativierte Lisa und beobachtete eine Blaumeise, die mit einem Sonnenblumenkern auf einen Ast geflüchtet war und gerade dabei war, den Kern zu knacken und die Schale in den Schnee fallen zu lassen. Heiko nahm noch einen Zug und schnippte dann die Kippe in den Schnee, wo sie augenblicklich erlosch.

»Du hast recht. Ist nur so ein Gefühl.«

Sie beschlossen, das Alibi gleich zu überprüfen – und da sich am Telefon niemand meldete, fuhren sie einfach schnell beim Fitnessstudio in der Haller Straße vorbei. Beim Hochsteigen der Treppe fiel Heiko auf, dass er selber auch mal wieder ins Fitnessstudio müsste. Oder, und das gestand er sich nicht gern ein, aufhören zu rauchen. Lisa hatte im Herbst angefangen, mit ihm gemeinsam durch die Hohenloher Felder zu joggen. Im Winter brachten ihn allerdings keine zehn Pferde zum Lauftraining, das wäre ja Wahnsinn. Es war kalt und nass. Dann schon eher ins Studio, aber da fehlte die Zeit, da war der innere Schweinehund … tja. Sie betraten das moderne Studio und scheiterten gleich an einem Drehkreuz mit Chipkartenleser. Allerdings hatte die perfekt frisierte und schlanke Rothaarige hinter dem Tresen sie bereits bemerkt, und eine Sekunde später ließ das Kreuz sie summend durch. Lisa und Heiko bemerkten kurz das heftige Treiben, das im Gange war: An diversen Crosstrainern rannten Fitnesswillige um ihr Leben, manche mit Kopfhörern im Ohr, andere mit stoischen Blicken geradeaus. Eine knackige Brünette mit Pferdeschwanz tänzelte wiegenden Schrittes an Heiko vorbei und sandte ihm einen schmachtenden Blick. Lisa war die Erste, die sich an die junge Frau am Tresen wandte, die augenblicklich ein freundlich-beflissenes »Wie kann ich Ihnen helfen?« verlauten ließ.

Heiko war nun auch zur Theke getreten und zückte seinen Polizeiausweis. »Luft und Wüst von der Polizei«, meinte er.

»Hab ich was angestellt, Herr Kommissar?«, meinte die Rothaarige.

»Das hoffe ich nicht«, gab Heiko zurück und grinste.

Lisa verdrehte die Augen und brachte die Sache auf den Punkt. »Kennen Sie einen Matthias Klein?«

»Den Matze? Klar. Cooler Typ. Guter Body.«

»Hm«, machte Heiko und fuhr dann fort: »Wir müssen wissen, ob Herr Klein am Sonntagabend zwischen neun und zwölf Uhr hier war.«

»Kein Problem«, meinte die junge Dame, wandte sich kurz dem Rechner neben sich zu und antwortete nach kurzem Klicken und Scrollen: »Er ist um 19.51 Uhr hier rein und um 23.57 Uhr raus.«

»Sicher?«, hakte Lisa nach.

»Ich sehe das anhand der Chipkarte.«

»Und die Chipkarte kann nicht von jemand anderem verwendet worden sein?«, vermutete Heiko, einer Eingebung folgend.

»Sie fragen aber Sachen, das scheint ja wichtig zu sein …?« Heiko nickte einfach. »Moment«, meinte die hübsche Rothaarige, scrollte und klickte weiter und meinte endlich: »Um bei Diebstahl abgesichert zu sein, machen wir von jedem, der reinkommt, ein Foto mit dieser Kamera.« Sie deutete auf einen kaum sichtbaren Knubbel in der Decke etwa zwei Meter hinter dem Drehkreuz. Dann drehte sie theatralisch den Bildschirm um und meinte: »Der Matze Klein. Sonntag, 19.51 Uhr.«

Liebeslyrik. Verena Polanski seufzte. Liebeslyrik. Das Gedicht von Dorothee Wild, das die Schüler hatten interpretieren müssen, war vielschichtig und enthielt eine ganze Menge Stilmittel. Das Metrum war frei, es war ein modernes Gedicht. »Dorothee Wild beschreibt die Gefühle zweier liebender«, hatte die Schülerin geschrieben. Verena führte die rechte Hand mit dem Rotstift zum kleinen L, machte ein großes daraus und schrieb ›R‹ für Rechtschreibfehler an den Rand. Liebende. Ja. Es war ewig her, seit sie zum letzten Mal einen Freund gehabt hatte. Genauer gesagt hatte sie eigentlich erst einmal einen gehabt, als sie in der Oberstufe mit noch einem weiteren Mädchen und eben diesem Jungen quasi aus Verzweiflung eine eigene Clique gegründet hatte. Sie waren die Einzigen aus ihrer Stufe gewesen, die sich in keine Clique eingefügt hatten und dort auch entsprechend unerwünscht waren. Zu uncool, latent alternativ, tendenziell linkslastig. Mit ihren kurzen Haaren und ihrer üppigen Figur hatte Verena Polanski auch nie zu denjenigen Mädels gehört, denen die Jungs in irgendeiner Form Beachtung geschenkt hätten. Mit Jens war das Ganze dann ein halbes Jahr gelaufen, bis sie angefangen hatten zu studieren, er in Jena und sie in Würzburg. Und dann hatte sich sowieso alles verlaufen, sie hatten neue Leute kennengelernt, das Treffen am Wochenende wurde zum lästigen Pflichttermin, die Liebe erlosch. Es dauerte eine kurze Weile, bis die beiden sich das eingestanden und es akzeptierten, aber dann waren sie Gott sei Dank vernünftig gewesen.

›Sie singen sich selbst in den Schlaf‹ war keine Anapher, sondern eine Alliteration. Das hatte sie hundertmal gepredigt! Rotstift.

Und das war wirklich gut so, denn mit Jens hätte sie auf Dauer nicht zurechtkommen können. Verena trank einen Schluck Rotwein, den sie beim Korrigieren immer danebenstehen hatte. Als sie hier in diese Gegend gekommen war, hatte sie erst einmal drei Kreuze gemacht. Oh Gott, die Provinz, noch dazu die schwäbische. Sie hatte erst lernen müssen, dass sie sich nicht in Schwaben aufhielt, sondern in Hohenlohe. Das war ihr aber letztlich auch egal gewesen. Sie war mitten in der Pampa, es gab hier nichts. Keine Kultur, keine Einkaufsmall, nichts. Bis sie dann gelernt hatte, dass das Landleben andere Vorzüge hatte. Und anders funktionierte. Und zwar nicht unbedingt im Sinne von planlosem Herumgerenne in der Natur, dazu war sie nicht der Typ. Es war hier alles da, was man zum Leben brauchte. Auch viel Kultur – man musste eben nur wissen, wo und wann. Zudem hatten die Männer es ihr angetan. Die meisten Leute, die sie von früher kannte, würden die Hohenloher als Machos bezeichnen, als schlimme, unbelehrbare Machos. Aber Verena musste zugeben, dass sie das nicht störte. Im Gegenteil. Die Hohenloher Männer, vor allem Dominik, wussten, wie man sich als Mann benahm. Und sie waren zwar spröde und, primär betrachtet, unsensibel wie Dominik. Trotzdem waren sie eben richtige Männer. Was hätte Verena darum gegeben, einmal mit Dominik auszugehen! Sie trank noch einen Schluck Rotwein. Aber sie konnte ihn nicht haben, hätte ihn niemals haben können. Dominik war treu, wäre niemals fremdgegangen. Und wenn er fremdgegangen wäre, dann sicherlich nicht mit ihr, der kleinen, dicklichen Verena. Vielmehr hätte er sich dafür bestimmt die Sybille ausgesucht. Sybille war zu beneiden. Denn Sybille war eine echte Erscheinung. Nun, vielleicht hatte ja der Dominik auch was mit Sybille gehabt, wer konnte das schon wissen. Der nächste Schluck Rotwein leerte das Glas, und Verena Polanski beobachtete im Licht ihrer Schreibtischlampe, wie der allerletzte Tropfen zurück ins Glas rann und dort einen blutroten Fleck hinterließ. Der Nagel hatte auf Dominiks Stirn wohl ein kleines Blutrinnsal verursacht, mehr nicht. Verena schüttelte den Kopf, um solche Gedanken zu vertreiben. Dann widmete sie sich voll und ganz der Korrektur der Gedichtinterpretation.

»Und was machen wir jetzt?«, fragte Lisa, als sie endlich wieder in ihrem Büro saßen und einen Automatenkaffee vor sich stehen hatten. »Ich finde, wir bräuchten hier auch etwas Weihnachtsdeko«, befand Lisa und blickte sich suchend nach Stellen um, wo sie irgendeinen unnötigen Kram hinstellen könnte. Womöglich aus dem ›Lager‹. Heiko verdrehte die Augen und hoffte, dass es bei der Idee bliebe. Er bearbeitete mit dem Daumen abwechselnd die Seiten eines silberglänzenden Pyritwürfels aus seiner Sammlung von der Fensterbank, während Lisa mit spitzen Fingern die vertrockneten Blüten einer Phalaenopsis abzupfte, die sie soeben entdeckt hatte. Heiko dachte kurz nach, wandte sich dann seinem Computer zu und checkte seine E-Mails. Und tatsächlich, sie hatten Glück. »Die Tiefenbacher haben die Liste schon geschickt«, erklärte er und lud die PDF-Datei auf die Festplatte. Lisa kam zu ihm herüber und sah ihm über die Schulter, als die Liste aufging. Sie überflogen die Namen, aber von den bisher bekannten Leuten war niemand darunter. »Am besten, wir zeigen das mal der Witwe«, schlug Heiko murmelnd vor. »Meinst du nicht?«

Matthias Klein trat gegen den Boxsack, den er in seinem Keller montiert hatte. Fest trat er zu, und er legte all seine Wut in diesen Tritt. Er hatte es gewusst. Diese Schlampe. Würde die nicht immer so aufgetakelt rumlaufen, dann kämen die Kerle auch nicht reihenweise auf die Idee, ihr nachzusteigen. Und wer konnte schon wissen, was da alles lief, gelaufen war, bei diesen seltsamen Theaterproben. ›Ich brauche auch etwas für mich‹, hatte die Sybi gesagt. ›Wo ich mich entfalten kann.‹ Entfalten! So ein Quatsch. Sybille musste endlich einsehen, dass ihr Platz zu Hause war, denn schließlich arbeitete er, Matthias, hart genug. Noch dazu im Schichtdienst. Da hatte er es verdient, dass eine warme Mahlzeit auf dem Tisch stand, wenn er nach Hause kam, und nicht Tupperware im Kühlschrank, deren Inhalt er erst noch aufwärmen musste. Sein Job war hart, und da hatte ihn die Sybille, die sowieso viel weniger verdiente als er, zu unterstützen. Die konnte sich im Haushalt entfalten, so viel sie wollte. Seine Rechte landete krachend auf dem Sandsack, welcher trotz seines Gewichts nach hinten schwang. Kleins Faust hatte eine ansehnliche Delle hinterlassen, die sich nur langsam, wie in Zeitlupe, wieder ausbeulte. Er fühlte den Zorn in sich hochsteigen. Sybille und Dominik, er hatte es gewusst. Die könnte was erleben, wenn sie nach Hause kam. Der Zorn stieg hoch, höher und höher, füllte seinen Kopf, sein ganzes Hirn, bis es zu platzen schien. Er entlud sich in einem lauten, tierischen Schrei und in Hunderten von Schlägen, die unerbittlich auf den harten Sandsack einprasselten.

Die Kommissare trafen die junge Witwe zu Hause an und stellten fest, dass Stefanie Winter Schwarz trug. Sie wirkte verheult, aus ihrem nachlässig gebundenen Zopf hatten sich so viele Strähnen gelöst, dass das Konstrukt nicht mehr wirklich als Frisur zu bezeichnen war. »Habt ihr ihn?«, hatte sie sofort, als sie die Tür öffnete, gefragt, ohne zu grüßen. Hinter ihr lugte der fünfjährige Philipp hervor. »Ist das Papa?«, fragte er und blickte an Heiko vorbei angestrengt die Straße hinunter. Stefanie streichelte ihrem Sohn über den blonden Kopf. »Nein, mein Schatz. Papa kommt später.«

Gleich darauf saßen die beiden Ermittler mit der jungen Witwe im Wohnzimmer. »Sie müssen es ihnen sagen«, stellte Lisa in ruhigem, Einsicht heischendem Ton fest. Stefanie presste die Faust gegen ihren Mund, wohl, um nicht schon wieder losheulen zu müssen. »Ich kann nicht«, flüsterte sie. Stille stand greifbar im Raum, nur aus dem Kinderzimmer hörte man Geräusche eines Spiels. Stefanie legte fahrig die Hände in den Schoß. »Wie soll ich es sagen?«, meinte sie dann. »Wie soll ich meinen Kindern sagen, dass ihr Vater tot ist und nie mehr wiederkommt?« Lisa zuckte mitfühlend die Achseln, und Heiko war sowieso ratlos in solchen Dingen. Die Frau straffte sich und setzte sich etwas aufrechter, strich einige Haarsträhnen aus ihrem Gesicht und fragte dann mit gefassterer Stimme: »Gibt es was Neues?«

Heiko zog das Blatt Papier heraus, entfaltete es und strich es auf dem Tisch glatt. »Ihr Mann wurde ja mit einem Tierberuhigungsmittel ruhiggestellt«, erklärte ihr Heiko.

»Wie, ruhiggestellt?«

»Na ja, also jemand hat ein solches Mittel in den Obstler gekippt und anschließend gewartet, bis Ihr Mann weggetreten war.«

Stefanie schlug die Hände vors Gesicht, fing sich aber gleich wieder. »Das heißt also, er hat wenigstens nicht gelitten?«

Heiko schluckte. Dann beschloss er zu lügen. Es war mehr als wahrscheinlich, dass Dominik Winter mitbekommen hatte, dass er seinem Mörder gegenüberstand. Uwe glaubte das ja schließlich auch. Aber das brauchte die Ehefrau nicht zu wissen. So war es besser. »Er hat sicher nichts gemerkt«, versicherte Heiko also und fing ein leichtes Nicken aus Lisas Richtung auf.

Stefanie sah zum Fenster hinaus und sagte dann: »Gott sei Dank.«

»Und jetzt haben wir hier eine Liste von Leuten, die dieses Mittel zu Hause haben«, fuhr Heiko fort. Stefanie Winter nahm die Liste, und Lisa bemerkte abgeblätterten Nagellack auf deren Fingernägeln. Man sah, wie ihre Augen sich hin und her bewegten, wie die junge Witwe ihr Hirn nach den Namen durchstöberte, auf der Suche nach einer Idee. Schließlich legte sie das Blatt wieder auf den Tisch und schüttelte enttäuscht den Kopf.

»Sagt mir nichts«, meinte sie.

»Sind Sie sicher?«, insistierte Lisa.

»Ja, bin ich. Ich hätte liebend gern jemanden auf der

Liste gekannt, glauben Sie mir. Nichts auf der Welt will ich mehr, als dass Sie den Fall aufklären können.«

»Mama, der Philipp hat mich gehauen«, rief plötzlich die kleine Karina von der Tür her. »Stimmt gar net«, beschwerte sich Philipp, der gleich darauf dahinter erschien.

»Jetzt nicht«, meinte die Mutter zerstreut und murmelte noch ein »Vertragt euch«. Die Kinder verschwanden nach kurzem Zögern wieder, weil sie keiner weiter beachtete und sie offenbar spürten, dass ihre Mutter gerade mit anderen Dingen beschäftigt war, wichtigen Dingen.

»Wir hätten da noch eine weitere Idee«, fuhr Lisa fort. Stefanie Winter verschränkte die Arme vor der Brust und blickte sie auffordernd an. »Wir haben schon verschiedentlich gehört, dass Ihr Mann ... nun, kein Kind von Traurigkeit war, wenn Sie verstehen, was ich meine.«

Stefanies Blick wurde böse, geradezu vernichtend. »Was erlauben Sie sich«, zischte sie. »So schlecht über meinen verstorbenen Mann zu reden.«

Lisa hob begütigend die Hand. »Entschuldigen Sie. Ich wollte Sie nicht verletzen. Es gibt nur Gerüchte, und wir müssen eben allem nachgehen, was wir so hören, wenn wir den Mörder Ihres Mannes finden wollen.«

Geschrei aus dem Kinderzimmer, ein lautes, jammerndes »Mama, der Philipp zieht mich an den Haaren«. Stefanie ignorierte es.

»Haben Sie eigentlich jemanden, der Ihnen hilft?«, fragte Heiko plötzlich.

»Meine Mutter und eine Freundin. Ich komme zurecht.«

»Gut. Und, fällt Ihnen noch was ein?«

Stefanie seufzte und beugte sich etwas vor. »Was haben Sie denn gehört?«

»Dass Ihr Mann die Kussszenen mit Sybille Klein inniger als nötig gespielt hat«, erklärte Lisa kurz und schmerzlos.

»Aha«, meinte Stefanie und betrachtete ihre Fingernägel. Sie begann, den Nagellack weiter abzusplittern. Dann verbarg sie die Hände unter den Achseln. »Das hat doch bestimmt die alte Häußler erzählt?«, mutmaßte sie. Lisa zuckte die Achseln und lächelte. »Wissen Sie, das ist eine ganz blöde Baatsch. Der ist langweilig und die ist unzufrieden, und deshalb schwingt sie sich zur moralischen Instanz auf und erfindet Storys, die sie dann rumerzählen kann, so ist das«, meinte Stefanie, und es wirkte ein bisschen so, als wolle sie sich selbst am meisten überzeugen.

»Sie können sich also gar nicht vorstellen, dass da was dran ist?«, vergewisserte sich Lisa.

Stefanie Winter wiegte den Kopf. »Ich weiß es nicht. Geflirtet hat mein Mann immer. Aber das kam noch von früher her, wo er der Schwarm der ganzen Landjugend war. Jede wollte ihn haben.«

»Und Sie haben ihn gekriegt«, stellte Lisa fest.

»Ja.«

»Gab es denn eine, die besonders enttäuscht war?«

Stefanie Winter schien kurz nachzudenken. Dann meinte sie: »Eine, ja. Die Annika.«

Lisa stutzte. »*Die* Annika, die mit dem Martin Seiler liiert ist?«

»Genau die, ja. Die war damals ziemlich hartnäckig. Sie hat mir sogar im Clixmix unter einem Fake-Profil Nachrichten geschickt, dass der Dominik mich bescheißen würde und so. Um uns auseinanderzubringen. Dominik hat damals sogar überlegt, ob er einen Anwalt einschalten soll, weil sie so gar keine Ruhe gegeben hat.«

»Hm«, machte Heiko und meinte, »interessant!« Besonders interessant fand er es auch deshalb, weil ja Annika zumindest theoretisch auch an das Beruhigungsmittel gekommen sein könnte.

»Und wie lange ist das her?«, hakte Lisa nach.

»Lang. Sehr lang. Acht, neun Jahre vielleicht. Seither lässt sie uns in Ruhe. Sie ist ja auch jetzt seit zwei Jahren mit dem Martin zusammen und wirkt nicht irgendwie unglücklich mit ihm oder so.« Wieder hörte man Kinderlaute, diesmal fröhliches Lachen.

»Noch etwas?«, fragte Lisa.

Noch einmal dachte Stefanie Winter nach, beinahe schien sie in eine eigene Gedankenwelt abzudriften. »Der Vater ist etwas komisch. Die waren sich nie ganz grün.«

»Inwiefern?«, wollte Lisa wissen.

»Der Dominik war damals auf dem Gymnasium und hätte mal BWL studieren sollen. Das hatte sich sein Vater schon so für ihn ausgedacht. Aber er war furchtbar schlecht in Französisch und außerdem ziemlich faul. Er wollte auch gar nie studieren, und so ist er auf die Realschule und hat anschließend Schornsteinfeger gelernt. Da kam sein Vater überhaupt nicht klar damit.«

»Aber ein richtiges Motiv ist das ja nicht«, gab Heiko zu bedenken.

Stefanie nickte. »Stimmt. Nicht so richtig.«

»Noch irgendjemand?«, forschte Lisa weiter.

Aber Stefanie schüttelte nach kurzem Nachdenken den Kopf. »Wenn mir noch was einfallen sollte, melde ich mich.«

Kaum waren die Kommissare zur Tür hinaus, klingelte das Telefon. Es war jemand von der Polizei. Jemand, der sagte, dass Dominiks Leiche freigegeben sei und dass man ihn jetzt beerdigen könne.

Das hohenlohisch-westfälische Ermittlerteam hatte noch mal Annika und Martin einen Besuch abstatten wollen. Aber es war niemand zu Hause, und so beschlossen die beiden Kommissare, für heute Feierabend zu machen. So glühend heiß war die Spur zu Annika nun auch nicht, und nach neun Jahren war davon auszugehen, dass die unglückliche Liebe verwunden war und Annika sich mit der Situation arrangiert hatte. Zumindest wahrscheinlich. Die Kommissare beschlossen also, heute nach Schwäbisch Hall in die Sauna zu gehen.

Stefanie Winter war mit Anja ins Bestattungsinstitut gefahren. Ihre Mutter hatte ihr angeboten, mitzukommen, sich freizunehmen. Aber Stefanie war froh gewesen, dass ihre Mutter arbeiten musste. Denn so konnte sie zu ihr sagen, dass das nicht nötig sei, dass sie und Anja schon klarkämen, dass es okay wäre, wenn niemand von der Familie dabei wäre. Stefanies Vater war Lkw-Fahrer und sowieso nur am Wochenende zu Hause, und den hätte sie eh noch weniger brauchen können, sie beide hatten kaum eine Beziehung zueinander. Und die Kinder hatte sie zur Nachbarin geschickt, da waren sie gut aufgehoben, denn denen wollte sie die Beerdigungsvorbereitungen ersparen. Sie und Anja betraten das Institut. Anja hielt ihre Hand, und das tat gut. Sie redete nicht begütigend auf sie ein, sie fiel ihr nicht schluchzend in die Arme, sie hielt einfach ihre Hand. Und es gab ja auch noch mehr zu erledigen. Man musste die Totenkleidung aussuchen, man hatte für Blumenschmuck zu sorgen, mit dem Pfarrer zu reden, am besten den Kirchenchor zu buchen, letztlich eine Traueranzeige zu schalten. Das war zu viel für sie alleine. Und die kleine, warme, wohlbekannte Hand tat gut.

Sybille Klein steckte den Schlüssel ins Schloss und wunderte sich schon beim Herumdrehen, dass es so leise war. Normalerweise lief Musik, wenn sie nach Hause kam. Totenstill war es, zu still. Als die Tür aufschwang, entdeckte sie ihren Mann, wie er mit einem Hammer in der Hand vor dem geborstenen Glas des Hochzeitsfotos stand. Scherben glitzerten auf dem Teppichboden und wirkten wie eine unheimliche surreale Fortsetzung der Eiskristalle an der Tür. Sybille schlug die Hände vors Gesicht. »Matze«, stammelte sie. Nun bemerkte er sie, ließ den Hammer einfach an Ort und Stelle fallen und kam auf sie zu. Sybille stellte ihre Tasche ab und schälte sich vorsichtig aus dem Mantel. »Was ist denn, Matze?«, fragte sie und hörte, wie ihre Stimme bereits brach.

»Hattest du was mit dem? Mit diesem Aas?«

»Matze«, flüsterte Sybille, in der Hoffnung, ihn zu beruhigen. Sie sah seine Augen so gefährlich glitzern wie das Glas auf dem Teppichboden. »Matze, was machst du denn?«, fragte sie und kniete sich hin, um einige der größten Scherben aufzusammeln. Er trat einen Schritt herzu, packte sie an den langen Haaren und zwang ihren Kopf in den Nacken. Sybille schrie auf, versuchte, ihre rechte Hand abwehrend vor sich zu halten. »Ich hab dich was gefragt!«, brüllte Matze. »Hat-test-du-was-mit-dem?«, wiederholte er gefährlich langsam, und Sybille befürchtete, er würde sie umbringen. Ein Schluchzen entrang sich ihr, sie lag auf den Knien, gleichzeitig wurde sie an den Haaren schmerzhaft emporgezogen. Als er sie noch höher zog und sich ihr Schluchzen steigerte, holte er aus und schlug ihr auf die linke Wange, so heftig, dass es wie Feuer brannte. Seine Stimme überschlug sich, sie klang heiser vor lauter Brüllen. »Hattest du was mit dem, du Schlampe?« Sybille fasste sich aus einer Art Überlebensdrang heraus, denn etwas in ihr registrierte, dass Matze gefährlich war, so, wie er gerade war, dass es besser war, sich zu fassen und eine klare Antwort zu geben. »Nein«, sagte sie also, so fest sie konnte. »Nein, ich hatte nichts mit ihm. Ich liebe dich doch.«

Lisa wickelte das Handtuch fester um sich. Wohlige Wärme umfing sie, als sie den Saunabereich des Schenkenseebades betrat. Heiko kam mit einiger Verspätung ebenfalls aus der Dusche, und gemeinsam räumten sie ihre Taschen in die Ablagefächer. Dann studierten sie den Aufgussplan. »Was ist denn ein Relaxaufguss?«, wollte Lisa wissen. Heiko zuckte die Achseln. »Keine Ahnung.«

»Des is was Neues«, sagte eine Stimme hinter Heiko. »Des machen wir zu zweit!« Heiko und Lisa drehten sich um und entdeckten Csaba, den weltbesten Saunameister, der den Eimer mit der Aufgussflüssigkeit bereits in der Hand hielt. Heiko schnupperte. »Latschenkiefer«, informierte Csaba. »Wirkt mobilisierend und stärkend. Kommt ihr mit?«

Zwei Minuten später saßen die beiden in der neuen Telosauna des Schenkenseebades. Nach der Erweiterung fanden die Aufgüsse abwechselnd in drei verschiedenen Saunen statt, bei großem Andrang auch in zwei Saunen gleichzeitig. Till saß neben Heiko, und noch daneben Lisa, Andi, ein Haselnussbauer aus Kupferzell, der Zöllner Jochen und Majewski, ein Futterhändler aus Hummelsweiler, die alle inzwischen auch zum engeren Kreis der Saunabekanntschaften gehörten. Heikos Blick glitt über Lisas nackten Körper, auf dem sich bereits erste Schweißtropfen gebildet hatten. Er hatte eine wunderschöne Freundin. Und wieder merkte er, wie sehr er sie liebte. Und auch ihr Zusammenwohnen funktionierte gut. Sicherlich, Lisa zwang ihn ab und zu, die Spülmaschine aus- oder einzuräumen, aber er machte das immer so langsam und umständlich, dass sie ihm meistens entnervt die einzelnen Teller aus der Hand nahm und es schließlich selbst erledigte. Auch, dass Lisa die ganze Wohnung dekorieren wollte – nun gut, so waren die Weiber eben. Es gab jetzt öfter Gemüse und Salat als früher, aber auch noch Fleisch, und das war ja die Hauptsache. Und sie konnten gemeinsam einschlafen, eng aneinandergekuschelt, und das Erste, was er sah, wenn er morgens aufwachte, war Lisa. Und es störte ihn nicht, im Gegenteil, er freute sich darüber, er war glücklich, sie zu haben.

»Guten Abend«, grüßte Csaba mit seinem ungarisch-kroatischen Akzent. Hinter ihm stand Bülent, der andere ebenfalls sehr kompetente Saunameister mit einem überaus niedlichen Filzhut auf dem Kopf. In der Hand trug er eine metallene Schale mit Schlägel. »Herzlich willkommen zum Relax-Aufguss«, begann Csaba. »Bitte achten Sie darauf, dass alle Körperteile auf Handtuch sind. Bevor Sie in Becken gehen, bitte duschen. Und jetzt wollen wir Aufguss mit Ruhe genießen«, leierte er anschließend. Till und Heiko wechselten einen entnervten Blick. Seit Neuestem hatte man beim Aufguss zu schweigen wie ein Grab, sonst wurde man tadelnd angezischt. Neue Entspannungsphilosophie. Und dann goss Csaba auf. Sofort stiegen wohlriechende Dampfwolken auf und erfüllten den Raum. Schließlich trat Büli mit weihevoller Miene einen Schritt nach vorne, legte die Messingschale mit Bedacht auf seiner linken Hand ab und klopfte endlich mit dem Schlägel dagegen. Ein Ton erklang, ein einfacher, wabernder, durchdringender Ton.

»Was soll das denn?«, fragte Heiko Lisa leise.

»Das ist eine Klangschale«, informierte die flüsternd. »Das sind positive Schwingungen.«

Heiko biss sich auf die Lippen, um nicht laut loslachen zu müssen, vor allem, als er bemerkte, dass Büli dasselbe tat. Erneut klopfte der türkische Saunameister konzentriert gegen die Schale, wieder ein Ton, der den ganzen Raum erfüllte. Büli sah jetzt zur Wand, um nicht lachen zu müssen, da einige der etwas esoterisch wirkenden Damen in der rechten Ecke sich in den Schneidersitz setzten und ihre Handflächen nach oben richteten. Meditation in der Sauna. Unglaublich. Endlich reichte es Heiko und er fragte Csaba laut: »Kousch jetz amol oufanga?«

»Scht«, tadelte der Saunameister, grinste aber verhalten und zwinkerte Heiko zu. Dann griff er zum Handtuch und verwedelte endlich die heiße, feuchte, duftende Luft. Heiko schloss die Augen und genoss die wüstenwindartigen Luftstöße, die seinen Körper trafen und ihm den Schweiß aus den Poren trieben. Genau das war es, was ihm die ganze Zeit gefehlt hatte. Wärme, Hitze, Wohlbefinden. Gut tat das, war richtiggehend reinigend. Winter, Kälte und warme Klamotten waren einfach nichts für ihn. Und deshalb gab es in dieser Jahreszeit nichts Besseres als einen Aufguss, auch wenn Klangschalen dabei waren.

Sybille war früh zu Bett gegangen. Sie hatte es nicht gewagt, die Schlafzimmertür abzuschließen, denn das würde Matzes Zorn vielleicht noch steigern, und womöglich würde er sie dann eintreten. Sie hatte überlegt, ob sie jemanden anrufen sollte, ihre Mutter vielleicht oder Becki. Aber dann hatte sie sich dagegen entschieden. Matze war ein eifersüchtiger Typ, er liebte sie eben. Und er war ja zum ersten Mal so ausgerastet, zum ersten Mal, das war vorher noch nie passiert. Sie hatte die Bettdecke eng um sich gezogen, ganz eng, sodass sie wie eine Mumie eingehüllt war. Ihre linke Hand hatte sie allerdings auf ihre immer noch schmerzende Wange gelegt, so war der Schmerz erträglich. Dann hörte sie ein Geräusch von der Tür her und wusste, dass er dastand und den Hügel beobachtete, den sie unter der Bettdecke bildete. Sie hörte Schritte auf sich zukommen und sah schließlich seine Beine, die vor ihr stehen geblieben waren. Er setzte sich auf den Bettrand, löste sanft ihre linke Hand von der Wange, um sie zu küssen. »Es tut mir leid«, meinte er und fiel vor dem Bett auf die Knie. »Es tut mir so leid.« Sybille erstarrte. In ihr stritten ohnmächtige Wut und Erleichterung, Erleichterung darüber, dass ihre Ehe nicht kaputt war, sie würde ihm nur vergeben müssen. »Ich mach das nie wieder, ich versprech es dir«, beteuerte er und begann, ihr Gesicht mit Küssen zu bedecken und ihr Haar liebevoll zu streicheln, so liebevoll, dass es geradezu rührend war. Schließlich fanden sich ihre Münder, und Sybille beschloss, die ganze Sache, die sicherlich nur ein Ausrutscher gewesen war, zu vergessen.

DONNERSTAG, 10. DEZEMBER

Martin Seilers Freundin war auch am nächsten Morgen nicht zu Hause, aber nach einem Anruf auf dem Handy von Martin Seiler wussten die beiden Kommissare, dass sie gerade in der Arbeit war.

Annika Diebold war Kindergärtnerin. In Tiefenbach. Lisa dachte sofort bei sich, dass Annika vielleicht auch einmal die Kindergärtnerin ihres Kindes sein würde. Denn noch wollte sie zwar kein Baby, aber ihre biologische Uhr tickte, das sagte ihre Mutter ihr, sooft sie mit ihr telefonierte. Lisa rechnete kurz nach. Sie war jetzt 34, da hätte sie noch gut und gerne sechs Jahre Zeit für ein Baby. Natürlich ginge jenseits der 40 auch noch was, ganz klar, aber Nummer Sicher war eben früher. Na, man würde sehen. Die schwere Holztür des Kindergartens im Seeweg schwang auf. Links und an der gegenüberliegenden Wand befanden sich winzige Garderoben mit Kleiderhaken in Kinderhöhe und Sitzbänkchen darunter. Jeder Haken trug ein buntes Symbol. Und geradeaus befand sich die Tür zur ›Gruppe B‹, wie ein Schild verriet. Die Kommissare öffneten die Tür und wurden von einem ziemlichen Lärmpegel empfangen. Soeben flog ein Stofftier durch den Raum, ein Mädchen kreischte auf. In der Leseecke saß eine Kindergärtnerin und las mehreren ergriffen lauschenden Kindern ein

Buch vor. Hinten links war offenbar ein Rollenspiel im Gange, hier wurde ›Vater, Mutter, Kind‹ gespielt. Zwei Kinder hantierten mit einem enormen Gebiss und zwei Playmobil-Männchen, die dem Gebaren nach Karies und Baktus darstellen sollten. Die Kommissare grüßten, wiesen sich aus und fragten die Kindergärtnerin, wo denn Annika Diebold zu finden sei. Die etwas ältere rothaarige Frau wies auf das Malzimmer, welches sich hinten rechts befand.

Im Malzimmer war es etwas ruhiger. Hauptsächlich Mädchen saßen um einen Tisch, in dessen Mitte Wachskreiden lagen. Soeben fassten zwei Mädchen gleichzeitig nach einem dunklen Rot. Giftige Blicke, dann krähte eine der beiden, so laut, dass es in den Ohren wehtat: »Tante Annikaaaah, ich hab die schöne Rot zuerst gehabt.« Annika nahm die Wachskreide ohne Umschweife, brach sie in der Mitte entzwei und gab jeder eine Hälfte. Ein nahezu salomonisches Urteil und sehr weise, dachte Heiko. Darauf wäre er niemals gekommen. Gott, er könnte kein Kindergärtner sein. Das Geschrei ginge ihm so auf die Nerven!

Jetzt endlich registrierte Annika die beiden Kommissare und setzte ein schockiertes Gesicht auf, dann schaltete sie sofort auf ›freundlich-überrascht‹ um. Seltsam. »Die Kommissare!«, meinte sie. Mehrere Kinder drehten sich nun zu ihnen um. »Was sind Kommissare?«, fragte der einzige Junge im Raum.

»Das sind Polizisten«, erklärte Annika.

»Boah, ey!«, meinte der Kleine und staunte die beiden Ermittler mit offenem Mund an. »Seid ihr richtige Polizisten und jagt Verbrecher und so?« Heiko räusperte sich, um verwegener zu wirken, und sagte dann: »Klar!«

»Wie in Zebra Zwöhölf?«, fragte der Junge weiter. Lisa grinste innerlich. Alle Männer, egal, wie alt sie waren, schauten diese Serie, die immer nach dem gleichen Schema ablief: Die coolen Polizisten jagten die bösen Verbrecher, und am Schluss explodierte alles. Die Polizisten krochen jedes Mal aus unerfindlichen Gründen heil aus den Trümmern hervor, und die Verbrecher waren entweder tot oder verhaftet. Wenn es nur immer so einfach wäre! »Und habt ihr schon viele Verbrecher gefangen?«, fragte ein blond bezopftes, sehr artig wirkendes Mädchen.

»Hunderte«, meinte Lisa lächelnd.

»Boah, ey!«, sagte der Junge wieder.

»Gehen wir kurz in die Küche«, schlug Annika vor.

Wenig später saßen die drei in der gemütlichen Küche des Kindergartens. Annika hatte schnell einen Kaffee gerichtet, der wunderbar belebend wirkte. »Frau Diebold, uns ist zu Ohren gekommen, dass Sie einmal in Herrn Winter verliebt waren«, fing Heiko an.

Annika stellte die Tasse ab und schluckte ihren Kaffee herunter. Dann meinte sie: »Nicht nur verliebt. Wir hatten was miteinander. Er hat mich einmal im *Apfelbaum* abgeschleppt.«

»Wann war das?«, fragte Lisa.

»Och. Ewig her. Fast zehn Jahre vielleicht?«

»Er war also noch nicht mit Stefanie zusammen?«, vermutete Lisa. Annika schüttelte den Kopf. »Nein, alles ganz brav. Aber davor hat er es ordentlich krachen lassen und jedes Wochenende eine andere abgeschleppt. Und ich war halt auch mal die Auserwählte.« Sie machte eine kurze Pause, um einen Schluck Kaffee zu trinken, und fuhr dann fort: »Und ich war wirklich in ihn verliebt danach und dachte, das könnte vielleicht was werden.« Annika lehnte sich auf dem Plastikstuhl zurück, welcher daraufhin bedrohlich ächzte, obwohl sie nun wirklich schlank war.

»Und dann haben Sie ihn gestalkt«, stellte Heiko lakonisch fest. Die junge Frau strich sich eine dunkle, halblange Haarsträhne aus dem Gesicht.

»Hat Stefanie das so erzählt?«, wollte sie wissen. Heiko zuckte die Achseln. »Ich hab noch ein paar Mal versucht, ihn anzugraben, das stimmt. Und ihr ein, zwei Clixmix-Nachrichten geschrieben, das war vielleicht grenzwertig. Aber Stalking würde ich das nicht nennen. Ich nehme an, dass Dominik das seiner Stefanie so erzählt hat, um etwas weniger das Image der männlichen Schlampe zu erfüllen.«

»Hatte er ein solches Image?«, fragte Lisa.

»Männer sind doch immer die Helden, wenn sie eine nach der anderen abschleppen«, versetzte Annika und trank wieder einen Schluck Kaffee aus ihrer Tasse mit der Aufschrift ›Beste Erzieherin der Welt‹. Lisa gab ihr recht. Da war schon was dran. »Aber nachdem er mit Stefanie zusammengekommen war, war er, soweit ich weiß, einigermaßen brav«, informierte Annika weiter.

»Einigermaßen?«, fragte Lisa zweifelnd.

»Doch. Er war brav.«

»Haben Sie es noch mal probiert?«, wollte nun Heiko

wissen, was ihm einen giftigen Blick der ansonsten recht vernünftig wirkenden Annika eintrug.

»Natürlich nicht. Ich habe auch meinen Stolz. Und ich bin seit zwei Jahren glücklich mit Martin liiert. Er ist … ein toller Kerl.« Dass Annika Diebold meinte, was sie sagte, bezweifelte Lisa stark. Es war unverkennbar, dass Martin eben die zweite Wahl war – weniger hübsch, weniger charmant, weniger männlich, aber eben nett.

»Wir müssen trotzdem wissen, wo genau Sie waren an jenem Sonntagabend«, meinte Heiko in die Pause hinein.

»Bei einer Freundin zu Hause«, kam prompt die Antwort, »und zu meinem Glück, wie ich wohl sagen muss, habe ich sogar bei ihr übernachtet. Mädelsabend sozusagen. Und ich habe mit dem Martin telefoniert.«

»Na ja, wissen Sie, man kann auch den Telefonhörer hinlegen, abhauen und jemanden umbringen. Dann hätte man auch ein Alibi«, gab Lisa zu bedenken.

Annika lächelte undeutbar. »Sie halten mich für so durchtrieben?«

»Es kommt einem viel unter, wenn man bei der Polizei arbeitet.« Sofort versiegte Annikas Lächeln und sie verschränkte die Arme. »Mag sein. Aber ich war wirklich beim Mädelsabend. Fragen Sie meine Freundin.«

Die beiden Kommissare ließen sich noch den Namen der Freundin geben und versprachen, das Alibi zu überprüfen. Noch im Hinausgehen äußerte Lisa die Vermutung, dass Martin Seiler sie an der Nase herumgeführt haben könnte und ein zweites Fläschchen irgendwo zu Hause gelagert haben könnte. Heiko zückte sein Handy, die Idee war ihm auch schon gekommen. Also rief er bei Frau Dr. Meißner in Gründelhardt an und erkundigte sich bei der Sprechstundenhilfe, ob Seiler denn mehrere Fläschchen zu Hause haben könnte. Die Antwort lautete allerdings nein, die Katze Shakespeare habe das Mittel zum ersten Mal verschrieben bekommen. Heiko bedankte sich und beendete das Telefonat. Lisa seufzte. »Nein, oder?«, meinte sie und wirkte etwas ratlos. Heiko schüttelte den Kopf. »Die haben Shakespeare erst seit letztem Jahr, und da haben sie an Silvester eben schlechte Erfahrungen gemacht. Deshalb sind sie ja auf die Idee gekommen.«

»Klingt logisch«, konstatierte Lisa. Und weil er schon dabei war, wählte Heiko die Nummer der Freundin, die Annika Diebolds Alibi sein sollte. Nach nur zweimaligem Klingeln wurde abgenommen. Heiko erkundigte sich bei der jungen Frau, was sie denn am Sonntagabend gemacht hätte. Besuch hätte sie gehabt von ihrer Freundin Annika. Ja, den ganzen Abend. Ja, die Annika hätte mal eine Stunde telefoniert, das wisse sie so genau, weil sie sich in der Zeit so gelangweilt habe und extra aufs Display geschaut hätte, ob es auch eine Festnetznummer sei und nicht etwa eine Handynummer. Und es sei eine Festnetznummer gewesen, welche, wisse sie aber nicht mehr, aber ohne Vorwahl, also Crailsheim.

Heiko legte fluchend auf und zündete sich eine Zigarette an. »Und was machen wir jetzt?« Rauch waberte durch die kalte Luft, als Heiko ausatmete. »Hat nicht der Martin angedeutet, dass es da einen Wettstreit zwischen zwei Schriftstellern gibt? Vielleicht hat ja einer von denen was damit zu tun«, schlug er zaghaft vor.

»Hm«, machte Lisa. Aber momentan fiel ihr auch nicht ein, wo sie ansonsten noch ansetzen könnten.

Manfred Körner bewohnte ein Reihenendhaus in einer ruhigen Wohngebietsstraße in Altenmünster. Es war die Art von Haus, die man sich bei einem arbeitsamen Leben mit Mitte 40 leisten konnte, wenn man alleine und relativ sparsam lebte. Dass Manfred Körner alleine wohnte, war anzunehmen, weil nämlich auf seinem Klingelschild ›Manfred Körner‹ stand und nicht etwa nur ›Körner‹. Ein hagerer Mann um die 45 öffnete. Er trug ein gestreiftes Hemd und hatte das dünne Haar zu einer flotten Welle frisiert, die in den 80er- Jahren bei älteren Leuten modern gewesen war. »Ja?«, fragte er.

»Luft und Wüst, Polizei«, stellte Heiko vor. »Wir hätten da ein paar Fragen an Sie, Herr Körner.«

Körners Wohnungseinrichtung war nicht direkt karg zu nennen. Es gab zwar wenige Möbel, aber »karg« passte definitiv nicht. Spärlich vielleicht, aber durchaus mit Geschmack. Augenscheinlich antike Biedermeiermöbel waren beispielsweise mit einem weißen Sofa und einem gläsernen Couchtisch kombiniert. Eine riesenhafte Vitrine war mit alten, sämtlich antiquarischen Literaturbändchen vollgestopft. Am Fenster stand ein Schreibtisch aus dem vorletzten Jahrhundert, Eklektizismus, wie Heiko feststellte. Biedermeier mit ägyptischen Kitschelementen. Darauf verstreut lagen diverse Papiere, und einige edle Schreibgeräte standen ordentlich in ihren Halterungen. An der Wand hingen in viel zu großen Rahmen mit weißen Passepartouts drei Urkunden, auf denen zu lesen war, dass Körner zweimal einen dritten und einmal einen zweiten Preis bei irgendwelchen Wettbewerben gewonnen hatte. Heiko blieb demonstrativ bewundernd davor stehen, bis Körner mit leiser Stimme erzählte, welche Wettbewerbe das genau waren, nämlich einer gegen Fremdenfeindlichkeit, einer für die Belange von Senioren und einer von der »Gesellschaft Pro Anarchie«. Anschließend nahmen die Kommissare auf dem Sofa Platz, während Körner, an seinen Schreibtisch gelehnt, stehen blieb. »Herr Körner, uns ist zu Ohren gekommen, dass es da quasi einen Wettstreit gibt zwischen Ihnen und …« Heiko machte eine Pause, um zu sehen, ob Körner den Namen seines Kontrahenten selbst ergänzte. Aber Körner zog nur eine dünne Augenbraue hoch und ließ ein feines, spöttisches Lächeln seine Lippen umspielen.

»Mit wem denn?«, fragte er schließlich doch nach einigen Sekunden völliger Stille.

»Mit einem gewissen Herrn Weiland, der hierzulande immer dem Sängerbund die Theaterstücke liefert«, half Heiko.

Nun lachte Körner, laut und künstlich, und fuhr sich über die schüttere Frisur. »Entschuldigen Sie, dass ich lache«, meinte der schmale Mann. »Aber ich sehe den Herrn Weiland nicht unbedingt als Konkurrenten. Ich würde sagen, wir spielen in verschiedenen Ligen.«

»Uns ist aber zu Ohren gekommen, dass Sie auch jedes Jahr ein Theaterstück einreichen, wenn es darum geht, was der Liederkranz als Nächstes spielen soll.«

Körners Spottlächeln erstarb. »Ja, wissen Sie, die Hoffnung stirbt zuletzt, dass man der Landbevölkerung auch mal etwas literarisch Hochwertigeres nahebringen kann. Aber leider wollen die immer nur diesen proletenhaften Scheiß.« Die letzte Äußerung passte so gar nicht zu Körners sonstiger gehobener Ausdrucksweise, und um seinen Mund zuckte es so böse, dass man ihm nicht mehr abnehmen konnte, es sei ihm egal, dass sein Theaterstück niemals ausgewählt wurde von der dummen, borniertem Landbevölkerung.

»Wer hat denn das Stück immer ausgesucht?«, wollte Lisa wissen. Körner verschränkte die Arme und betrachtete den Papierwust auf seinem Schreibtisch, bevor er antwortete. »Eine Kommission aus Landfrauen, dem Ortsvorsteher und ein paar Spezis. Und dieses Jahr ging es fünf zu zwei für den Weiland aus.« Dafür, dass es ihm so egal ist, weiß er das aber genau, dachte Lisa bei sich.

»Worum geht es denn in Ihrem Stück?«, forschte Lisa.

Körner fixierte sie einen Moment, wohl, um herauszufinden, ob sie sich über ihn lustig machen wollte oder sich wirklich für seine Arbeit interessierte. Aber sie schien ehrlich interessiert zu sein, also antwortete er: »Mein Stück heißt ›Hinter den Mauern‹. Es geht um ein Gefängnis in einer utopischen Stadt, in das man kommt, wenn man nicht regimekonform ist. Und dann um die zwischenmenschlichen Strukturen, die sich da so entspinnen.«

»Ein Drama?«, vermutete Heiko.

Ein schulmeisterliches Lächeln umspielte Körners Lippen, als er korrigierte: »Drama ist nur der Oberbegriff für jede Form des Theaterstücks. Mein Stück ist eine Tragödie.«

»Und Weiland schreibt nur Komödien«, vermutete Heiko. Innerlich war ihm längst klar, warum die Kommission diese pseudointellektuellen Tragödien mit schöner Regelmäßigkeit ablehnte. Wer wollte denn schon in der Weihnachtszeit mit den utopischen Visionen eines literarisch ambitionierten Provinzautors belästigt werden?

»Schwänke«, korrigierte Körner. »Komödie würde ich das nicht nennen. Dürrenmatt schreibt Komödien, tragische Komödien zumindest, haben Sie ›Romulus der Große‹ gelesen?« Heiko schüttelte den Kopf. »Köstlich! Phänomenal! Das sind Komödien, aber nicht das, was der Weiland fabriziert. Das hat Rudolf-Steiner-Level.« Die letzten Worte spuckte der Mann aus, als seien sie unanständig. Lisa fragte sich unwillkürlich, wie weit Körners Frustration ging, ob sie sogar in Hass umgeschlagen war, vielleicht so sehr, dass er die Aufführung des Konkurrenzstücks mit einem Mord am Hauptdarsteller verhindern wollte.

»Haben Sie ein Haustier?«, fragte Heiko plötzlich, der wohl ähnliche Gedanken gehabt hatte.

»Ich, wieso?«

Heiko zuckte die Achseln.

»Ich habe eine Allergie gegen Katzenhaare und wurde als Kind von einem Hund gebissen. Für Kleintiere bin ich zu alt und ich sehe keinen Sinn darin, einen Kanarienvogel in einen viel zu kleinen Käfig zu stecken. Nein, ich habe kein Haustier und ich hatte nie eins und ich hätte auch gar keine Zeit dafür. Wieso fragen Sie?«

»Nur so«, log Heiko. Innerlich dachte er darüber nach, Körner von der Verdächtigenliste zu streichen.

Obwohl, wer weiß, wozu Autoren so fähig waren. Das Alibi abzufragen, konnte jedenfalls nicht schaden.

»Wo waren Sie denn am Sonntagabend?«, fragte Lisa, die offenbar wieder einmal das Gleiche dachte wie ihr Hohenloher Kollege.

Körners Augen weiteten sich vor Überraschung. »Ich?«, fragte er, und seine Finger krallten sich wie Vogelklauen um die Kante seines eklektizistischen Schreibtisches. »Ich war zu Hause und hab am Plot meines Debütromans gearbeitet.«

»Und gibt es dafür einen Zeugen?«, fragte Heiko.

»Nein«, antwortete Körner lakonisch. »Bin ich jetzt verdächtig?«

»Sagen wir es mal so: Sie sollten Crailsheim bis auf Weiteres nicht verlassen.«

»Denkst du, er hat was damit zu tun?«, fragte Lisa, als sie wieder draußen und auf dem Weg zum Auto waren.

»Na, wenn er kein Haustier hat, dann kommt er auch nicht an das Zeug.« Lisa überlegte und hörte beim Laufen ihre Schritte auf der frischen Schneedecke knirschen. »Ist das eigentlich sicher, dass man das sonst nirgends herkriegt?«

»Wo soll man das als Normalsterblicher herkriegen? Das ist verschreibungspflichtig und das haben nur Tierärzte.« Lisa nickte. Sie suchten nach jemandem, der an dieses Mittel rankam. Plötzlich kam ihr ein Gedanke. »Jemand, der beim Tierarzt arbeitet, kann es sich auch beschaffen«, gab sie zu bedenken.

Heiko nickte. »Ja. Wir sollten mal die Mitarbeiter aus Tiefenbach und Gründelhardt überprüfen. Aber zuerst gehen wir jetzt noch zu diesem anderen Schriftsteller und machen uns ein besseres Bild von beiden. Du unterschätzt die Befindlichkeiten von Künstlerseelen.«

Weilands Wohnung war genau das Gegenteil von Körners Bleibe: vollgestopft bis obenhin mit geschmacklosen Möbeln aus den frühen 80ern, Dekokitsch in allen Ecken, Trockenblumensträuße in rauen Mengen und Dekokerzen und –kissen in allen Farben und Formen. Letzteres war wohl seiner Frau geschuldet, die rund und nett neben Weiland auf dem Sofa saß, aber erst, nachdem sie den Kommissaren einen Kaffee aufgenötigt hatte und dann einen riesenhaften Teller mit selbst gebackenen Weihnachtsplätzchen auf den Tisch gestellt hatte. »Nehmen Sie doch«, ermutigte sie nun zum dritten Mal. »Die sind wirklich gut.«

»Meine Frau macht hervorragende Breedle«, meinte Weiland bestätigend und genoss das Aussprechen des ›Breedle‹. Schon seit letztem Weihnachten wusste auch Lisa, dass ›Breedle‹ ›Weihnachtsplätzchen‹ hieß und von ›Brötchen‹ kam. Sinnloserweise, musste man dazu sagen, weil Brötchen in Hohenlohe wiederum als Weckle, im Plural als Wecklich bezeichnet wurden. Absolut kompliziert. Heiko griff gehorsam zu einer Nussmakrone, steckte sie in den Mund und kaute genüsslich darauf herum. »Mhhhmmm!«, machte er mit vollem Mund und meinte es lobend.

»Also, ihr ermittelt wegen dem Winter, stimmt's?«, vermutete Weiland. Sein hellgrauer Haarkranz wirkte wie eine Krone. Der Vollbart verstärkte noch die Erinnerung an einen Märchenkönig aus einem dieser kitschigen Disneyfilme. Überhaupt wirkte Weiland väterlich-freundlich und wesentlich unprätentiöser als Körner. Was Heiko durchaus sympathisch war. »Ja, und wir waren grad schon beim Körner«, erzählte Heiko.

Weiland nickte grinsend. »Beim Schriftsteller«, meinte er.

»Sie sind doch auch ein Schriftsteller«, versetzte Lisa. Weiland grinste entwaffnend.

»Na ja. Hobby-Schriftsteller. Aber der Körner meint ja, er wäre ein ganz Großer. Ein verkanntes Genie.«

»Anscheinend seid ihr Konkurrenten, was das alljährliche Theaterstück des Liederkranzes betrifft?«, forschte Heiko. Weiland fuhr sich sinnend durch den Vollbart und wirkte so noch mehr wie ein lieber guter Märchenkönig. »Das sieht er wohl so. Dabei übersieht er aber, dass kein Mensch so ein bedeutungsschwangeres, todernstes Theaterstück bei einer dörflichen Vorweihnachtsfeier sehen will. Stellt euch mal vor, ›Hinter den Mauern‹ in Altenmünster, während die Leut unten im Zuschauerraum Schlachtplatte essen, Weißherbstschorle trinken und nebenher batschen.« Heiko grinste. Ja, das war ihm auch schon aufgefallen – die Hohenloher schafften es einfach nicht, während derlei Aufführungen ihre Klappe zu halten – mindestens wurde verhalten getuschelt, und zwar über alles Mögliche, manche unterhielten sich auch ganz ungeniert in normaler Lautstärke, also ziemlich laut. Außerdem war eine solche Aufführung natürlich nichts ohne Essen und Trinken, was beständiges Gläser- und Besteckklappern zur Folge hatte.

»Sie kennen das Stück?«, wunderte sich Lisa nun und griff, nachdem Frau Weiland nochmals raumgreifende auffordernde Gesten vollführt hatte, nach einem sternförmigen Ausstecherle mit Zuckerstreuseln.

»Der Häußler hat mir erzählt, worum es geht«, gab Weiland zu. »Nicht, dass mich das groß interessieren würde.« Also doch, dachte sich Heiko. Er sieht ihn auch als Konkurrenten. »Sie sind also mit der Kommission, die das Stück auswählt, recht vertraut«, stellte Lisa fest.

»Was daher kommt, dass ich schon mein ganzes Leben lang in Altenmünster wohne. Der Körner ist nicht von hier.«

»Wo kommt der denn her?«, wollte Heiko wissen.

»Gerabronner Ecke«, erklärte Frau Weiland. Heiko unterdrückte ein Grinsen. Dann war er ja quasi ein Ausländer.

»Der Herr Körner meint, bei der Auswahl sei Vetterleswirtschaft mit im Spiel«, lockte Heiko und griff zu einem Vanillekipferl, welches er sich ganz in den Mund steckte. Zusammen mit einem Schluck Kaffee, den er folgen ließ, schmeckte es ganz wunderbar.

»Das ist klar, dass der das sagt«, meinte Weiland. »Aber er vergisst dabei, dass das Genre einfach nicht passt. Die Leut wollen eine Komödie, nennen wir es von mir aus auch Schwank. Die wollen keine Gesellschaftsutopien, aus denen sie was lernen können. Noch mal: Die wollen da sitzen, ihre Schlachtplatte essen, ihren Weißherbst trinken, sich unterhalten und ein bisschen über das Stück lachen. Ein Deutschlehrer müsste dem Körner eine Sechs geben, wegen Themaverfehlung.«

Heiko stimmte dem Mann nicht nur innerlich zu, vielmehr nickte er bestätigend und suchte mit den Augen nach einem weiteren Vanillekipferl, welches wirklich phänomenal gut gewesen war. Es gab nur noch eines, verdammt. »Nehmen Sie ruhig«, ermunterte Frau Weiland wieder, die seine Blicke offenbar genauestens verfolgt hatte.

Heiko dankte murmelnd, nahm sich das Vanillekipferl, steckte es in den Mund, kaute gründlich, schluckte und sagte dann: »Das finde ich auch. Aber der Körner wirkt schwer gekränkt. Würden Sie dem einen Mord zutrauen, vor lauter Ehrenkäsigkeit?«

Frau Weiland saß mit offenem Mund da und beugte sich weiter vor, um nur ja nichts zu verpassen. Weiland lehnte sich hingegen in sein Sofakissen zurück und meinte dann: »Nein. Keinesfalls. Das ist so eine Sache von verletztem Stolz, mehr aber nicht. Außerdem, warum sollte er denn dann den Dominik umbringen?«

»Um die Aufführung des Theaterstücks zu verhindern?«, schlug Lisa vor.

»Der junge Seiler ist die Zweitbesetzung«, informierte der Mann.

»So?«, machte Lisa. Das war ja interessant! »Und wer würde den Seiler ersetzen?«

»Ihr fragt Sach, weiß ich doch net. Da müsst ihr die Häußler Else fragen, die ist da die Chefin.«

Stefanie Winter öffnete die Tür, und vor ihr stand ihre Freundin Anja. Anja war seit Kindertagen ihre liebste Freundin, und sie war auch jetzt, in dieser schweren

Zeit, für sie da. Und Stefanie war froh, dass sie noch eine Gleichaltrige hatte, die sie unterstützte, und nicht nur ihre hysterische, aufgelöste Mutter, deren hektisch-beflissene Anwesenheit sie nur noch tiefer in ihre Depressionen ritt. Sie liebte Anja wie eine Schwester, die kleine, zierliche, aschblonde Anja, die ihr immer zur Seite stand und immer auf ihrer Seite war, egal, was passierte. Sie umarmten sich, wie beste Freundinnen es taten. Im Hintergrund hopsten die beiden größeren Kinder herum. Die kleine Ines lag in ihrem Kinderbettchen und hielt ihren Mittagsschlaf, also hatten die beiden ein wenig Ruhe. Stefanie geleitete Anja in die Küche, wo sie sich an den Küchentisch setzten. Die Hausherrin warf die moderne Kaffeemaschine an, welche gleich darauf brodelnd zwei Espressi ausspuckte. Anja tat zwei Stück Zucker in ihre Tasse und rührte dann verhalten klappernd darin.

»Wie geht es dir?«, fragte sie mitfühlend und legte ihrer Freundin eine Hand auf den Arm. Stefanie schüttelte den Kopf. »Es ist schwer.« Anja nahm einen Mundvoll Espresso, und Stefanie konnte hören, wie sie schluckte.

»Wissen es die Kinder jetzt?«, fragte Anja in so mitfühlendem Ton, wie es nur möglich war. Stefanie biss sich auf die Lippe und schüttelte den Kopf. Noch nicht. Und das schätzte sie so an Anja: Sie beschwätzte sie nicht, was richtig oder falsch war, sie gab keine gut gemeinten, heuchlerischen Ratschläge, sie tat nichts dergleichen. Sie war einfach da. »Und was willst du jetzt tun?«, fragte die Freundin ganz neutral und wertfrei. Schulterzucken war die Antwort. Anja stellte ihre Tasse ab und rückte näher zu Stefanie heran. Dann hob sie ihre kleine, schmale Hand und streichelte ihr sanft über die Wange, so sanft, als könne sie sie verletzen. »Du weißt, dass ich immer für dich da bin?«, meinte sie und fügte noch ein »Hm?« hinzu, als Stefanie nicht gleich antwortete. Stefanie nahm Anjas Hand aus ihrem Gesicht, und Anja begann, die Hand zu streicheln, ihre andere daraufzulegen und Stefanies Hand wie ein schützender streichelnder Kokon zu umschließen. Stefanie blickte auf und sah direkt in Anjas Augen, ihre tiefen, katzengrünen Augen, und sie sah im Gesicht ihrer Freundin ein schier unergründliches, liebevolles Lächeln.

Nach dem weiteren Misserfolg hatten die Kommissare beschlossen, erst einmal was essen zu gehen. Dazu bot sich auch wegen der räumlichen Nähe zu Altenmünster die *Eberl-Wirtschaft* an. Einen kurzen Zwischenstopp legten sie allerdings noch bei der Post ein, wo Lisa 20 weihnachtliche Briefmarken erstand. Schließlich saßen sie aber in dem Gastraum, der praktisch die Crailsheimer Mensa war und zum ›Großmarkt für jedermann‹ gehörte. Hier gab es jeden Tag einen preiswerten und leckeren Mittagstisch. Heute hatten sich die Kommissare für Backfisch mit Kartoffelsalat entschieden, obwohl Heiko ein Schnitzel lieber gehabt hätte. Da es das aber nicht gab, war der Fisch auch okay. Gesprächsfetzen schwappten vom Stammtisch herüber, wo einige Männer zwischen Mitte 60 und 80 saßen. Bis vor zwei Jahren war auch die alte Frau Eberl, quasi die Seniorchefin, immer in der Nähe gehockt wie eine alternde Königin, die vom Restaurant aus über ihr Reich herrschte.

Ihre Insignien waren der stets weiße Kleiderschurz und ihr kronenartiger hellgrauer Dutt gewesen.

»Und, was hältst du von der ganzen Sache?«, fragte Heiko, während Lisa an einer Gabel Kartoffelsalat kaute. Die Remoulade auf dem Teller rührte sie kaum an, sie fürchtete wohl um ihre ohnehin perfekte Figur.

»Wir müssen das ganze Umfeld abgrasen«, schlug sie endlich vor. »Es sagt ja keiner, dass er nur bei den Theaterleuten Feinde hatte.«

Heiko wiegte den Kopf. »Na ja, aber der Mörder muss sich ja bei den Theaterleuten immerhin ausgekannt haben.«

»Da kennen sich aber auch so Leute aus, wie die Hallenputzfrau, wenn es so was gibt, der Hausmeister etcetera.« Wieder aß sie ein Stück knusprigen Fisch, er schmeckte vorzüglich.

»Am besten fragen wir mal Else Häußler und interviewen dann noch die restlichen Theaterleute«, schlug Heiko vor.

Lisa machte »Hm«. Eine bessere Idee hatte sie auch nicht. »Hast du eigentlich schon ein Geschenk für meine Eltern?«, wechselte sie abrupt das Thema. Heiko schluckte. Auch das noch! Nicht, dass er schon genug Theater damit hatte, Lisa und seinen Eltern ein Geschenk kaufen zu müssen. Nein, jetzt musste er auch noch seinen Schwiegereltern was besorgen. »Eine Flasche Wein?«, probierte er also zaghaft. Lisa ließ die Gabel sinken und verdrehte demonstrativ die Augen. »Das ist wohl auch das Allheilmittel, ne?«, fragte sie. Sie schwieg eine Weile verstimmt, dann sagte sie: »Ich werde was für sie besorgen. Und für Eva und Uwe und Simon und Regina brauchen wir auch was.« Heiko sparte es sich, jeweils eine Flasche Wein vorzuschlagen. Lisa machte das schon. »Und für Sita, Garfield und Alfred auch«, fügte Lisa noch hinzu. Heiko sah sie prüfend an, ob sie das ernst gemeint hatte. Es sah tatsächlich so aus. Todernst. »Und was sollen wir den Tieren schenken?«, fragte er nach.

»Gehen wir halt mal in die Futterkiste«, bestimmte Lisa. »Aber das hat ja noch Zeit. Jetzt nehmen wir uns erst mal die Obertheaterfrau vor.«

Sybille Klein räumte Wollpullover auf. Die Leute ließen die Pullover nach dem Anprobieren einfach in der Umkleidekabine liegen. Anscheinend war es schon zu viel verlangt, sie direkt vor der Kabine auf die Ablage zu legen. Regelmäßig schüttelte Sybille innerlich den Kopf darüber, wie die Leute die Sachen hinterließen. Linksherum, zusammengeknüllt auf dem Hocker, manchmal auch auf dem Boden. Es war so nichtachtend. Sie seufzte. Dabei war sie gern Verkäuferin. Nur solche Aktionen verleideten ihr manchmal den Spaß an der Arbeit. Ab und zu erwischten sie einen Ladendieb, meistens kleine Mädchen mit zu wenig Taschengeld für die angesagten Teile, die markerschütternd heulten, wenn sie geschnappt wurden. Dann war wenigstens was los hier. Aber sonst ging alles seinen Lauf. Die Umsätze gingen zurück, die Leute kauften online. Sie kamen in den Laden, probierten, betrachteten, behaupteten, sie würden sich zu Hause noch mal alles überlegen, gingen heim und begannen zu googeln. Oder packten ungeniert gleich mitten im Laden das Smartphone aus, um Preise zu vergleichen und zu drücken. Jetzt, um Weihnachten herum, war es etwas besser. Es lief gut. Anders als in Sybilles Ehe.

Sie liebten sich, das war unbestreitbar. Und Sybille hoffte inständig, dass das von gestern ein Ausrutscher war. Ein verzeihlicher, konnte ja mal passieren. Sie liebte ihren Mann, und er liebte sie. Nur leider konnte er nicht alle ihre Bedürfnisse befriedigen. Er war hervorragend im Bett. Er vergötterte sie. Er sah gut aus. Aber leider war er zufrieden mit dem, was das Leben ihm gab. Er war zufrieden mit seinem Beruf, las nicht, scherte sich einen Dreck um Kultur jeglicher Art. Sogar das Kulturwochenende, bei dem die Kultur wirklich volksnah verpackt war – Kleinkunst, Tanz, die obligatorische Krannummer et cetera – boykottierte er mit einem geradezu albernen Trotz. Aber Sybille wollte auch mal ins Theater, in die Oper, ein bisschen raus aus dem engen Crailsheim. Sie trug einen goldfarbenen Pullover, der jetzt wieder ordentlich zusammengelegt war, aus der Kabine und legte ihn auf den Goldpulloverstapel in der entsprechenden Markenecke. Da war es doch nur verständlich, dass es da noch einen Mann gab, mit dem sie solche Dinge tun konnte. Sie waren in Freundschaft verbunden, obwohl sie auch schon einmal im Bett gelandet waren, einmal, nur einmal. Das hatte gut funktioniert, weil Matze fest davon überzeugt gewesen war, sie würde mit Becki einen Mädelsabend im *Apfelbaum* machen. Und weil Becki Matze nicht leiden konnte – sie hielt ihn für latent psychopathisch – deckte die Freundin ihre Treffen mit dem älteren Mann immer. Und Sybille war zufrieden mit diesem Arrangement, sie liebte Matze, er war für ihren Körper und die Seele zuständig. Für den Geist reichte es nicht, dazu brauchte sie den anderen.

Helmut Häußler öffnete die Tür des Altenmünsterer Wohnhauses. Es war ein frei stehendes Einfamilienhaus im alten Ortsteil. Altenmünster hatte ganz verschiedene Teile, einen uralten, in dem es sogar noch einen Bauernhof gab und in dem auch die alte Kirche stand, einen etwas neueren mit großzügigen Einfamilienhäusern und eine Wohnsiedlung aus den 70er- Jahren, die zwar von zweifelhafter Schönheit, aber dennoch mit recht geräumigen Wohnungen bestückt war. Heiko hatte in einem dieser Blocks einen guten Freund gehabt und hatte es als Kind ganz wunderbar gefunden, zusammen mit den sieben anderen Kindern des Hauses auf dem Hof Fußball, He-Man und alles Mögliche andere Zeug zu spielen. Die Mädchen hatten den Hof über und über mit Kreide bemalt und ›Himmel und Hölle‹, in Hohenlohe ›Hopferle‹ genannt, gespielt. Das waren noch Zeiten gewesen!

Helmut Häußler trug eine helle Bundfaltenhose, ein blau kariertes Hemd und eine graue Strickweste. Seine Augen weiteten sich beflissen, als er die Kommissare erkannte. »Wer is?«, kam aus dem Inneren der Wohnung, und Lisa fühlte sich irgendwie an die alte Hexe erinnert, die den hilflosen Hänsel-Helmut für sich arbeiten ließ, während sie gerade die arme Gretel für die Zubereitung im Backofen präparierte. »Die Kommissare«, gab Helmut zurück, trat beiseite und sagte: »Kommt doch rei.«

Wie erwartet war die Wohnung tipptopp in Schuss. Winterliche Fensterbilder zierten die Scheiben, knospende Barbarazweige mit einzelnen Blüten steckten in einer enormen Bodenvase. Der gläserne Couchtisch trug einen riesigen Adventskranz, der wiederum wenig klassisch wirkte, sondern vielmehr modern: weiß gekalkte Treibholzstücke mit silberfarbenen Kugeln und Kerzen. »Ach wie schön«, meinte Lisa. »Wir haben gar keinen Adventskranz.«

»Des is abber schood«, meinte Else Häußler und fügte dann hinzu: »Den hemmer selber gmacht!« Lisa staunte und lobte das Ding, das für Heiko einfach nur Abfallholz war. Ein richtiger Adventskranz, wenn man schon einen haben musste, hatte aus Tannenreisig zu sein und nach Harz und Wald zu duften. »Hockt eich nou«, lud die Oberlandfrau ein und wies auf die hellgelbe Leder-Couchgarnitur, die einigermaßen modern wirkte. Nur Sekunden später stand vor den Kommissaren der obligatorische Breedlesteller mit feinsten selbst gebackenen Weihnachtsplätzchen. »Nehmt eich«, forderte die Häußlerin auf. »Wellt ihr was trinka?« Die Ermittler verneinten, was das ältere Ehepaar dazu brachte, sich auf den beiden Sesseln niederzulassen. Lisa und Heiko nahmen stattdessen jeweils ein Breedle, weil sie beide bemerkten, dass das unbedingt von ihnen erwartet wurde, obwohl sie gerade erst gegessen hatten und pappsatt waren. Heiko biss in ein Schoko-Schäumle und Lisa in ein Anis-Springerle. Beide lobten die Breedlich kauend, was die Hausfrau zu einem zufrieden-dankenden Nicken verleitete.

»Weshalb wir hier sind«, begann dann Lisa, »also uns

ist eingefallen, dass ja wohl nicht jeder die Halle betreten konnte. Vor und auch während der Probe ist die doch abgeschlossen?«

»Natürlich«, meinte Frau Häußler, zu Hochdeutsch wechselnd, denn die Szene hatte etwas Offizielles. »Immer. Das muss so sein, wegen der Versicherung.«

»Es kann aber trotzdem jeder rein«, gab Herr Häußler zu bedenken.

»Wie denn?«, fragte Lisa weiter.

»Der Notausgang. Hinter der Bühne ist ein Notausgang, der immer unverschlossen ist. Der geht gar nicht abschließen, und von außen kommt man einfach so rein, ohne Schlüssel.«

»Do hasch reechd«, stimmte die Frau zu.

»Und wer weiß alles davon?«, fragte Heiko weiter.

Häußler schnaubte. »Das wissen alle. Das ganze Dorf. Alle, die hier schon mal im Sportverein waren oder so.«

»Die Leute vom Sportverein haben auch Schlüssel für die Halle?«, machte Lisa weiter.

»Klar«, bestätigte die Landfrau.

»Und wer noch? Eine Putzfrau?«

»Mein Mann ist so eine Art Hausmeister und wischt auch ab und zu mal durch«, erklärte Frau Häußler.

»Wer hat noch den Schlüssel?« Else Häußler überlegte konzentriert, was einige der für ihr Alter nicht einmal so tiefen Falten auf ihrer eindeutig niveagepflegten Stirn verrieten. »Der Stadtrat Wanner. Sonst fällt mir aber definitiv niemand ein.«

»Wieso der Stadtrat und nicht der Ortsvorsteher?«, fragte Lisa verständnislos.

»Na ja, Altenmünster gehört ja verwaltungstechnisch zu Crailsheim-Innenstadt. Und deshalb haben wir keinen offiziellen Ortsvorsteher. Aber wenn was ist, wenden wir uns an einen von den Altenmünsterer Stadträten, und der, der schon am längsten dabei ist, ist eben der Wanner.«

»Aha«, machte Lisa und dachte bei sich, dass diese Informationen ihre Arbeit deutlich erschweren würden. So viele Leute, die einen Schlüssel zur Halle hatten und den Kreis der Verdächtigen doch beträchtlich erweiterten. Ganz zu schweigen vom ständig offenen Notausgang. Und von der Theatertruppe, die ja sowieso da war.

Nun beugte sich Else Häußler verbindlich vor und schlug in leisem Verschwörertonfall vor: »Wisst ihr, was mir noch eingefallen ist? Wenn der Dominik was mit der Sybille angefangen hätte – die ist doch verheiratet, könnte dann nicht der Mann von der der Mörder sein?«

»Gut kombiniert, Frau Häußler«, lobte Lisa undeutbar. »Aber weder hatte Frau Klein eine Affäre mit Herrn Winter noch Herr Klein Gelegenheit, den Mord zu begehen.« Heiko warf Lisa einen prüfenden Blick zu, er fragte sich, ob Lisa mit dieser gründlichen Demontage der Theorie die Frau irgendwie für ihr übermäßiges Tratschen tadeln wollte. Und tatsächlich schien Frau Häußler irgendwie enttäuscht zu sein. »Fällt Ihnen noch irgendjemand ein, der mit Dominik Winter ein Problem gehabt haben könnte?« Das Ehepaar überlegte angestrengt, aber endlich schüttelten die beiden einhellig die Köpfe.

Ruth Siebert hatte etwas vergessen, nämlich Maggi. Und ohne Maggi konnte sie ihre Suppe auch nicht kochen.

Es war ihr wichtig, dass ihr Mann jeden Tag eine Suppe als Vorspeise bekam, denn die wärmte von innen. Und wegen eines einzigen vergessenen Artikels brauchte sie ja kaum in den Handelshof zurück, vielmehr lief sie kurz in Onolzheim zu *Rita's Lädle*, welches sich nur zwei Straßen weiter befand und das für solcherlei Notfälle alles bereithielt. Sie grüßte die Verkäuferin und entdeckte nahezu sofort die Maggiflasche in einem der Regale. »Ah, Grüß Gott, Ruth. Sou, bisch aa awäng do?«, hörte sie plötzlich eine Stimme hinter sich. Sie drehte sich um. Es war Helga, eine Nachbarin, die ein bisschen Gemüse in einen Korb trug und so das Inbild der engagierten Hausfrau abgab.

»Ja, ii hobb a Maggi braucht.«

»Ii holl awäng Gmias.«

»Jaja.«

»Soochamol, bei uns bassiert ja Sach, des is ja nimmi feierlich!«

»Moonsch des mit dem Mord?«

Helgas Augen weiteten sich. »Wor des jetz wirklich a Mord?«

Ruth blickte nervös um sich. Außer der Verkäuferin und einer älteren Dame, die gerade mit der Verkäuferin plauderte, war niemand in dem kleinen Laden. »Scheint's.«

»Und woher waasch du des jetz?«

»Des hobb i ghört«, wich Ruth aus. »Anscheinend is der Winter seinera Fraa neewa nauß und des kou sei, dass die des irchendwie organisiert hat«, spekulierte Helga.

»Awwa, des glaab ii net. Des is doch a ganz Nette.«

Ruth hob den dürren Zeigefinger und meinte: »Mer waaß es nie!«

Helga stellte den Korb ab und verschränkte die Arme. »Wär des awwer net viel logischer, wenn die Geliebte den umbringa däd, weil der se net heirooda wella hat?« Ruth brummte. Wäre möglich. »Oder vielleicht hat ja die Steffi aa an Geliebta, und der wollt den Mou loswerra«, riet Helga, und ihre Augen leuchteten.

»Du, des kou aa sei, wer waaß!«

»Mer waaß es net!«

»Ja, genau.«

Beide Damen schwiegen, und deshalb war es ganz still, nur die Kasse klimperte, als die ältere Dame zahlte. »Haja, do simmer gschbannt, wie's ausgätt, gell?«, resümierte Helga.

»Awwer net weiterverzeila, gell. Ii hätt dr des eigentlich gor net soocha deffa.«

Die Frau nickte. »Ii sooch nix, i verschbrechs.«

Lisa und Heiko standen etwas ratlos herum vor dem Häußlerschen Anwesen, verdammt, irgendwie ergab sich so gar kein richtiger Anhaltspunkt, der sich weiterverfolgen ließ und auch vielversprechend war. Heiko rauchte schon wieder und blickte gedankenverloren die Straße hinunter. Es hatte zu schneien begonnen, und die Flocken fielen wie blütenweiße, strahlend reine Federn. Sanft und lautlos. Immer dichter wurden die Flocken. Auch Lisa hing ihren Gedanken nach, und endlich streckte sie die Hand aus, um die schmelzenden

Schneekristalle auf ihrer Hand zu betrachten. Heiko nahm noch einen Zug, spürte, wie der Rauch seine Lunge durchflutete. Angenehm war das, es brannte aus. »Rauch nicht so viel«, tadelte Lisa, was Heiko mit einem »Hm« und einem weiteren Lungenzug beantwortete. »Und jetzt?«, fragte Lisa schließlich. Heiko zuckte die Achseln. »Nehmen wir uns noch die anderen Theaterleute vor. Verena Polanski und diese Marianne Zeitler.«

»Und wen zuerst?« Lisa überlegte.

»Wie viel Uhr haben wir?«

»Dreiviertel vier.«

Lisa verdrehte die Augen. Heiko wusste genau, dass sie diese komischen süddeutschen Zeiten nicht kapierte. Dabei fand Heiko die Zeitangabe dreiviertel vier absolut sinnvoll: Zu drei Vierteln war es vier Uhr. Na ja. Lisa hatte sich irgendwann mal gemerkt, dass »drei Viertel« einfach »Viertel vor« heißt. Jedenfalls reichte es sowieso noch für beide. »Die Frau Zeitler«, entschied Lisa.

Maria Wild rief ihre Tochter an, die mit dem Stadtrat Wanner verheiratet war. Darauf war sie sehr stolz, denn ein Stadtrat als Schwiegersohn, das war schon was. Sie rief eigentlich nur so an, weil sie ein bisschen was für Weihnachten besprechen wollte, für die Familienfeier. Deshalb war sie ja gestern noch im Lädle gewesen, um dort Backpulver zu kaufen, denn das hatte sie nicht mehr zu Hause gehabt, sonst war alles da. »Ich komm dann zu euch«, sagte sie gerade ins Telefon. »Oder vielmehr: Treff mer uns in der Kirch.«

»Ja, so machen wir's«, sagte die Tochter, die sich ein leidliches Hochdeutsch angewöhnt hatte.

»Sag mal, dein Mann ist doch Stadtrat«, meinte Maria nach einer Pause.

»Ja?«, antwortete die Frau in einem Worauf-willst-du-hinaus-Ton.

»Weiß der schon was über den Mord?«

Heike Wanner schluckte und meinte dann: »Soweit ich weiß, nicht. Wieso?«

»Weil ich gehört hab, die Frau von dem hätte einen Geliebten und der hätte den jungen Winter um die Ecke gebracht.«

»Was!«, entfuhr es der Frau.

»Ja, gell, ich hab auch immer gedacht, das wären anständige Leut.«

»Heutzutage kann man sich halt auf nichts mehr verlassen, auf gar nichts mehr«, gab Heike zu bedenken. »Nicht mal auf die eigene Familie.«

»Ja. Nicht mal auf die eigene Familie«, stimmte Maria zu. Und dann, nach einer Pause: »Aber bei uns schon, gell?«

Marianne Zeitler wohnte in Banzenweiler.

Soeben durchfuhren die Kommissare das Waldstück hinter Onolzheim, schwarzdunkle Schemen von kahlen Bäumen hoben sich geisterhaft vom Schnee ab. Hinter dem Waldstück und nach der Abfahrt nach Oberspeltach bog der M3 nach rechts ab, passierte einen Aussiedlerhof und näherte sich schließlich Banzenweiler. Es war ein kleines Dorf, das man nicht einmal Dorf nennen konnte. Für einen Weiler war es aber wiederum zu groß. Eigentlich traf es der Begriff ›Weiler‹ ganz gut. An eine Hauptstraße reihten sich großzügige Grundstücke mit Einfamilienhäusern und mehrere Bauernhöfe. Davon zweigten kleine Stichstraßen ab, an denen zwei, drei weitere Häuser lagen. Marianne Zeitler wohnte in einer kleinen Wohnung im Parterre eines Mietshauses mit Doppelgarage. Das Haus hatte schon bessere Zeiten gesehen, eine schmuddelige Hauswand war mit den krümeligen Resten einer im Sommer bestimmt wuchernden Kletterpflanze gesprenkelt. Im Garten standen abgeblätterte Keramikgartenzwerge, wohl aus den 80ern, und ein Windfänger in Fischform ließ traurig seine vergilbten Bänder hängen. Die Haustür war aus Glas und hatte einen dieser Filzabstreifer, die als Staubfänger gedacht waren und die ein schabend-kehrendes Geräusch verursachten, als Frau Zeitler öffnete. Zwei Gerüche schlugen den Kommissaren entgegen, erstens Kaffeeduft und zweitens Rauch. Offenbar rauchte Frau Zeitler in ihrer Wohnung. Sie trug einen hellgrünen Strickpullover, der ihre magere Figur umschlackerte. »Grüß Gott«, sagte sie und trat beiseite. Sie führte die Kommissare ins Wohnzimmer, das mit einer dunkelgrünen Samtcouch bestückt war. Der gelbliche Teppichboden hatte schon bessere Zeiten gesehen, jegliche Weihnachtsdekoration fehlte. Frau Zeitler war offenbar eine Pragmatikerin. »Kaffee?«, fragte sie mit schnarrender Stimme, bei der man das Gefühl hatte, sie bedürfte ein paar kräftiger Räusperer. »Vielen Dank«, meinten Lisa und Heiko kopfschüttelnd. Marianne Zeitler zuckte die Achseln und setzte sich bald darauf mit ihrer Kaffeetasse aufs Sofa. Während sie ihren heißen Kaffee schlürfte, entdeckte Lisa neben all den hässlichen Ölgemälden an der Wand ein großes Bild eines kleinen Jungen. Das Kind war vielleicht sieben Jahre alt, und das Foto wirkte charmant-antiquiert im 80er-Retro-Stil.

»Ihr Sohn?«, meinte Lisa und wies auf das Bild.

Frau Zeitler blickte kurz von ihrer Kaffeetasse auf und meinte dann: »Mein Patenkind. Leopold. Er ist jetzt schon über 20. Ich habe keine Kinder.«

»Hm«, machte Heiko.

»Sie besuchen sicher alle vom Theater?«, vermutete Marianne Zeitler.

»Reine Routine, Frau Zeitler«, beruhigte Heiko. »Wir sammeln Informationen.« Wieder ein geschlürfter Schluck Kaffee aus der Tasse mit einem verblichenen Automotiv. »Dann fragen Sie«, meinte die Frau lakonisch und lehnte sich in die Lehne zurück, was aber seltsamerweise immer noch verkrampft wirkte.

»Wie war Ihr Verhältnis zu Dominik Winter?«, begann Lisa.

Marianne Zeitler zuckte die Achseln. »Neutral, würde ich sagen. Er war schon recht, aber ein anderer Typ Mensch als diejenigen, mit denen ich mich normalerweise so befasse.«

»Wieso?«, hakte Heiko nach.

»Na, er war ein Weiberheld. Das ist nicht so mein Fall. Ich mag lieber die bodenständigen Leute, die sich nicht so viel einbilden.«

»Worauf hat sich denn Dominik Winter was eingebildet?«, forschte Lisa.

»Och. Das mit den Damen, da fühlt sich doch jeder Kerl geschmeichelt.«

»Denken Sie, Herr Winter war seiner Frau untreu?«, machte Heiko weiter.

Wieder ein bisschen Kaffee, den die Frau geräuschvoll schluckte. »Das nicht gerade«, versetzte sie. »Aber man kann sich auch hofieren lassen, so wegen dem Marktwert. Auch, wenn man über das Alter eigentlich bereits raus ist.«

Lisa verstand, was die Frau meinte. Auch sie wäre genervt, wenn Heiko andauernd die anerkennenden Blicke aller Damen im Umkreis auf sich ziehen würde. Schon die Tatsache, dass Sybille sich Heikos Namen gemerkt, ihren aber vergessen hatte, nervte sie. Lisa fragte sich, inwieweit Stefanie vom hohen Marktwert ihres Mannes gewusst hatte und wie sie damit umgegangen war. »Meinen Sie jemand bestimmten?«, fragte Lisa weiter.

Marianne schürzte die faltigen Lippen, die irgendwie vertrocknet aussahen. »Die Sybille und der Dominik haben öfters Blicke gewechselt. Die durften ja auch knutschen, und das ist den beiden wohl kaum schwergefallen.«

Heiko brummte. Ähnlich hatte sich ja schon die Häußlerin geäußert. »Noch jemand?«

Jetzt verschränkte die Frau die Arme über dem schlaffen Busen. »Unser Mauerblümchen. Die eifrige Lehrerin.«

»Verena Polanski?«, versicherte sich Heiko.

»Genau die. Die wirkt mit sich selbst total unzufrieden, wenn ihr mich fragt.« Lisa dachte bei sich, dass

Frau Zeitler auch nicht gerade ein Ausbund an Glückseligkeit war, sparte sich aber eine Bemerkung. »Die ist unverheiratet, übereifrig und hat den Dominik immer aus der Ferne angehimmelt.«

»So?«

»Ja.«

»Hm.«

»Und Sie? Sind Sie verheiratet?«, fragte Lisa nun doch.

»Früher mal«, meinte sie. »Aber das ist schon lange vorbei. Ich brauche auch keinen Mann mehr. Glücklicher Single«, beteuerte sie und entblößte gelbliche Zähne.

»Haben oder hatten Sie ein Haustier?« Kopfschütteln. »Fällt Ihnen sonst noch jemand ein, der mit Dominik Winter ein Problem gehabt haben könnte?« Marianne grinste unfroh. »Na, all die anderen Kerle. Die waren entweder eifersüchtig oder neidisch auf seine Optik und sein Talent. Denn das mit dem Schauspielern, das hat er echt gut gemacht.«

»Kommt ihr mal, ihr zwei?«, fragte Stefanie Winter ihre älteren Kinder, das jüngste trug sie auf dem Arm. Philipp und Karina sahen von ihrem Spiel, das wohl diesmal harmonisch war, auf. Sie wirkten verwundert, bemerkten wohl irgendwie, dass etwas anders war als sonst. Stefanie Winter führte die beiden Kinder ins Schlafzimmer und setzte sich mit ihnen aufs Bett. Die Kleine legte sie neben sich ab. Sie fühlte, wie Tränen emporstiegen, drohten überzusprudeln, doch sie kämpfte sie mit brennenden Augen nieder. Sie musste jetzt stark sein für ihre Kinder, durfte sich jetzt kein sinnloses Geflenne leisten.

»Kommt mal her, ihr beiden«, sagte sie noch einmal und drückte die beiden links und rechts an ihre Seite. »Ist was, Mama?«, fragte Philipp, der wohl mehr als Karina schon ahnte, was los war.

»Ihr wisst doch, dass der Papa schon seit ein paar Tagen … weg ist«, begann Stefanie, und es hörte sich an, als spräche jemand anderer mit ihrer Stimme.

»Ist er tot?«, fragte Philipp plötzlich. Stefanie hielt inne und sah ihren Sohn prüfend an. Wusste er, was das bedeutete, tot? »Ich glaube, er ist tot«, sagte Philipp.

»Was ist tot?«, fragte nun Karina, löste sich von ihrer Mutter und sah sie mit großen Augen direkt an.

»Der Philipp hat recht. Papa ist tot. Und wenn man tot ist, dann … kommt man nicht mehr zurück.«

»Nie wieder?«, fragte Karina.

»Nein. Nie wieder.«

»Und wo ist man dann?«

Stefanie Winter wünschte in diesem Moment inbrünstig, sie hätte ihre Kinder religiöser erzogen. Dann könnte sie ihnen eine Geschichte vom Himmel erzählen, in dem Papa gelandet war. Allerdings waren weder sie noch ihr Mann besonders gläubig. Sie beschloss, es trotzdem zu versuchen. »Wenn man tot ist, dann ist man im Himmel. Da ist es ganz schön. Und man kann immer auf die Erde runterkucken.«

Die beiden Kinder schienen zu überlegen. »Sieht Papa uns dann?«, meinte Karina.

Wieder Tränen, die heiß hochstiegen und die Stefanie niederkämpfte. »Klar sieht er uns«, sagte die fremde Stimme wieder.

»Und können wir auch zu ihm hochkucken?«, wollte Philipp wissen.

Stefanie schüttelte den Kopf. »Nein, so rum geht das nicht. Aber Papa sieht uns immer. Er ist immer dabei.« Karina schmiegte sich wieder an ihre Mutter und sagte dann: »Ich will trotzdem, dass er wieder zurückkommt.« Die Kleine begann zu weinen, und Stefanie presste ihre beiden älteren Kinder an sich, damit sie nicht sehen konnten, wie die Tränen die Oberhand gewannen und ihr in Bächen über das Gesicht liefen.

Als Nächstes versuchten Heiko und Lisa es bei Verena Polanski. Die Referendarin wohnte im Kreuzberg, im größten Crailsheimer Stadtteil. In den 90er- Jahren waren alle russlanddeutschen Aussiedler im Kreuzberg angesiedelt worden. Hier gab es also nicht nur einen Berliner Platz, sondern ganz wie in der Bundeshauptstadt wirkte der Stadtteil multikulturell, allerdings nicht hauptsächlich muslimisch, sondern vielmehr russisch geprägt. Wobei russisch ja relativ war. Heiko hatte als Kind eine russlanddeutsche Klassenkameradin bekommen und hatte das Dilemma miterlebt, in dem diese Menschen steckten: In Russland waren sie Außenseiter, Deutsche, und gehörten nicht richtig dazu. Dann kehrten sie zurück in die alte Heimat, nach Deutschland, voller Hoffnungen, Wünsche und Träume. Hier waren sie dann allerdings ›die Russen‹ und gehörten auch nicht richtig dazu, außerdem weckten sie den Neid der einheimischen Bevölkerung, da die Russlanddeutschen in den 90ern richtiggehende Traumkredite bekommen hatten. Was aber durchaus fair war, wie Heiko fand, denn seine Klassenkameradin hatte damals erzählt, dass man nur 300 DM aus Russland ausführen durfte und dass der Staat den Rest einfach behielt. Souvenirs durfte man aber mitnehmen, so viel man wollte. So war es auch zu erklären gewesen, dass Helene zu Hause gefühlte Hunderte Matroschka-Puppen hortete, die sie fleißig zu Kindergeburtstagen verschenkte. Trotzdem hatte sich eine Subkultur entwickelt, die eine etwas seltsame Mischung aus russischer und deutscher Kultur war. Im Kreuzberg gab es moderne Wohnungen, frei stehende Einfamilienhäuser und Wohnblöcke. Vor einem relativ schmucklosen Reihenhaus standen die Kommissare nun, aber offenbar war die junge Lehrerin nicht zu Hause.

Da es doch schon relativ spät war, beschlossen die beiden Ermittler, für heute die Arbeit ruhen zu lassen. Sowieso hatten sie zu Hause noch einiges zu tun, wie Lisa geheimnisvoll andeutete, und außerdem schwirrten ihre Köpfe vor all den Informationen, die zwar sämtlich hilfreich schienen, aber nicht durchschlagend wichtig.

Marianne Zeitler sah fern, wie meistens. Denn wenn sie nicht mit dem Theaterspielen zu tun hatte, saß sie zu Hause auf dem Sofa, sah fern, rauchte eine nach der anderen und trank Kaffee, schwarzen heißen Kaffee. All das war dazu geeignet, sie zu betäuben, ihre Wahrnehmung so dumpf werden zu lassen, dass nichts mehr schmerzte, ihr Leben, die ganze Scheiße. Um Dominik war es nicht schade, bestimmt nicht. Der war kein guter Mensch gewesen. Und er hatte viel Mist gebaut, mehr als die meisten. Gut, sie hätte sich aufraffen können, nachdem *er* sie verlassen hatte. Aber dazu hatte ihr die Kraft gefehlt. Dabei hatten alle ihr helfen wollen. Alle. Hatten versucht, sie rauszuholen aus dem tiefen, dunklen Loch, in das sie gefallen war. Aber niemand hatte das geschafft, und irgendwann hatten es alle aufgegeben, einer nach dem anderen, waren abgesprungen. Und nun war sie eben allein, ganz allein. Sie trank wieder einen Schluck Kaffee. Aus Verzweiflung war sie dann zum Theaterspielen gegangen. Und war dort auf Dominik getroffen. Und hatte sich an früher erinnert. Es war gut, wie es war.

»Fahr mal weiter«, bat Lisa, als sie schon auf der Kirchberger Straße waren und Heiko soeben in die Zimmerplatzstraße einbiegen wollte. »Ich will noch schnell was besorgen«, erklärte sie.

»In Tiefenbach?«, wunderte sich Heiko. Früher hatte es zwar zwei Tante-Emma-Läden gegeben, in denen die Kinder nach der Grundschule ihr Zehnereis und ihre sauren Nudeln gekauft hatten. Aber die hatten beide schon lange aufgegeben. Nur einen Laden gab es noch, wurde Heiko klar. Er fuhr um die Kurve und hielt kurze Zeit später auf Lisas Anweisung hin vor der Gärtnerei.

»Willst du mit?«, fragte Lisa.

»Och, ich wart grad im Auto«, meinte Heiko, dem die Sitzheizung gerade behagliche Rundumwärme spendete. Außerdem ahnte er schon, was Lisa vorhatte, und da musste er nicht dabei sein.

Vor dem Laden befanden sich auf einer Ablage aus umgedrehten Gemüsekisten einige Grabgestecke, zudem waren dort weihnachtliche Türdekos drapiert und links neben der Treppe stapelten sich dichte Tannenzweige.

Als sie die Tür zum Laden öffnete, ertönte eine altmodische Glocke. Blumen standen in Vasen, dazwischen Zimmerpflanzenarrangements, auf der rechten Seite einige Geschenkvorschläge. Am winzigen Ladentisch stand die Verkäuferin, Frau Beisser. »Grüß Gott«, grüßte die Frau, und Lisa nickte zurück. »Wir bräuchten noch einen Adventskranz«, meinte sie und musterte die angebotenen Exemplare, die rechts auf dem Boden standen. Schließlich entschied sie sich für einen mit silberfarbenen Kerzen, türkisen Federn und weißen Glitzersternen. Frau Beisser packte den Kranz in Papier ein und merkte an: »Wenn Sie nächstes Jahr selber einen machen wollten … mir hen fai aa Zweige.« Lisa nickte. »Ja. Nächstes Jahr vielleicht.«

Zu Hause wurden sie von ihren drei Tieren empfangen, der kaum zu beruhigenden, glücklich hechelnden Sita und dem wild mit dem Schwanz hin und her pendelnden Kater Garfield. Aus dem Wohnzimmer hörte man das metallische Schaben, das dann entstand, wenn Alfred sich am Käfiginneren hochstemmte. Heiko war froh, dass gegenüber Nachbarn wohnten, die auch einen Hund hatten und Sita täglich auf die Spaziergänge mitnahmen, sein Job war doch sehr anstrengend. Zuallererst stellte Lisa unter Heikos genervten Blicken den Adventskranz auf dem Esstisch ab – was sollte das denn, der Tisch war schließlich zum Essen da. Dann versorgten sie die Tiere – in Ermangelung von Grünfutter erhielt Alfred im Winter edelstes, sündhaft teures Trockenfutter mit Elementen wie getrockneten Johannisbrotbaumfrüchten, Alfalfaflocken und Erbsenchips – und vesperten schnell. Endlich rückte Lisa mit dem geplanten Abendprogramm heraus: die Weihnachtspostkarten. Heiko verzog das Gesicht, wurde aber von Lisa scharf getadelt, immerhin sei es höchste Zeit, Weihnachten sei in knapp zwei Wochen und überhaupt. Seinen zaghaften Vorschlag, es gäbe doch auch jede Menge schöner Karten zu kaufen, wiegelte sie mit dem Hinweis ab, man könne ruhig mal ein bisschen kreativ sein, gerade ihm würde das keineswegs schaden. Also holte Lisa aus dem geheimnisvollen Fundus ihres Schreibtischs roten und weißen Tonkarton und Watte aus dem Bad. »So, du machst jetzt das Mützchen für Alfred und ich für Garfield«, befahl sie unerbittlich und legte Heiko eine Schere und eine Tube Kleber hin.

»Mützchen?«, fragte der verständnislos.

»Wir basteln jetzt weihnachtliche Accessoires für unsere Tiere. Und Sita kriegt Engelsflügel, haben wir doch gesagt!« Heiko fragte sich, ob das Lisas Ernst war. Er hatte zum letzten Mal in der fünften Klasse etwas gebastelt und sich seither erfolgreich davor gedrückt. Überhaupt war das Frauensache, absolut unmännlich. Er sparte sich allerdings, Lisa das zu sagen, denn das würde wohl zu nichts führen. Seine Freundin und Kollegin hatte inzwischen ein Maßband besorgt und vermaß soeben den Kopf des sich sträubenden und kläglich maunzenden Katers.

»Die Maße von Alfred brauchen wir auch«, beschloss sie.

Heiko legte die Schere, die er inzwischen aus reiner Verlegenheit aufgenommen hatte, wieder hin. Also, wenn es denn sein musste. »Wäre dann eine Ohrenmütze nicht besser?«, schlug er vor.

»Wie?«

»Na ja, über ein Ohr!« Kurze Zeit später vermeldete Lisa, dass Alfreds Ohren eine Länge von 27,5 cm hatten. Und 20 Minuten später waren tatsächlich zwei Mützchen für ein Alfredohr und den Garfieldschädel sowie Flügel für Sita fertig. »Erzähl bloß keinem, dass ich da mitgeholfen hab«, brummte Heiko. Lisa grinste, warf eine bereitliegende Weihnachtstischdecke über das Sofa und legte Sita die mit einem Hosengummi verbundenen Flügel an. Der Hund blickte irritiert um sich und versuchte sofort, daran zu knabbern, wurde aber mit einem gekicherten »Aus« von Lisa davon abgebracht. Garfield dachte gar nicht daran, sich die Nikolausmütze aufsetzen zu lassen, er schüttelte sich beständig, um das lästige Ding wieder loszuwerden. Doch endlich verfiel Lisa darauf, dass man auch an das Mützchen ein Gummiband machen könnte. Nun konnte der rot getigerte Kater den Kopf schütteln, so viel er wollte, das Gummiband saß fest unter dem Katzenkinn. Nur Alfred ertrug das Überstreifen des Nikolausohrenüberzugs mit stoischer Ruhe, maximal war er ein wenig irritiert.

»So, jetzt den Hund nach hinten, Garfield und Alfred davor«, dirigierte Lisa mit der Kamera in der Hand, während Heiko brav allen Anweisungen folgte, hier das Hasenohr durch Kraulen aufrichtete, da eine Falte in der Tischdecke glatt strich, dort eine Tatze zurechtrückte. Am Schluss hatten sie tatsächlich ein Foto im Kasten, mit dem Lisa zufrieden war. Der Hund saß hinten und hechelte verlegen, links vorne Garfield mit einem so leidenden Gesichtsausdruck, wie nur Katzen ihn fabrizieren konnten, und rechts der einigermaßen geduckte Alfred, genauso groß wie Garfield, mit einem gereckten Nikolausohr.

Lisa ließ es sich trotz der späten Stunde nicht nehmen, die 20 Karten, die sie *brauchten*, gleich auszudrucken, ganz nach dem Motto: »Das wird jetzt kurz noch erledigt.« Auf der Rückseite malte sie mit schwungvollen Lettern irgend so ein »Wir wünschen euch frohe Weihnachten«-Blabla hin. Dann zwang sie den eigentlich schon recht müden Heiko, seine männlich-krakelige Unterschrift darunterzusetzen – neben ihre schwungvoll-elegante, was überaus blöd aussah, da man ja auf diese Weise den direkten Vergleich hatte. Heikos Unterschrift wirkte neben Lisas wie die eines Zweitklässlers. Aber ihm war alles egal, wenn sie es unbedingt so wollte. Lisa verbrachte dann noch eine weitere Stunde damit, auf die Umschläge die Adressen zu schreiben und kleine Nikolausmützchen zu kreieren, die weihnachtlichen Briefmarken ordentlich aufzukleben, die Karten in die Umschläge zu stopfen und letztlich die Umschläge zuzukleben.

»Wir singen für den Dominik ›Ich hatt' einen Kameraden‹«, kündigte Birkenmeier an und teilte die Notenblätter aus. Die Männer des Sängerbundes betrachteten das Blatt, öfters wurde gemurmelt »Des könn mer doch scho.«

»Ja, aber wir müssen gut sein beim Liederabend.«

»Findet der jetz eigentlich genauso statt?«, fragte Helmut Häußler, der im Tenor mitsang.

»Was sagt denn die Else dazu?«, wollte der Chorleiter wissen.

»Noch nix, die will es demnächst mit den Theaterleuten und dem Herbert besprechen.«

»Des is vernünftig«, meinte Beller, ein dicklicher Bass.

»Ich tät sagen, den Liederabend mach mer aber schon, weil der Dominik ja keiner von uns war.«

»Aber halt net jetzt an dem Wochenende«, gab Häußler zu bedenken.

»Ja, auf keinen Fall. Wir verschieben das«, stimmte Birkenmeier zu. »Sagsch dann, was die Else beschlossen hat.« Helmut brummte zustimmend.

»So, mach mer vier Stimmen. Helmut, du singsch mit dem Fritz ganz oben. Oskar und Alfred, ihr macht den unteren Bass.« Sekunden später tönte ein inbrünstiges »Ich hatt' einen Kameraden« aus 16 Männerstimmen durch den Saal, und nicht nur einer hatte dabei eine Träne im Auge.

Im Bett widmete sich Lisa zum ersten Mal richtig dem Theatermanuskript, das hatte sie schon längst machen wollen. Heiko neben ihr las einen Hohenlohe-Krimi mit einem Hasen auf dem Cover. Als ob ihr Leben nicht schon kriminell genug wäre! »Hör dir das an«, forderte sie schließlich.

»Hm?«, brummte Heiko unwillig. Offenbar war der Krimi spannend.

»Ich les vor:

Pfarrer Winfried und Fräulein Luise im Wohnwagen, beide in Unterwäsche, Landfrau Berta im Gebüsch.
Luise: Oh Winfried! Das war schön!
Winfried: (seufzt) Luise, die Berta ist uns wohl auf die Schliche gekommen. Die hat neulich nach der Kirche so komische Andeutungen gemacht.
Luise: (streichelt ihn zärtlich) Lass sie doch. Reg dich nicht auf. Du hattest schon einen Herzinfarkt.
Winfried: Ich kann mir das nicht leisten. Ich bin der Pfarrer und wenn das rauskommt ...!
Luise: Wie soll das rauskommen!
Pfarrer: Die Landfrauen kriegen alles raus. Und dann dieser Wettbewerb!
Luise: (spöttisch und übertrieben) Unser Dorf soll schöner werden! Sollen sich die alten Schabracken lieber mal selber verschönern. (kichert)
Pfarrer: (ratlos) Was machen wir jetzt?
Luise: Müssen wir halt besser aufpassen, Winnie!
Die Landfrau Berta haut aus dem Gebüsch ab.
Heiko hatte seine Lektüre sinken lassen. »Und?«, fragte er missgelaunt.

»Wenn es bei dem Mord darum ging, die Aufführung zu verhindern? Weil das Stück jemandem auf die Füße tritt, inhaltlich, meine ich?«

»Wie, inhaltlich?«

»Na, wenn der Pfarrer jetzt zum Beispiel wirklich eine Affäre hätte?«

»Der Altenmünsterer Pfarrer ist evangelisch. Und unverheiratet. Dem täte jeder eine Affäre herzlich gönnen.«

»Es kann ja noch mehr drinstehen, was jemanden nerven könnte«, hielt Lisa dagegen.

»Und woher sollte dieser Jemand das wissen?«, fragte Heiko.

»Gebatsche?«, versuchte sich Lisa auf Hohenlohisch, allerdings ohne den Vokal ausreichend lang auszusprechen. Heiko grinste. Niedlich!

»Ha ja, dann lies halt weiter.«

»Wieso ist das überhaupt auf Hochdeutsch?«, wunderte sich Lisa.

»Das wird halt Hohenlohisch aufgeführt. Die lernen das so ungefähr und improvisieren dann.«

»Ach so.«

»Ha ja, dann lies es halt zu Ende, gell«, bestimmte Heiko und widmete sich wieder seinem Hohenlohe-Krimi.

FREITAG,
11. DEZEMBER

Die Wahrscheinlichkeit, eine Referendarin morgens in der Schule anzutreffen, war relativ hoch. Also hatten sie sich als Erstes in die Schule begeben, ins neue LMG, das Lise-Meitner-Gymnasium. Heiko war in den 90ern am Albert-Schweitzer-Gymnasium gewesen. Das ASG war immer das einzige Gymnasium in Crailsheim gewesen, platzte aber irgendwann aus allen Nähten. Deshalb gab es seit 2004 ein zweites Gymnasium für die Crailsheimer Schülerinnen und Schüler. Es befand sich bei den Hirtenwiesen, die wiederum ehemals die Location der alten Ami-Kaserne war. Heiko erinnerte sich noch gut an die allabendliche Fanfare, die die Soldaten um Punkt 23.00 Uhr nach Hause rief. Und an das deutsch-amerikanische Volksfest, an das leckere Eis, an den ›Tunkbrunnen‹, wo ein bedauernswerter GI auf einer Art Wippe Platz nehmen musste, von wo man ihn mit einem gezielten Ballwurf in einen Wasserbottich befördern konnte. Nun war von der Ami-Kaserne nichts mehr zu sehen außer den blockartigen, jedoch schon renovierten Wohngebäuden. Und in diesem Baugebiet hatte man auch das neue Gymnasium situiert.

Die Kommissare betraten das helle, freundliche Schulgebäude und entdeckten als Erstes einige echte

Bäume, die aus kleinen Beeten wuchsen und hoch in das lichtdurchflutete Gebäude aufragten. »Hübsch«, fand Lisa lobend. Das Sekretariat befand sich links, sie meldeten sich kurz bei einer Frau Becker an und wurden in die 10 b geschickt, Frau Polanski habe dort gerade Unterricht. Sie gingen die Treppe hinauf und klopften nach kurzem Suchen an eines der Klassenzimmer. Gleich darauf hörten sie eine Stimme »Herein!« sagen. Sie öffneten die Tür und sahen 25 fragende Augenpaare auf sich gerichtet. An der Fensterseite lehnte lässig Verena Polanski. Zwei Schüler standen vollkommen unbeweglich vorne bei der Tafel in seltsamen Verrenkungen, aus denen sie sich jetzt langsam lösten.

»Wir machen gerade ein Standbild zu einer Kurzgeschichte«, erklärte die Referendarin die etwas eigenartige Situation.

»Was ist denn ein Standbild?«, fragte Lisa.

»Wer kann Frau Luft erklären, was ein Standbild ist?«, gab Frau Polanski die Frage an die Klasse weiter. Wie pädagogisch! Ein Mädchen aus der ersten Reihe meldete sich und antwortete, nachdem sie aufgerufen war: »Mit einem Standbild verdeutlicht man die Figurenkonstellation in einer Kurzgeschichte.«

»Und in anderen epischen und in dramatischen Werken auch«, ergänzte Frau Polanski und lobte anschließend: »Sehr gut, Sarah.«

Heiko hob die Hand, er hatte irgendwie das Gefühl, er müsse sich hier melden. »Herr Wüst?«, nahm Frau Polanski ihn dran. Heiko räusperte sich und fragte dann: »Könnten wir uns kurz mit Ihnen unterhalten? Draußen?«

Die junge Lehrerin wandte sich zur Klasse. »Kann ich euch kurz alleine lassen?« Zustimmendes Gemurmel aus der Klasse. Natürlich. »Sarah, du bist zuständig. Ich bin im Lehrerzimmer, zehn Minuten. Bis dahin schreibt ihr einen inneren Monolog der verlassenen Frau aus der Geschichte.«

Das Lehrerzimmer war recht groß, mit moderner Computerausstattung und großer Kaffeeküche, und die einzelnen Plätze an den Sechsertischen waren wunderbar dafür geeignet, die jeweiligen Lehrer zu charakterisieren, obwohl sie überhaupt nicht anwesend waren. An manchen Plätzen stapelten sich Blätter, Bücher, zahllose Kopien und Notizen. Andere waren perfekt eingerichtete Minischreibtische, mit Utensilo und Ablagefächern. Wieder andere waren spartanisch ausgestattet, leer bis auf eine Kaffeetasse. Einzelne Lehrer saßen mit Rotstiften bewaffnet und mit verdrehten Augen über Klassenarbeiten, andere unterhielten sich. Lachen drang durch den Raum, etwas zu laut für einen der Korrigierenden, der tadelnd mit der Zunge schnalzte.

Verena Polanski führte die beiden zu einem Platz, der chaotisch, aber engagiert wirkte. Sie wies auf die Stühle links und rechts von sich. »Und? Es geht sicherlich um den Dominik? Bin ich verhaftet?«, witzelte sie, wirkte dabei aber latent nervös.

»Noch nicht«, gab Heiko zurück und grinste. Verena verschränkte die Arme über dem voluminösen Busen, der heute von einem lilafarbenen Schlabberpulli verhüllt war und einen geradezu beleidigenden Kontrast zu den orangefarbenen Haaren bildete.

»Uns würde interessieren, wie Sie zu Dominik Winter standen«, begann Lisa. Mehrere Kollegen blickten nun interessiert auf, für Sekundenbruchteile, beschränkten sich aber weiterhin aufs Herschielen mit gesenkten Köpfen. Verena senkte die Stimme. »Ich kenne Dominik vom Theater spielen. Ich mache da mit, weil ich später mal eine Theater-AG leiten will. Da ist es gut, wenn man Erfahrung hat, und für das szenische Spiel im Unterricht kann man es auch gebrauchen. Handlungs- und produktionsorientierter Unterricht.«

»Ah ja«, machte Heiko und nickte vorsichtshalber. »Und wie fanden Sie den Dominik so?«

Verenas Armeverschränken wurde noch eine Spur verkrampfter. »Nett. Normal. Wieso?«, versetzte sie kurz angebunden.

»Nun, wir haben schon verschiedentlich gehört, dass einige Damen den Dominik doch sehr attraktiv fanden. Gehören Sie auch zum Kreis dieser Damen, Frau Polanski?«

Jetzt lachte die Referendarin, etwas zu laut, zu hysterisch.

»Nein, also bitte. Ich will ja nicht chauvinistisch klingen, aber mir sind als potenzielle Partner die Akademiker doch lieber.«

»Das war auch nicht die Frage«, präzisierte Lisa. »Nur, ob Sie ihn attraktiv fanden.«

Die Frau zupfte mit den Fingern an einer Haarsträhne, die ihr in die Stirn fiel. »Na, er sah nicht schlecht aus. Bin ich jetzt verdächtig?« Sie klang bockig.

Lisa schüttelte den Kopf. »Was haben Sie denn an dem Abend noch gemacht?«, fragte sie.

»Unterricht vorbereitet«, kam die Antwort wie aus der Pistole geschossen.

»Sie haben ja gar nicht überlegt!«, tadelte Heiko.

»Muss ich auch nicht. Ich bin Referendarin. Ich mache gerade nichts anderes als Unterricht vorbereiten.«

»Auch am Wochenende?«

»Nicht an jedem Wochenende. Aber am Montag hatte ich einen Unterrichtsbesuch vom Fachdidaktikleiter. Da muss man eine methodisch-didaktische und eine Sachanalyse abgeben sowie einen Phasenverlaufsplan. Und da ist man bedient, glauben Sie mir.«

»Für *eine* Unterrichtsstunde?«, vergewisserte sich Heiko.

»Ja. Für *eine* Unterrichtsstunde.«

»Hm.«

»Sie sind also gleich nach Hause«, resümierte Lisa.

»Ja.«

»Und kann das jemand bezeugen?«

»Nein«, lautete die schlichte Antwort. Eine Pause entstand, in der auch die tratschenden Kollegen kurz still waren, nur das empörte Schaben des Rotstifts auf einem Heft war zu hören.

»Haben Sie eine Idee, wer es gewesen sein könnte?«, fragte Heiko rundheraus.

»Also ich hab mitbekommen, dass Dominik und sein Vater sich nicht so ganz grün waren.«

»Inwiefern?«

»Keine Ahnung. Irgendeine Spannung war da zu spüren.«

»Vielleicht, weil Dominik beruflich nicht in die väterlichen Fußstapfen treten wollte?«

»Wer weiß«, meinte Verena.

»Sie haben kein Alibi«, stellte Lisa lakonisch fest.

»Da haben Sie ganz recht«, bestätigte Verena. »Aber ich habe auch kein Motiv.«

Da sie nun schon einmal in der passenden Gegend waren, statteten die beiden Kommissare dem Stadtrat Wanner einen Besuch ab. Der Mann arbeitete im wahren Leben bei der Firma Roll als Lagerleiter. Roll war eine der Traditionsfirmen in Crailsheim. Es handelte sich ursprünglich um eine Spedition, die nach und nach gewachsen war und jetzt auch einen Kranverleih und eine Lkw-Werkstatt betrieb. Ferner gab es ein enormes Hochregallager, das wie der australische Ayers Rock in der Hohenloher Landschaft aufragte. Dieser Effekt wurde noch verstärkt durch die winterlich weiße Landschaft, die etwas Wüstenhaftes hatte. Michael Wanner war ein hoch aufgeschossener Endfünfziger, der bei der Arbeit einen blauen Kittel trug und ganz offenkundig der Herr über das gigantische Hochregallager war.

»Wüst und Luft von der Polizei«, stellte Heiko vor.

»Kennsch mi nimmi, Heiko?«, kam als Antwort.

Heiko stutzte. Er hatte öfters das Problem, dass Leute ihn kannten, er sie aber nicht. »Doch, klar, Herr Wanner«, log er also und lächelte verbindlich. »Natürlich.«

»Du worsch doch mim Sascha in der Schul«, half Wanner, der offenbar bemerkte, dass es mit dem Erkennen doch nicht so weit her war. Dunkel dämmerte es jetzt in Heiko: Klar, Sascha Wanner, diverse Kindergeburtstage im Hobbykeller. Das war ewig her.

»Doch, jetzt«, meinte Heiko, und diesmal war sein Grinsen echt. Im Hintergrund fuhren irgendwelche Maschinen die Regale hinauf und hinunter und wirkten wie Roboteraliens aus einer fernen Zukunft. »Was kann ich für euch tun?«, fragte Wanner jetzt förmlicher. »Wir ermitteln im Mordfall Dominik Winter«, erläuterte Lisa.

»Ach ja, das ist in unserer Turnhalle passiert«, meinte Wanner und kratzte sich am Kopf. Hinter ihm rauschte eine Robotermaschine vorbei. »Genau«, bestätigte Heiko. »Und Sie haben da scheint's einen Schlüssel für die Halle?« Wanner fixierte den Kommissar. »Heiko, in die Halle kann jeder rein. Das ganze Dorf weiß, dass der Notausgang von außen aufgeht.« Heiko schwieg. Er hatte es nicht gewusst. Aber er war auch etwas nachlässig, was das Pflegen der Dorfgemeinschaft anging.

Zum Maifest gingen sie seit dem Weidner-Mordfall nach Tiefenbach, da gab es eh die besten Steaks, in Altenmünster war der jährliche Höhepunkt das Dorffest. Das war einmal im Jahr, im August, und der ›Bruddler‹, eine Art kabarettistischer Hofnarr mit Zylinder und Anzug, hielt den hiesigen Politikern in scharf gewürzten Reden ihre Verfehlungen vor. Auch da gab es gute Steaks. Er ging nicht in den Fußballverein, nicht in die Altenmünsterer Herrensauna. Jetzt sowieso nicht mehr, wo sie in

Tiefenbach lebten. Womöglich hatte er da was verpasst. Schade eigentlich.

»Vor ein paar Jahren hatten wir doch solche Probleme mit ein paar Jungs, die in die Halle eingebrochen sind und Randale gemacht haben, weißt du das nicht mehr?«, half der Wanner. »Stand damals im *HT*.«

Das HT war die einzige Zeitung, die ein aufrechter Crailsheimer zu lesen hatte, denn sie hieß richtig ›Hohenloher Tagblatt‹ und hatte einen großen Lokalteil. »Kann sein«, gab Heiko nun zu, auch wenn er sich nicht daran erinnerte.

»Das mit dem Notausgang hat ja auch die Frau Häußler schon erzählt«, erinnerte sich Lisa. »Aber warum hat man denn nicht einfach das Schloss repariert?«

Wanner zuckte die Achseln. »Seit die Jungs eins auf den Deckel gekriegt haben, ist ja nichts mehr gewesen. Aber was den Schlüssel angeht: Ja, ich hab einen Schlüssel.«

»Hat ihn auch keiner geklaut?«, fragte Lisa und dachte an ihren letzten Mordfall, den Fischerkönig Siegler. Wanner langte in seinen blauen Kittel, fischte umständlich einen gewaltigen Schlüsselbund heraus, der effektvoll klirrte, und suchte nur kurz, bevor er den Schlüsselbund an eben diesem Hallenschlüssel hochhielt. »Das ist er«, meinte er. »Ihr könnt probieren, wenn ihr wollt.«

Er machte Anstalten, den Schlüssel aus dem Bund zu lösen, aber Heiko hob abwehrend die Hand. »Sie haben doch bestimmt eh ein Alibi?«, fragte er.

»Wann war das denn?«

»Sonntagabend.«

Wanner nickte. »Hab ich tatsächlich. Meine Tochter studiert in Karlsruhe Kunst und Deutsch, und wir waren dort, um ihr noch ein paar Sachen zu bringen, kleine Möbel und so. Von der Neuen Arbeit.«

»Wie bitte?«, fragte Lisa.

»Neue Arbeit auf dem Lande«, erklärte Heiko. »Die restaurieren Möbel und verkaufen sie weiter.«

»Cool«, fand Lisa und beschloss, dass man sich das mal genauer würde anschauen müssen.

»Jedenfalls waren wir da in Karlsruhe, das kann auch die Mitbewohnerin von meiner Tochter bestätigen.«

»Wie lautet die Telefonnummer von der WG?«, fragte Heiko und programmierte die Nummer, die Wanner nannte, in sein Handy ein. »Hätten Sie denn noch eine Idee, wer mit dem Dominik ein Problem gehabt haben könnte?«

Wanner überlegte kurz und schüttelte dann den Kopf. »Ich kannte den nur von den Theateraufführungen. Und da war er echt hammergut.«

»Das haben wir auch schon gehört«, meinte Heiko. Half aber nicht viel, leider. »Gut, wenn Ihnen noch was einfällt, rufen Sie mich doch bitte an, ja?«

»Wisst ihr jetzt schon was wegen dem Beruhigungsmittel?«, versetzte Wanner. Heiko und Lisa wechselten einen Blick.

»Woher wissen Sie das denn?«

»Des hat mer mei Fraa verzeilt«, meinte er treuherzig.

»Nein. Sie etwa?«

Wanner schüttelte grinsend den Kopf.

Sybille Kleins Geliebter saß einfach nur da und starrte gegen die Wand. Eigentlich starrte er ins Leere, so sehr war er mit seinen Gedanken woanders. Er war bei ihr. Sie war wunderbar. Sie war schön, klug und charmant. Und sie war mit diesem Gorilla verheiratet. Er hatte den Kerl im Verdacht, gewalttätig zu sein, psychopathisch eifersüchtig auf jeden Fall. Sie würden auf der Hut sein müssen. Obwohl der es sowieso jedes Mal glaubte, wenn Sybille ihm sagte, sie würde mit Freundinnen in den *Apfelbaum* gehen. Eine andere Abendbeschäftigung für Frauen kam in seiner Welt ohnehin nicht vor, außer vielleicht noch schnöder Beischlaf und Fernsehabende. Aber Sybille wollte mehr, das spürte er tief in seinem Innersten. Und vielleicht liebte sie ihn sogar, aber das war nicht so wichtig. Sie war seine Eliza Doolittle, er ihr Henry Higgins. Und das schmeichelte ihm. Und genau wie Eliza Doolittle war sie absolut gerührt, wenn er sich so um sie bemühte, wie er es tat. Er war aufmerksam, forderte und förderte sie, auch intellektuell. Und sie machte mit, saugte das Wissen und die kulturellen Veranstaltungen, zu denen er sie entführte, auf wie ein durstiger Schwamm. Nur hatte er in letzter Zeit den Eindruck gewonnen, dass auch Dominik hinter ihr her gewesen war. Ohne darüber nachzudenken, hatte er sich den Brieföffner vom Schreibtisch gegriffen und spielte damit herum. Dominik. Gut aussehend, jung. Ein echter Kerl. Nicht unbedingt der Hellste, aber dass das bei Sybille keine Rolle spielte, sah man ja an ihrem Ehemann. Der Brieföffner rotierte jetzt zwischen seinen Fingern, sie waren zwar alt, aber immer noch gelenkig. Welche Ironie, dass Dominik auf diese Weise aus dem Rennen war! Der Brieföffner entglitt ihm, und er versuchte, ihn zu fangen. Dabei stach er sich in den Finger, und ein einzelner roter Bluttropfen quoll hervor. Genauso hatte auch das Rinnsal auf Dominiks Stirn ausgesehen. Nur etwas breiter.

»Und die Vereinssportler?«, wollte Lisa wissen. »Die vielleicht?«

Heiko schnalzte mit der Zunge. »Unwahrscheinlich. Und du hast doch den Wanner gehört: In die Halle kann jeder rein.« Lisa verschränkte die Arme und dachte nach. Verzwickte Sache.

»Jetzt kümmern wir uns erst mal um Dominiks Job«, schlug Heiko endlich vor.

»Seinen Job? War er nicht selbstständig? Da ist doch nicht viel zu holen.«

»Wieso, auch als Selbstständiger kann man Leuten auf die Füße treten. Vor allem bei den Schornsteinfegern.«

Lisa machte »Hm«, was aber nicht wirklich zu deuten war. »Und wer könnte das wissen?«

Heiko grinste. »Ich hab einen Kumpel von früher. Der ist Schornsteinfeger, und die sind ganz gut vernetzt. Den fragen wir«, beschloss er.

Heiko telefonierte ein bisschen herum, bis er die aktuelle Handynummer des Mannes hatte. Das ging im Zweifelsfall schneller als eine Recherche im Revier. Fünf Minuten später hatte er den Mann in der Leitung. Er war beruflich unterwegs in Cröffelbach, und so verabredeten sich die beiden zu einem kurzen Treffen in der

Bäckerei mit den besten Brezeln der Welt, der Bäckerei Schieber in Wolpertshausen.

Sie erreichten die Bäckerei genau gleichzeitig und betraten sie auch gemeinsam. Lisa musterte den jungen Mann, der das längere, fast schwarze Haar zu einem lockeren Zopf gebunden hatte und der zwar nicht die Paradeuniform der Schornsteinfeger trug, aber dennoch ein durchaus adrettes Outfit in – wie konnte es anders sein – Schwarz. Das Gesicht war kantig-männlich, der Teint dunkel, da fiel auch nicht ins Gewicht, dass er nicht gerade ein Hüne war. Insgesamt nicht unattraktiv, wie Lisa bereits mit dem ersten Blick festgestellt hatte. Sie errötete leicht, als er ihr die Hand schüttelte, was sowohl ihr als auch dem Mann einen prüfenden Blick von Heiko eintrug. Auch, wenn er sonst so unsensibel wie nur irgend möglich war, so was bemerkte er immer gleich. Der Mann stellte sich als Jens Hartmann vor, und er zwinkerte Lisa ungeniert zu, als er ihr das Du anbot. Sie betraten die Bäckerei, und sofort schlug ihnen der Duft kräftigen Kaffees sowie frisch gebackener Brezeln entgegen.

An der Theke stand die alte Frau Schieber, die Ahnherrin der Bäckerei, die die 90 schon weit überschritten hatte und es sich dennoch nicht nehmen ließ, Tag für Tag in ihrem Laden zu stehen, den inzwischen der Sohn führte. »Grüß Gott«, sagte sie mit einer leisen, etwas belegten Stimme und, wie Lisa feststellte, auf Hochdeutsch.

»Ist die keine Hohenloherin?«, raunte sie Heiko zu.

Der schüttelte den Kopf und flüsterte zurück: »Nein, die ist aus Hannover. Ist aber schon lange hier.«

»Grüß Gott, Frau Schieber«, sagte nun Jens und deutete eine theatralische Verbeugung an, was Frau Schieber zum Lächeln und Lisa zum Kichern brachte. »Ja bitte?«, fragte die kleine alte Frau, immer noch lächelnd. »Drei Kaffee und drei Butterbrezeln«, bestellte Heiko mit Zustimmung heischendem Blick auf seine Begleiter. Die nickten beide, und kurze Zeit später saßen die Kommissare und der Schornsteinfeger vor großen Kaffeetassen und phänomenalen Brezeln, die das Kunststück vollbrachten, zugleich fluffig und knusprig zu sein.

»So, Jens, und wie läuft alles?«, eröffnete Heiko das Gespräch.

»Gut. Bestens. Und ihr ermittelt jetzt wegen dem Dominik?«

Lisa nickte. »Genau. Und wir haben uns gefragt, ob du vielleicht eine Ahnung hast, wer mit ihm ein Problem gehabt haben könnte.«

Jens' Grinsen erstarb, er nahm noch einen Schluck Kaffee und lehnte sich dann in den bequemen Stuhl zurück. »Der war etwas schwierig.«

»Inwiefern?«, wollte Heiko wissen und biss wieder in die perfekt gebutterte Brezel.

»Na ja, ›Kameradensau‹ trifft es«, meinte Jens. »Das war schon in der Ausbildung so. Immer, wenn er was ausgefressen hatte, war er definitiv nicht schuld. Und als es dann um den Kehrbezirk ging, hat er Gerüchte gestreut.«

Lisa zog die Stirn kraus. »Welcher Art?«, hakte sie nach.

»Also, er hatte zwei Konkurrenten. Da hat er überall

rumerzählt, der eine sei ein Kiffer und der andere täte saufen. Und dann hatte er seinen Kehrbezirk.«

»Wird das nicht vom Regierungspräsidium entschieden?«, hielt Heiko dagegen. »Das wird doch zentral vergeben.«

Jens rührte im Kaffee, mit langen, feingliedrigen Fingern, wie Lisa feststellte. »Schon. Aber die RPler haben auch ihre Kanäle. Und wenn es solche Gerüchte gibt – tja, dann kriegt eben der den Job, der als unbescholten gilt. Das Ansehen der Zunft und so, ihr wisst ja.«

»Das ist ja fies«, urteilte Lisa. Heiko trank noch einen Schluck Kaffee. »Wie kannst du so sicher sein, dass es der Winter war, der das alles rumgebatscht hat?«

»Weil er es mir erzählt hat.«

»Wie bitte?«

»Ja. Er hat versucht, bei mir über die beiden Kollegen zu lästern. Er hat es bei jedem versucht, mit dem er zu tun hatte. Aber bei mir war er da an der falschen Adresse.«

Heiko nickte, das fand er gut. »Wie heißen denn die beiden Kollegen?«, fragte er.

Nun strich sich Jens Hartmann verlegen über die Haare. »Also, Heiko, ich weiß nicht, ob ich das machen kann.«

Heiko räusperte sich und überlegte kurz. Dann sagte er: »Weisch, wenn einer ein Mörder ist, braucht man ihn nicht zu decken. Und wenn sie nichts gemacht haben, haben sie ja auch nichts zu befürchten.« Jens schwieg immer noch und stierte in seine Kaffeetasse, die er inzwischen auf dem Tisch abgestellt und um die er die Hände geschlungen hatte, als wäre er ein Ertrinkender und die Tasse der Rettungsring.

»Aber das habt ihr nicht von mir. Okay?«

»Versteht sich von selbst, Jens«, versicherte Heiko.

»Sven Stoll und Axel König. Einer aus Crailsheim, einer aus Hall.« Allgemeines Kaffeetrinken, Lisa ließ das letzte Stück ihrer Brezel im Mund verschwinden.

»Wann ist eigentlich Beerdigung?«, fragte Jens und sah Heiko fragend an.

»Keine Ahnung. Die Leiche müsste schon freigegeben sein.«

»Das kommt in der Zeitung, oder?«

»Im HT«, präzisierte Heiko und meinte damit das Hohenloher, nicht das Haller Tagblatt, welches in Schwäbisch Hall auch »HT« genannt wurde.

»Hm.« Jens Hartmann leerte seine Kaffeetasse vollends und meinte dann: »Weil die Schornsteinfeger da immer Spalier stehen.«

Kurze Zeit später waren Lisa und Heiko unterwegs nach Schwäbisch Hall zu Axel König. Wie die Kommissare von Jens noch erfahren hatten, war Axel der Geselle eines alten Meisters, und die beiden waren gerade in Schwäbisch Hall unterwegs. Heiko hatte auch Axels Telefonnummer und fand so heraus, dass er gerade im Gräterweg war, ganz in der Nähe der Haller Kollegen.

Sie folgten der Landstraße und durchquerten Cröffelbach, Bühlerzimmern und Veinau. Die Landschaft flog weiß an ihnen vorbei, Bäume stachen silhouettenhaft hervor. Trübes Mittagslicht beleuchtete die Szenerie, Licht, das mittags eigentlich hell sein sollte. Verdammter Winter, das war gar nicht Heikos Jahreszeit. Er liebte die Wärme und den Sommer. Aber auf den würden sie wohl noch eine Weile warten müssen. Hinter Veinau standen die beiden Windräder, große Urtiere aus einer anderen Welt, und klappten geräuschlos mit den Flügeln. Schließlich sahen sie links die ersten Hochhäuser der Stadt Schwäbisch Hall, und Heiko ließ den M3 denjenigen Berg hinunterrollen, an dem die Haller Kollegen mit Vorliebe ihren Blitzer aufstellten. Endlich bogen die Kommissare nach rechts in den Gräterweg ab und sahen den Schornsteinfeger schon von Weitem. Es war ein dicklicher junger Mann, dem man rein optisch durchaus zutrauen würde, dass er sich ungezügelt seinen Lastern ergab. Er stand vor einem großen gelben Haus, das, wie für diese Gegend üblich, unterhalb der Straße gelegen war, und zog mit den wulstigen Lippen an einer Kippe. Die beiden Crailsheimer Kommissare parkten den Wagen und stiegen aus. Schwäbisch Hall lag im Tal, und viele Grundstücke hatten daher Hanglage. Auf dem ersten Plateau des gelben Hauses stand ein alter Mann mit schütterem Haupthaar und Brille. Er trug einen grauen Arbeitskittel und eine braune Hose und kehrte hingebungsvoll und akribisch Schnee vom kurzen Weg, der zur Haustür hinabführte. Misstrauisch äugte er herüber, machte das allerdings so unauffällig, dass es schon wieder auffällig war.

»Wüst und Luft von der Polizei«, stellte Heiko vor und streckte dem Schornsteinfeger die Hand hin. Der ergriff sie mit seiner fleischigen Pranke und schüttelte sie heftig. »König«, meinte er und wirkte auf Lisa mit einem Mal tatsächlich wie einer dieser maßlosen Barockkönige, die mit ihrem Hedonismus, ihrer Völlerei und ihrer Vergnügungssucht die Staatskasse und damit auch das Volk in den Ruin getrieben hatten. Das rote aufgeschwemmte Gesicht verriet, dass der Mann schlecht darin war, sich zu bremsen. Gerüchte über Alkoholismus und Kiffen hatten da sicherlich leichtes Spiel, dachte sich Lisa, hatte man doch beim bloßen Ansehen des Mannes diesen Verdacht. »Es geht um den Dominik?«, fragte König und zog wieder an seiner Kippe. Heiko zündete sich auch eine an, es half manchmal bei Verhören, wenn man einen auf Kumpel machte.

»Sie da!«, kam jetzt von unten, und Heiko blickte irritiert in die Richtung. Es war der alte Mann, der sich jetzt verschnaufend auf seinen Besen stützte. »Die Zigarettenkippen nehmen Sie beide aber nachher mit«, befahl er streng und glättete die Stirn, was aber seltsamerweise äußerst tadelnd wirkte. »Natürlich«, versprach Heiko. »Gut, weil sonst muss ich die nämlich wegräumen«, meinte der Mann im Ton von »Das-glaube-ich-erst-wenn-ich-es-sehe«. König verdrehte die Augen, was der Alte aber nicht sehen konnte.

»Ja also, der Winter ...«, begann Heiko wieder.

»Wurde umgebracht«, konstatierte König trocken und zog mit schmatzendem Geräusch zum letzten Mal an der Kippe. Er sah zum Alten hin, welcher sich gerade umgedreht hatte, und warf dann den Zigarettenstummel mit einer schnellen Handbewegung in den Graben. Unmöglich, fand Lisa, das ging gar nicht. Indessen huschte ein feines, böses Lächeln über Königs Lippen, gerade so, als hätte er einen guten Witz gemacht.

»Der Winter war ein Aas«, meinte er jetzt.

»Aha«, machte Heiko und blinzelte. Er war es eher gewohnt, dass Zeugen versicherten, wie gern sie das Mordopfer gehabt hätten, zumindest im Grunde. Aber »Aas« war schon drastisch. »Inwiefern?«

König verschränkte die Arme. Ein eisiger Windhauch wehte herüber, und Lisa zog ihren Mantel enger um sich. »Ihr wärt ja nicht hier, wenn ihr die Story nicht schon kennen würdet, oder?«, meinte der Schornsteinfeger nun und sah Lisa durchdringend an.

»Da haben Sie recht, Herr König«, konterte die Kommissarin. »Wir würden die Geschichte allerdings auch ganz gern mal von Ihnen hören.«

König holte tief Luft, was ein pfeifendes Geräusch in seinem breiten Brustkorb verursachte, und sagte dann: »Also. Ich, der Sven und der Dome haben uns auf die Stelle beworben. Nach dem Gesellen ist es am besten, sich selbstständig zu machen, da kriegt man einfach am meisten Kohle. Und normalerweise läuft das zivilisiert ab, fair, über das Regierungspräsidium, die sind ja normal unbestechlich.«

»Und?«, forderte Heiko zum Weiterreden auf.

König holte tief Luft und meinte dann: »Das ist okay, nach dem Motto, mal gewinnt man, mal verliert man. Aber der Winter wusste genau, wem er erzählen muss, wir würden nichts taugen, weil wir saufen und kiffen. Manche kennen ja die aus dem RP recht gut, und da kann so ein Gerücht einem schon alles versauen.«

»Woher wissen Sie denn, dass die Gerüchte bei der Bewerbung eine Rolle gespielt haben?«

König schüttelte den Kopf, und sein Doppelkinn wabbelte. »Weiß ich nicht«, meinte er. »Aber ich bin auch nicht sicher, dass es sich nicht ausgewirkt hat. Wer kann das schon wissen? Ärgerlich ist es auf jeden Fall, also ich hätte ihm am liebsten eine reingehauen, aber da bin ich zu zivilisiert dazu.«

Lisa unterdrückte ein Grinsen. Vor ihr stand geradezu das Ideal des zivilisierten Menschen. Gerade bohrte er mit seinem linken kleinen Finger im Ohr.

»Das haben wir uns auch schon gedacht«, erklärte Heiko und meinte damit das Reinhauen, nicht das Zivilisiertsein.

»Haben Sie eigentlich ein Haustier, Herr König?«, fragte Lisa weiter.

»Mehrere.«

»Ach ja? Katzen? Hunde? Kaninchen?«

»Schlangen«, erklärte der Mann. »Aber alle ungiftig. Und Mäuse. Als Schlangenfutter.«

Lisa schüttelte sich innerlich. Das war ja mal gemein, die armen Mäuse! König erriet ihre Gedanken und grinste. »Das ist Natur, Frau Kommissarin«, relativierte er. Lisa lächelte dünn. Mochte ja sein. Trotzdem, es gab auch Fleischklöße für Schlangen, man musste keine lebenden, ahnungslosen, noch hoffnungsvollen Mäuslein in das Bestienterrarium setzen. Sagt auch was über ihn aus, dachte sich Lisa. Trotzdem, Schlangen erhielten wohl kein Beruhigungsmittel für Silvester, die waren nämlich gänzlich taub, wie sie mal in einem Tierfilm gesehen hatte. Allerdings ... wer weiß, fragen schadete ja nie. »Wo waren Sie denn am Sonntagabend?«, fragte Lisa also. König stemmte die Hände in die Seiten und sagte dann nach kurzem Schnauben: »Ich war im *Cockpit*. In Hessental. Essen, mit einem Kumpel.«

»Wir prüfen das nach«, meinte Lisa lakonisch.

»Macht doch«, lautete die gleichgültige Antwort.

Heiko hatte noch schnell ein Handyfoto von König geschossen, um sein Alibi besser überprüfen zu können. Der Schornsteinfeger hatte nichts dagegen gehabt.

Dass sie das Alibi in Hessental überprüfen mussten, kam den beiden Kommissaren gerade recht – denn Mittag war schon lange durch, und so eine Brezel war ja maximal eine Vorspeise. Das Restaurant *Cockpit* stand auf dem Gelände des Flughafens, weshalb – neben der normalen Landbevölkerung – auch immer internationale und betuchte Gäste dort waren. Lisa und Heiko gingen öfters nach der Sauna dorthin und aßen den sensationellen Salat mit kleinen, phänomenal guten Panini. Es war der einzige Ort auf der Welt, an dem Heiko freiwillig Salat aß. Denn der Salat enthielt so leckere Bestandteile wie Pinienkerne, Parmaschinken oder gebratene Putenstreifen. Da nahm man die ungewollten Vitamine und das restliche Hasenfutter gern in Kauf.

Die beiden betraten das Restaurant, dessen Markenzeichen ein schwarzer Flugzeugpropeller an der Decke war, und wurden sofort vom umtriebigen Kellner Giovanni begrüßt, Lisa mit »Ciao, Signorina Lisa« und Heiko mit »Ah, il Commissario«. Und Lisa fühlte sich jedes Mal extrem geschmeichelt, dass er sie mit Mitte 30 als »Signorina« bezeichnete. Überhaupt war Giovanni ein angenehmer Mensch. Mit noch nicht einmal 20 Jahren war er bereits ein versierter Kellner. Seine südländische Optik – man hätte ihn auch für einen Orientalen halten können – wirkte überaus urlaubsstimmungsfördernd. Und noch dazu kam, dass Giovanni wirklich nicht schlecht aussah und reihenweise die Mädchenherzen zum Schmelzen brachte. Lisa schmolz zwar nicht, freute sich aber durchaus über Komplimente vom gut aussehenden Kellner.

»Come stai?«, fragte der Kellner.

»Bene, grazie, e tu?«

»Bene, bene.«

Heiko grinste. Lisa nutzte jede noch so kleine Gelegenheit, um Fremdsprachen zu reden. Und sie sprach viele Sprachen – neben Englisch, Französisch, Spanisch und Italienisch verfügte sie auch über Grundkenntnisse in Arabisch und Russisch, und Heiko staunte jedes Mal Bauklötze, wenn sie irgendetwas davon anbrachte. »Vorrei per favore una insalata *Cockpit*«, bestellte Lisa, und Heiko verstand gerade noch so viel, um zu kapieren, dass Lisa jetzt den Salat ›Cockpit‹, also den Pilz-Parmesan-Pinienkern-Putenstreifen-Salat, bestellt hatte. Er selbst orderte den ›Salat *Italia*‹, einen Thunfisch-Mozzarella-Parmaschinken-Salat. Beide tranken ein Cola, ein kleiner Koffeinkick konnte nie schaden.

Giovanni wandte sich zum Gehen, da meinte Heiko: »Du, wir müssten was wissen.«

»Was denn?«

»Am Sonntagabend. War da so ein dicker Kerl da? Mit einem Kumpel?«

Giovanni überlegte kurz und legte die braune Stirn in Falten. »Sonntag. Da war ich gar nicht hier.«

»So? Wer dann?«

»Der Giuseppe.« Er rief den jungen Mann, welcher sich offensichtlich in der Küche befand und nun, mit einer Kochschürze angetan, herbeikam. Der kleine Italiener hatte etwas Verschmitztes an sich. »Weißt du, ob am Sonntagabend ein dicker Kerl da war?«, fragte Giovanni. Mittlerweile war auch der Wirt, ein mittelalter, bebrillter, freundlich wirkender Italiener namens Alessandro, erschienen und stellte sich aus purer Neugier dazu. Giuseppe überlegte noch, aber der Wirt sagte: »So ein Rotgesichtiger? Klein und dick? Kurze blonde Haare?«

»Ja, so einer. Mit einem Kumpel.«

Der Wirt nickte. »Si, so einer war da.«

»Ja, genau, die haben einen Grappa nach dem anderen getrunken«, erinnerte sich jetzt auch der jüngere Mann. »Das war eine ganz schöne Rechnung, das hat sich rentiert.«

»Zeig doch das Foto«, riet Lisa. Ach ja, richtig. Das Handybild. Heiko kramte sein Handy heraus, suchte kurz und hielt dem Wirt dann das Bild unter die Nase.

»Si si, securo, der war da.«

»Sonntag, ja?«

»Domenico, si.«

Zehn Minuten später verzehrten die beiden Kommissare den besten Salat der Welt mit feinsten Ingredienzien, frischen Salatblättern und frischgebackenen, noch warmen, knusprig-fluffigen Pizzapanini. Heiko tunkte trotz Lisas tadelnder Blicke die Öl-Balsamico-Soße mit dem Brot auf. Da konnte sie giftig schauen, so viel sie wollte.

Es war spät am Abend, als Stefanie und Anja vom Gespräch mit dem Pfarrer nach Hause zurückkehrten. Die Kinder waren bei ihrer Mutter, also waren sie allein, hatten noch Zeit für ein Glas Wein. Sie saßen im Wohnzimmer auf dem Sofa, draußen war es dunkel, und die Stehlampe spendete schummriges Licht. Stefanie hatte ihren Kopf an Anjas Schulter gelehnt. »Danke, dass du mir so geholfen hast«, meinte die Witwe endlich in die Stille hinein. Anja streichelte ihr Haar, das wunderschöne kastanienbraune Haar. »Gern geschehen«, meinte sie. Und dann, nach einer Pause: »Für dich tue ich alles, das weißt du doch.« Stefanie nippte wieder am Wein. »Ich fürchte mich vor der Beerdigung«, flüsterte sie.

»Du musst stark sein, für deine Kinder. Und irgendwann kannst du wieder eine neue Beziehung anfangen. Du brauchst nicht allein zu bleiben.« Stefanie löste sich und sah Anja in die schönen grünen Augen. »Ich will aber erst mal alleine bleiben.« Anja sagte nichts, lehnte stattdessen Stefanies Kopf mit sanfter Gewalt zurück auf ihre Schulter. »Ruh dich aus«, gurrte sie. »Entspann dich.« Wieder trank Stefanie einen Schluck Wein. Einige Minuten sagten die beiden Freundinnen gar nichts, sondern verharrten einfach in stummer Vertrautheit. »Danke, dass du mir so geholfen hast«, meinte Stefanie dann zum wohl zehnten Mal heute. Anja richtete sich auf, Stefanie ebenfalls, und Anja setzte sich ihr gegenüber. Sie war kleiner als Stefanie. Dann näherte sie sich dem Gesicht ihrer Freundin, spürte den warmen Weinatem. »Du weißt, dass ich immer für dich da bin. Du bist … wichtig für mich, sehr, sehr wichtig …« Sie wusste nicht, wie es passiert war, aber Sekunden später lagen ihre Lippen auf denen ihrer Freundin, und sie ließ ihre Zunge vorsichtig in Stefanies Mund tänzeln, spürte aber gleichzeitig voller Enttäuschung, wie sich ihre Freundin erschrocken von ihr löste.

»Also kümmern wir uns als Nächstes um diesen – wie heißt er noch …?«, fragte Heiko.

»… Sven Stoll«, half Lisa. Ein kurzer Anruf bei Jens Hartmann ergab, dass der junge Mann noch zu Hause wohnte, in Satteldorf, und heute auch tatsächlich daheim war.

Satteldorf war nicht weit von Tiefenbach, und es hatte ein eigenes Freibad, das jetzt, im Winter, natürlich geschlossen war. Immerhin gab es seit Neuestem das *Aquanett*, das aber eher etwas für Mütter mit Kindern war. Lisa hatte sich insgeheim schon ausgemalt, wie sie da einmal mit ihrem Kind hingehen würde, wenn sie denn mal eines hätten. Nicht, dass sie jetzt schon bereit dafür gewesen wäre. Aber mittelfristig schon. Und Heiko auch, obwohl er immer so abweisend tat, wenn es um Kinder ging. Er wäre ein wunderbarer Papa, liebevoll und fürsorglich. Das konnte sie an der Art sehen, wie er mit den Tieren umging.

Sie bogen in die neue Siedlung ab und standen endlich vor einem frei stehenden Einfamilienhaus aus den 90ern mit großem Garten. Die Haustür war teilweise durchsichtig, sodass man Schemen erkennen konnte. Mit einem melodischen Akkord erklang die Türglocke, und zwar genau so lange, bis das wütende Bellen eines Hundes sie übertönte. Ging man von dem dunklen Schatten aus, der sich wütend gegen die Tür warf, so schien es sich um ein größeres Tier zu handeln, etwas in der Kategorie Schäferhund. Kurz darauf war beruhigendes Gemurmel zu hören, dann wurde der Hund offenbar eingesperrt. Schließlich öffnete eine etwas ältliche Mittfünfzigerin. Sie trug Jeans und einen jener Pullover, die Versandhäuser mit Mode für reifere Damen verkaufen. »Ja?«

»Polizei. Wir wollen zu Ihrem Sohn.«

»Der ist krank«, informierte die Frau, die augenblicklich erbleicht war, kurz angebunden.

»Wir müssten nur ganz kurz …«, insistierte Lisa. Die Frau seufzte ergeben und ging voraus in das Kellergeschoss, wo sie schließlich mit entschuldigendem Lächeln an eine Tür klopfte. »Sven? Da sind welche von der Polizei.« Im Zimmer hörte man Rascheln und Rumoren. Heiko drückte einfach die Klinke herunter und ging hinein. Der junge Mann fuhr herum. Er hatte eine Zigarette im Mundwinkel, der süßliche Rauchschwaden entstiegen. Und er hatte wohl soeben die Vorhänge zugezogen. Heiko sah zum Fenster. »Sie haben es aber dunkel hier drin«, meinte er, trat ohne Umschweife zum Fenster und öffnete mit einem Ratsch die dunkelroten

Vorhänge. Hinter den Kommissaren stöhnte die Mutter leidend auf. Und dann sahen die beiden auch, was der junge Mann zu verbergen versucht hatte. Auf der Fensterbank hatte er ein paar Zimmerpflanzen von der Sorte, die eigentlich verboten war. »Eigenbedarf«, murmelte der junge Schornsteinfeger sofort und stellte sich vor die Pflanzen, als müssten sie beschützt werden. Lisa schnalzte mit der Zunge und betrachtete dann den Mann näher. Er war klein und schmächtig und wirkte unendlich nervös. Kein Wunder, wenn man soeben einen Joint rauchte, auf der Fensterbank etwas Cannabis anbaute und die Polizei spontan zur Türe hereinkam. »Herr Stoll«, begann Heiko, »sind Sie so weit klar, dass wir mit Ihnen reden können?« Der junge Mann drückte den Joint im Aschenbecher aus und setzte sich auf sein Bett. Offenbar wohnte er noch in seinem Jugendzimmer. Eine Wohnwand in Buche Furnier stand an einer Wand, ein gefliester Couchtisch vor einem Schlafsofa. Das Mobiliar war so zusammengewürfelt, wie es typisch für derlei Zimmer ist, die mit ihren Bewohnern älter geworden sind. Das Kinderbett wurde irgendwann durch ein größeres ersetzt, der Schreibtisch moderner, cooler, die Spielecke wich einer Couch mit einem Tischchen, auf dem in den 90ern auf einem farbigen Miniatur-Blechtablett zwei Gläser auf ihren Einsatz warteten.

»Seh ich net so aus?«, blaffte Sven.

»Net frech werden«, warnte Heiko. »Sonsch kuck ich mir die Pflänzchen mal genauer an.« Sofort war der Mann lammfromm. Die Mutter trat händeringend ins Zimmer. »Verhaften Sie den Jungen jetzt?«

»Keine Sorge, Frau Stoll. Wir müssten nur mit Ihrem Sohn reden. Am besten, Sie gehen erst mal nach oben. Wir melden uns, wenn wir Sie brauchen«, meinte Lisa so freundlich und beruhigend wie möglich.

»Also stimmt das sogar, was der Winter verbreitet hat«, stellte Heiko fest.

»Wieso, was hat der verbreitet?«, wollte der junge Schornsteinfeger wissen. Heiko wies, ohne hinzusehen, auf die Fensterbank. Sven senkte den Blick. »Ich hab da kein Problem damit. Ich ... mach das nur ab und zu. Zur Entspannung.« Heiko ignorierte das Gestammel, er kannte all die Ausreden. Nicht, dass er in seiner Jugend nicht selbst ab und zu mal ein bisschen gesündigt hätte. Aber als Erwachsener immer noch kiffen – das ging irgendwie nicht.

»Sie haben sich zusammen mit Dominik Winter und Axel König auf eine Stelle beworben«, erinnerte Lisa.

»Ja, das stimmt.«

»Und gekriegt hat sie Dominik, nicht?«

Der Mann betrachtete seine Hände und schielte dann zum ausgedrückten Joint im Aschenbecher. »Stimmt ebenfalls. Aber so ist nun mal das Leben.«

»Na, so einfach ist es doch wohl nicht«, widersprach Heiko. »Immerhin hat der Winter ja ganz schön rumintrigiert. Hatten Sie da keinen Hass auf ihn?«

»Wieso? Nein.« Der Mann schien sich sichtlich unwohl zu fühlen und grub die Hände in die Hosentaschen.

»Bitte, Herr Stoll, das war Ihnen doch sicherlich nicht egal«, unterstellte Lisa. Der junge Mann schwieg und starrte stattdessen verbissen zu Boden. Oben bellte wie-

der der Hund. Lisa und Heiko wechselten einen Blick.
»Sagen Sie mal, Herr Stoll, zu welchem Tierarzt gehen Sie denn mit Ihrem Hund?«

»Was hat das denn damit zu tun?«, fragte der Schornsteinfeger.

»Nicht zufällig nach Tiefenbach?«

»Keine Ahnung, meine Mutter geht mit dem Vieh zum Arzt. Der hat Diabetes.«

»Euer Hund hat Diabetes? Gibt's das?«, wunderte sich Heiko. Dann fiel ihm ein, dass man ja auch Meerschweinchen mit Anabolika behandelte und bei Zwergmäusen Ohrgeschwüre entfernte. Was es nicht alles gab.

»Scheint so«, brummte Sven und sah wieder mit einem geradezu liebevollen Blick zu seinen Pflanzen.

»Ich würde mir den Hund gerne mal ansehen«, meinte Lisa. »Können wir?«

»Wieso das denn?«, murrte Sven entnervt. Lisa schenkte ihm ihr schönstes Lächeln und strich sich eine Haarsträhne aus dem hübschen, ebenmäßigen Gesicht. Das verfehlte seine Wirkung nie, das wusste Heiko, und Lisa wusste das auch. »Von mir aus«, meinte der Mann.

Sie stiegen die Kellertreppe hoch und standen kurze Zeit später vor der Mutter, die anscheinend nichts anderes getan hatte, als nur auf sie zu warten. Irgendwie schien sie nervös zu sein. Vielleicht war ja doch was im Busch. Der Hund war offenbar im Wohnzimmer eingesperrt, die Tür war zu und dahinter ertönte wütendes Gebell.

»Dürfen wir mal den Hund sehen, Frau Stoll?«, fragte Lisa. Die Frau zuckte die Achseln und öffnete dann die Tür einen Spalt, um beruhigend auf das Tier einzureden und ihn schließlich am Halsband zu halten, während er die Kommissare zunächst anbellte, dann anknurrte. Schließlich wich das Knurren einem interessierten Schnuppern und Winseln, als Lisa mit schmeichelnder Stimme »Ja-wer-ist-ein-lieber-Hund« und Ähnliches von sich gab. Nun ließ die Frau den Hund, einen hübschen braunen Labrador, los. Das Tier ließ sich ruhig von den Ermittlern den Kopf tätscheln. »Zuerst war der aber ganz schön aufgedreht«, fand Heiko.

»Der verteidigt bloß sein Revier, das ist normal«, erklärte die Frau.

»Ist ja auch okay«, meinte Heiko. »Nur frage ich mich … Ist der öfters so? Und haben Sie da auch was da, um ihn ein bisschen zu beruhigen?«

»Nur zu Silvester. Da gebe ich ihm jedes Jahr so ein Zeug – Ventidarm oder so.«

»Vetidorm?«, half Lisa.

»Das kann sein.«

»Haben Sie das Fläschchen zufällig da?«

Die Augenbrauen der Frau zogen sich fragend zusammen.

»Äh, ich würde das meinem vielleicht auch mal geben«, redete sich Heiko heraus.

»Aber natürlich«, sagte die Frau und wirkte höflich-beflissen. Sie verschwand in einem anderen Raum und kehrte kurze Zeit später mit einem kleinen, braunen Fläschchen zurück, das genauso aussah wie jenes, das sie bei Martin Seiler schon gesehen hatten. Nur war dieses Fläschchen im Unterschied dazu geöffnet und fast leer. »Komisch, ich hätte gedacht, dass da noch mehr drin war«, wunderte sich Frau Stoll. Lisa und Heiko drehten sich zum Schornsteinfeger um, vielmehr dahin, wo er noch eben gestanden hatte. Er war nämlich nicht da.

»Seid ihr Anfänger oder was?«, brüllte Schorsch, der Chef der Crailsheimer Kriminalpolizei, und er hatte nicht einmal unrecht. Sie hatten sich tatsächlich wie Anfänger benommen. Nicht nur sein hochroter Kopf verriet seine Wut, sondern vor allem die Tatsache, dass er sein Solitär-Spiel unterbrochen hatte und sogar ganz vergaß, verstohlen zum Bildschirm zu schielen, um die verstreichende Zeit unten rechts auf dem Bildschirm im Blick zu haben. So wütend hatte Heiko ihn noch nie gesehen. »Wie kann man nur so blöd sein!«

»Der kommt nicht weit«, versicherte der Hohenloher Kommissar. »Es ist Winter, und der ist mit einer alten Schrottkarre unterwegs, die fast auseinanderbricht. Und außerdem, wo soll er denn hin?«

Schorsch verdrehte die Augen und stützte sich anschließend schwer atmend auf dem Tisch ab. Heiko fürchtete schon, er würde einen Herzinfarkt kriegen. Dann schien er sich jedoch etwas zu beruhigen, indem er wohl innerlich bis zehn zählte oder etwas in der Art. »Habt ihr schon eine Handyortung probiert?«, fragte Schorsch.

»Das Handy liegt daheim«, enttäuschte Heiko die aufkeimende Hoffnung.

Schorsch fluchte. »Wenn er über die Grenze fährt, ist er weg.«

»Vielleicht zahlt er mit EC-Karte. Oder mit Kreditkarte«, hoffte Heiko.

»So doof wird der grad noch sein«, giftete Schorsch. »Was natürlich nicht heißt, dass ihr es nicht versuchen sollt.«

Lisa seufzte. »Jetzt ist es nun mal passiert. Wir können auch nicht mehr machen, als nach ihm zu fahnden. Und die Kollegen halten doch schon die Augen offen. Bis zur Grenze ist es ganz schön weit. Das muss er erst mal schaffen.«

»Hoffen wir das Beste«, meinte Schorsch und widmete sich nach einem weiteren Seufzer und schwerem Durchatmen endlich wieder seinem Solitär-Spiel.

Anja stand unter der Dusche. Heiß strömte das Wasser über ihren Körper. Sie ließ ihre kleinen Hände über ihren flachen Bauch gleiten. Sie hatte einen schlanken Körper, mädchenhaft, jung. Anders als Stefanie, deren Körper war weiblich gerundet. Sie fand den Körper ihrer Freundin wunderschön. Anja schloss die Augen und atmete die heiße Luft ein. Wunderschön. Schon immer. Schon als Mädchen hatte Stefanie ihr gefallen. Ihre zauberhaften grauen Augen. Tiefgründig. Ihr seidiges kastanienbraunes Haar. Ihr ovales Gesicht, ihre vollen Lippen. Küssenswerte Lippen. Als Kinder hatten sie aus Spaß einmal geknutscht. Schön war das gewesen. Sie wusste nicht, ob Stefanie sie auch schön fand. Ob sie für Stefanie eine Freundin war, nur eine Freundin. Die beste. Oder vielleicht doch mehr. So etwas war heutzutage nicht mehr ungewöhnlich, und man müsste es ja nicht gleich jedem auf die Nase binden. Ihre Hände fuhren durch ihr nasses Haar, durch die Strähnen, so würde sie auch Stefanies

Haar gerne anfassen. Und Stefanie trauerte um Dominik, sehr, zu sehr, so sehr, dass es wehtat. Dabei brauchte sie doch gar nicht zu trauern. Um Dominik war es nicht schade. Er hatte Stefanies wahren Wert gar nicht erkannt.

Sven Stoll schluckte. Es war die einzige Lösung gewesen, abzuhauen. Er hatte sofort gewusst, dass da was im Busch war, als die Kommissarentussi angeblich einfach so seinen Hund sehen wollte. Da stimmte doch was nicht. Das merkte ja ein Blinder mit Krückstock. Die wollten ihn in den Knast bringen, da war er sich sicher. Und wenn sie ihm den Mord nicht würden nachweisen können, dann würden ein paar Urinproben und eine Hausdurchsuchung auch reichen. Nein, das war ihm zu riskant. Da hatte er echt keinen Bock drauf. Seine Finger umklammerten das Lenkrad, so fest, dass die Knöchel weiß hervortraten. Er verfluchte seine alte Karre. Er war kurz hinter Nürnberg, zur tschechischen Grenze war es nicht mehr weit, und dann wäre es einfacher, unterzutauchen, viel einfacher. Sein Handy hatte er gleich zu Hause gelassen, so doof war er nicht. Er hatte schon zu viele Tatorte mit seiner Mutter anschauen müssen, bei denen Täter oder Opfer durch ein Handy geortet wurden. Sein Geldbeutel drückte gegen seinen Po. Er wusste, dass da 8,51 Euro drin waren. Da käme er nicht weit. Ein paar Mal hatte er von Weitem ein Bullenauto gesehen, die waren ja seit Neuestem praktischerweise nicht nur blau, sondern auch noch neongelb. Er hatte sich dann schnell zurückfallen lassen, und bisher war er unentdeckt geblieben. Schwierig würde es an der Grenze werden, aber auch das wäre zu schaffen, denn schließlich gab es keine Kontrollen mehr. Außer, sie suchten ihn, das konnte natürlich sein. Vielleicht könnte er kurz vor der Grenze auch die Karre abstellen und irgendwie zu Fuß rüberkommen, durch den Wald. Ja, das war eine gute Idee, so würde er es machen. Das gleichförmige Dröhnen des Motors wurde schließlich unterbrochen durch ein hohes Piepsen. Sven Stoll zuckte zusammen und merkte nach einer kurzen Schrecksekunde, dass es sich um die Tankanzeige handelte. Der Zeiger sank soeben unter das rote Strichlein. Verdammt, er brauchte dringend Benzin. Er ärgerte sich über seine Gewohnheit, immer nur für 20 Euro zu tanken, aus Kostengründen. Da war ein Hinweisschild auf einen Rasthof. Fünf Kilometer. Er dachte an die 8,51 Euro in seinem Geldbeutel. Dann fiel ihm ein, dass er ja auch noch seine EC-Karte dabeihatte.

Lisa und Heiko hatten Schadensbegrenzung versucht und wenigstens das Fläschchen mit dem Vetidorm zu Uwe gebracht, der sich sofort um die Fingerabdrücke kümmerte. Außerdem hatten sie veranlasst, dass Zahlungen mit Karten irgendwelcher Art vom System registriert würden, und sofort eine Fahndung nach der alten Karre rausgegeben. Auch wenn sie nur wenig Hoffnung hatten, dass das helfen könnte. Lisa und Heiko konnten aber gerade nicht wirklich etwas tun und blieben also bei Uwe, um den ein bisschen anzutreiben.

»Und?«, meinte Heiko. Uwe zog sich mit einem schnalzenden Geräusch seine Arbeitshandschuhe an und hielt das Fläschchen theatralisch gegen seine Lampe.

»Also, da is nimmer viel drin. Das hätte auf jeden Fall für eine Betäubung gereicht«, stellte er fest.

»Gell, das könnte unser Mann sein?«

»Wie heißt der Kerl?«, fragte Uwe.

Lisa legte eine schmale Akte vor ihn auf den Tisch.

»Sven Stoll. Ein Schornsteinfeger. Wurde wegen einer Jugendsünde mal aufgenommen. Ein bisschen Kiffen im Juze, ein kleiner Deal. Kam damals aber mit Sozialstunden davon und war seither nicht mehr auffällig«, erklärte sie.

Uwe nickte. »Wir haben also die Fingerabdrücke?«

»Ja«, bestätigte Heiko. Es war so einfach. Uwe nahm nun in einer längeren, kompliziert wirkenden Prozedur die Fingerabdrücke vom Fläschchen, die dort geradezu bilderbuchartig erhalten waren, wie er lobte. Dann scannte er die Abdrücke ein und verglich sie mit denjenigen, die er von Sven Stoll in der Datenbank hatte.

»Volltreffer«, verkündete er dann.

»Ja?«, meinte Lisa.

»Übereinstimmung 99,897 Prozent. Irrtum ausgeschlossen.« Na ja, dachte sich Heiko, das war ja auch ungemein schwierig, da in dem Haushalt ja nur Stoll und seine Mutter wohnten. War ja eigentlich klar gewesen.

»Jetzt müssen wir ihn nur noch kriegen.«

Hannah Stoll hielt ein Foto ihres Sohnes in den Händen und konnte es nicht fassen. Es war eines dieser Schulfotos, das ihn mitten in der Pubertät zeigte. Man sah nur allzu deutlich, dass er damals nicht damit einverstanden gewesen war, fotografiert zu werden. Trotzdem, er war immer ein lieber Junge gewesen, immer, zumindest im Grunde. Wie konnte er einfach abhauen! Ohne ein Wort, ohne eine Nachricht, ohne, dass sie ihn erreichen konnte. Sie hatte schon immer gewusst, was er da unten trieb, und auch die Pflanzen hatte sie bemerkt, sie war ja nicht von gestern und schließlich auch mal jung gewesen. Trotzdem hatte sie immer gehofft, dass sich das Ganze einmal auswachsen würde, so alt war er noch nicht, so Anfang 20, da tat man solche Sachen, um sie dann ein paar Jahre später wieder zu lassen, hoffentlich.

Der Hund kam zu ihr und beschnupperte ihre Hand, um sie letztlich liebevoll zu lecken. Eine Träne rann ihr über die Wange. Es war ihr ein Rätsel, was ihren Jungen dazu getrieben hatte, vor der Polizei zu fliehen. Soweit sie wusste, war es nicht strafbar, ein bisschen zu kiffen, solange man es nicht übertrieb und nicht zu dealen anfing. Ungesetzlich, ja. Aber nicht strafbar. Und nichts für die Mordkommission. Sie konnte sich nicht erklären, was die Polizei mit diesem ominösen Fläschchen wollte, das sie sich einmal vom Tierarzt hatte mitgeben lassen. Zur Beruhigung des Hundes, falls er sich einmal aufregen sollte wegen lauter Geräusche oder so. Und sie hatte das Fläschchen weggestellt, in die Hausapotheke, und es nie benutzt. Ihr war gar nicht aufgefallen, dass es angebrochen war, dass es nur noch wenig enthielt. Und ihr war schleierhaft, was die Polizei damit vorhatte. Sie streichelte das Foto von Sven. Ihr Junge konnte kein Mörder sein. Es durfte einfach nicht sein.

Stefanie Winter hatte bereits gewählt, als sie schnell wieder die Taste mit dem roten Hörer drückte. Nein, nein, das konnte sie nicht. Das durfte sie nicht. Und die Theorie war ungeheuerlich. Der Gedanke, der sich in ihrem Kopf festgesetzt hatte, festgesaugt hatte wie ein Parasit, war vollkommen abstrus. Und dennoch war er da. Anja. Ihre liebe Anja. Diese seltsame Situation. Ihre beste Freundin, schon immer. Sie hatte ja nicht ahnen können, dass … Obwohl, die Anzeichen waren dagewesen, immer schon. Sie hatte sie nur auf normale Zärtlichkeiten unter besten Freundinnen geschoben. Nichts Ungewöhnliches. Ein Über-die-Haare-Streicheln, eine allzu innige Umarmung, ein Küsschen auf die Wange. Aber niemals hatte Anja sie so geküsst, wie sie es gestern getan hatte. Niemals. Und da war ihr der Gedanke gekommen, der ungeheuerliche. Ob es sein könnte, dass ihre beste Freundin etwas mit dem Mord zu tun haben könnte? Mit dem Mord an ihrem Ehemann, um ihn … aus dem Weg zu haben? Um freie Bahn bei ihr zu haben? Wenn es so wäre, dann könnte sie Anja niemals verzeihen, niemals. Und sie gehörte angezeigt. Ihre Finger wählten erneut die Nummer des jungen Kommissars. Als sie jedoch das Belegtzeichen hörte, legte Stefanie Winter erschrocken auf.

Heiko legte den Hörer auf. »Ha! Die Nürnberger haben ihn!«, triumphierte er, und Lisa klatschte glücklich in die Hände. »Sie überstellen ihn morgen früh, dann können wir ihn gleich verhören!«

»Puh«, Lisa atmete hörbar auf, »das ist ja noch mal gut gegangen.«

»Er hat anscheinend sofort nach einem Anwalt verlangt, sagen die Kollegen.«

»Das ist eine gute Entscheidung. Zumindest für ihn«, stellte Lisa trocken fest.

»Hm.«

»Ja.«

»Und was machen wir jetzt?« Heiko sah auf die Uhr. Es war halb sieben. Dann fiel ihm siedend heiß etwas ein. »Der wievielte ist denn heute?«, fragte er.

»Der Elfte«, gab Lisa Auskunft. »Wieso?«

»Heute ist das Weihnachtsspiel von den Merlins in der Arena. Ich hab extra noch Karten besorgt.«

Lisa und Heiko hatten sich schon lange einmal ein Spiel der Crailsheimer Bundesliga-Neulinge anschauen wollen. Das erfolgreiche Basketball-Team war ein Aushängeschild des Crailsheimer Sports, vor allem, seit sie in die Bundesliga aufgestiegen waren. Die Spiele fanden seither alle in der Arena Hohenlohe statt, einer Arena im modernen Kolosseumslook, in der üblicherweise Rinder verkauft wurden. Allerdings fanden hier auch Events jeglicher Art statt, vom Public Viewing bei der Fußball-WM über Partys und alle möglichen Konzerte bis hin zu Messen, die oft skurrile Zusammenstellungen mehrerer Branchen und Interessensgebiete waren (man denke nur an die Alpaka-Meerschweinchen-Verkaufsausstellung!). Jedenfalls fanden nun eben auch die Merlins-Spiele hier statt. Lisa und Heiko hatten Plätze in einer der mittleren Reihen, und schon vor dem Spiel war die Stimmung aufgeheizt. Hunderte Fans, in das vereinstypische Blau-weiß gewandet, ließen soeben eine La-Ola-Welle durch das runde Stadion wandern, die sich über mehrere Runden hielt und auch die beiden Kommissare mitriss. »Wieso haben wir das nicht schon früher gemacht«, beschwerte sich Lisa, die bei den Hohenlohern zum ersten Mal außerhalb des Volksfestes, bei dem alle mit verklärt-glückseligem Strahlen im Gesicht herumliefen, so etwas wie Begeisterung verspürte.

»Auf geht's Merlins, auf geht's«, skandierte die Menge, und Lisa tat das eher spärliche Häuflein der Fans der gegnerischen Mannschaft richtiggehend leid.

»Und hier kommt die Dance-Creeeeeeeew«, kündigte der Hallensprecher euphorisch an. Aus dem Umkleidebereich stürmten nun junge Mädchen um die 15 in blauweißen Kostümen mit silbernen und weißen Pompons heran und führten eine gekonnte Show auf. »Ohhhhhh«, meinte Heiko enttäuscht. »Die Cheerleader hab ich mir aber anders vorgestellt.«

Lisa grinste. »Älter, was? So Anfang bis Mitte 20?«

Heiko grinste. »So sind doch Cheerleader normalerweise in dem Alter. In Amerika zumindest!«, verteidigte er sich.

»In Hohenlohe ticken die Uhren halt anders«, teilte Lisa mit und musste dabei ihr diabolisches Grinsen verstecken, indem sie sich schnell wegdrehte. Die Show war bald zu Ende, und die Mädchen verschwanden elanvoll rennend und mit den Pompons winkend. »Und jetzt noch die Kids Creeeeeeeew«, kündigte der Hallensprecher im Boxkampf-Ansager-Tonfall an. Nun stürmte eine Gruppe noch jüngerer Mädchen so zwischen sieben und zehn in die Arena und führte eine schon relativ professionelle Show auf, die nicht uncharmant war. Lisa dachte bei sich, dass sie, wenn sie einmal eine Tochter hätte, die auch fragen würde, ob sie in der Kids Crew mitmachen wolle. Die Mädchen verschwanden so dynamisch, wie sie hereingehopst waren, und wieder griff der Hallensprecher zum Mikrofon. »Ich sag Crailsheim, ihr sagt …«, sang er im Rapper-Stil in einer absteigenden Melodie. Es dauerte nur den Bruchteil einer Sekunde, bis die Menge antwortete: »MERLINS!« Sekunden später standen Flammenwerfer auf dem Boden, und die Dance-Crew war wieder da, um die Merlins gebührend zu begrüßen.

Aus den Umkleiden joggten jetzt die Spieler heran, die wenigsten gebürtige Hohenloher, aber alle überzeugte Neu-Crailsheimer. Und immer, wenn ein Spieler die Flammenwerfer passierte, sang der Moderator: »Ich sag Jonathan, ihr sagt …«, und die Menge ergänzte mit einem gebrüllten »MOORE« den Nachnamen des Spielers. Gleichzeitig schossen Flammen links und rechts von Jonathan Moore auf und ließen den Spieler nicht nur absolut kompetent, sondern auch noch irgendwie verwegen wirken. »Ich sag Steeeevie, ihr sagt …« »JOOOOHNSON!« Und so weiter. Alle applaudierten begeistert, vor allem Lisa, die gleich festgestellt hatte, dass sie als Frau heute voll auf ihre Kosten kommen würde: Denn die Spieler waren echte Kerle, mit Muskeln und allem Drum und Dran. Lisa ertappte sich bei dem Gedanken, wie diese Kraftpakete vor Schweiß glänzen würden. Nicht schlecht! Das gegnerische Team kam leider bescheidener weg, sie mussten ohne Cheerleader und Flammenwerfer auskommen. Allerdings wurden sie frenetisch von ihren Fans, die sich richtig ins Zeug legten, bejubelt. Schließlich begann das Spiel, und anders als jedes Fußballspiel ging es da richtig zur Sache. Im Minutentakt, manchmal im Sekundentakt wurden da Punkte erzielt, Körbe geworfen. Schnell war klar, dass die Merlins der gegnerischen Mannschaft haushoch überlegen waren. Immer, wenn der Gegner den Ball hatte, brüllte die Menge »Deeeeeefense« und klatschte rhythmisch in die Hände. Weder Lisa noch Heiko konnten sich dieser Begeisterung entziehen, die letztlich in einem furiosen Sieg der Hohenloher Mannschaft gipfelte.

Abends trafen sie sich alle im Gemeindehaus. Das Gemeindehaus der evangelischen Kirche war gleichzeitig Landfrauentreffpunkt und eine Möglichkeit, zu Veranstaltungen aller Art zusammenzukommen. Manfred Körner hielt hier einmal im Jahr eine mäßig besuchte Dichterlesung ab. Hier entschied die Kommission über das Stück. Hier fanden Vorträge zu Wildkräutern und Trennkost und Bastelabende statt. Eine gute Sache, und normalerweise war dies ein positiver, fröhlicher Ort. Aber heute nicht, denn heute saßen alle Mitglieder des Altenmünsterer Theaterensembles mit betretenen Blicken auf ihren Stühlen. Alle, auch Herbert Winter, waren gekommen. Sie hatten ihm kondoliert, und er hatte mit ernsten Blicken von ihrer Anteilnahme Kenntnis genommen. Schließlich räusperte sich Else Häußler und meinte: »Also, was moont ihr. Findet ihr, mir kenna die Aufführung macha odder net?« Betretenes Schweigen. Dann schließlich meldete sich Martin Seiler. Sein Adamsapfel hüpfte, als er geräuschvoll schluckte. Dann sagte er: »Ich finde, wir müssen das Stück aufführen. Das mit dem Dominik ist schlimm, aber die Leute haben sich alle schon so auf den Abend gefreut. Wir haben auch schon viele Karten verkauft. Wie viele?«

»387«, informierte Else.

»387«, wiederholte Martin, »das ist schon eine ganze Menge und das spült auch Geld in die Vereinskasse.«

»Die Sängerbündler wolla ihrn Gesangsoowad uff jeda Fall macha«, gab Else zu bedenken. »Des Theaterstück tät also fehla.« Wieder Schweigen. Schließlich wandte sich die Theaterchefin an Herbert Winter. »Herbert, was segschn du dazua? Fändsch du des pietätlos, wenn mir des Stück aufführa würda?« Herbert Winter hatte mit gesenktem Blick und verschränkten Armen auf seinem Stuhl gesessen, jetzt hob er den Kopf und sagte: »Dass der Martin will, dass es aufgeführt wird, war ja klar. Immerhin hättest du ja jetzt die Hauptrolle, nicht?«

Martin fuhr sich mit den Fingern durch die Haare. »Ich kann ja verstehen, dass du leidest. Aber wir müssen ...«

Herbert sandte Martin einen solch hasserfüllten Blick, dass der schluckte und verstummte. »Vielleicht warst du es?«, schlug er vor. »Vielleicht war es einer von euch? Wenn ich es genau überlege, wer sonst soll es denn gewesen sein? Wer sonst war an unserer Obstlerflasche, wer sonst hat sich nach der Probe noch hier aufgehalten? Hä?« Er war aufgesprungen und fixierte jeden von ihnen mit seinen Blicken, aus denen kalter, starrer Hass sprach.

Alle blickten betreten zu Boden. Der Gedanke war ihnen auch schon gekommen.

Schließlich war es die junge Referendarin, die sich meldete. »Herbert, ich denke, es ist klar, dass du verletzt bist.«

»Verletzt? So ein dummes Gschwätz, mein Sohn ist tot, mein einziger.«

Verena hob die Hand, wohl eine Lehrergeste, und sie funktionierte tatsächlich. »Ich kann mir nicht vorstellen, dass einer von uns ein Mörder ist. Aber wenn es doch so ist, dann sind auf jeden Fall die anderen unschuldig, und mit denen darfst du nicht so reden, trotz deiner Trauer.«

»Es muss keiner von uns gewesen sein«, gab Marianne zu bedenken. »Die Sportler haben auch den Hallenschlüssel. Es muss nichts mit dem Theater zu tun haben. Der Notausgang ist eh immer offen und jeder kann rein, und …«

»Woher weißt du das denn?«, bellte Winter.

»Also bitte, Herbert, das weiß doch jeder.«

»Das weiß wirklich jeder«, bestätigte Sybille. »Die Dorfjugend hat doch hier Partys gefeiert, bis das rauskam. Und irgendwann hat dann der Stadtrat die Eltern angerufen und mit einer Anzeige wegen Hausfriedensbruchs gedroht. Dann war es vorbei.«

Else Häußler nickte. »Sou kenn ii die Gschicht aa.«

»Vielleicht war es der Körner. Um zu verhindern, dass das Theaterstück vom Weiland aufgeführt wird«, schlug Martin vor und nickte dazu, als wolle er sich selbst bestätigen. »Oder du selber, sorry, aber du kannst es auch gewesen sein!«

»Iiiich?« Beim alten Winter weiteten sich die Augen, und er war so perplex, dass er nicht einmal protestierte. »Wieso denn ich?«

»Also Martin, das passt jetzt gerade nicht«, tadelte Verena im Lehrertonfall, dachte bei sich aber: Warum nicht.

Else ging überhaupt nicht darauf ein, sondern schnalzte missbilligend mit der Zunge und sagte dann: »Hätt mer denn die Möglichkeit, des Stück aufzuführen? Helmut?« Helmut Häußler war bisher nur dagesessen und hatte sich still verhalten. »Also, ich könnt die Rolle vom Ehemann von der Berta schon lernen«, meinte er dann. »Dann könnt der Martin die Hauptrolle macha. Und dann täts ja geha.« Wieder Schweigen, alle schienen zu finden, dass das hauptsächlich Winters Entscheidung war. Also wandten sich alle Blicke ihm zu. »Was moonsch, Herbert?«

Der schnaufte merklich durch. »Aber nicht, bevor der Dominik unter der Erde ist.«

»Der hätte doch auch gewollt, dass das Stück aufgeführt wird«, meinte Verena.

»Das glaub ich au«, stimmte Marianne zu.

Weiland schreckte schweißgebadet aus einem wunderschönen Traum auf. Er blinzelte, fühlte, dass die Bettdecke an seiner Haut klebte. Er schielte zu seiner Frau hinüber, offenbar hatte sie nichts bemerkt, und das war gut so. Denn das Letzte, was er wollte, war, sie zu verletzen. Sie war eine gute Frau. Sie brauchte nicht zu wissen, wovon er träumte und von wem. Sybille spukte durch seine Gedanken, wenn er schrieb, wenn er aß, wenn er schlief. Immer. Wäre er 20, so würde er sagen, er sei verknallt. Aber so … Nun war er Mitte 60, und was sollte das eigentlich, das Ganze, das war ja lächerlich. Es musste aufhören, er konnte doch nicht ernsthaft an eine Endzwanzigerin denken. Sie war aber auch, um es mit Retcliffe zu sagen, ein verteufelt schönes Weib. Weiland zweifelte keine Sekunde daran, dass Sybille um ihre Wirkung auf Männer wusste. Auch auf den Dominik hatte sie diese Wirkung gehabt, den armen, unglücklichen Dominik. Er hatte sie knutschen dürfen während der Proben, und er hatte das gern gemacht, das hatte jeder sehen können. Und Sybille hatte gern mitgemacht, und Eifersucht war in ihm hochgestiegen – EIFERSUCHT, also bitte, aus dem Alter war er doch raus und er hatte außerdem seine Trude. Er stand auf, trank ein Glas Wasser und ging wieder ins Bett. Lange, lange lag er noch wach, es dämmerte schon, als er wieder einnickte.

Nach dem Spiel sah Heiko, dass die junge Witwe versucht hatte, ihn zu erreichen. Er rief trotz der späten Stunde zurück, wer konnte schon wissen, ob es wichtig gewesen war oder nicht.

»Winter«, meldete sich eine verschlafene Stimme.

»Noowad, Frau Winter, entschuldigen Sie, dass ich um die Uhrzeit noch störe – aber Sie haben versucht, mich zu erreichen?«

Einige Sekunden lang passierte gar nichts, offenbar versuchte Stefanie, sich zu sammeln. Dann: »Nein, nein.«

»Doch«, widersprach Heiko. »Um 18.27 Uhr.«

»Ach so, ja das«, gab die junge Witwe endlich zu. »Ich wollte nur sagen, dass ... dass morgen die Beerdigung ist. Auf dem Friedhof in Altenmünster, um eins.«

Heiko hatte das unbestimmte Gefühl, dass sie ihm eigentlich etwas anderes hatte mitteilen wollen. »War das alles?«, lockte er also. Wieder ein kurzes Zögern. Dann: »Jaja, nur das.« Heiko nickte, was er öfters tat beim Telefonieren, obwohl der Gesprächspartner es ja nicht sehen konnte. »Na dann, Gutnacht«, wünschte er und dachte bei sich, dass er da morgen noch mal nachhaken müsste.

Jens Hartmann saß vor dem Fernseher, mit einer Flasche Bier, und kuckte einen 80er-Jahre-Actionfilm. Ihn plagte das schlechte Gewissen, dass er die Kameraden hingehängt hatte. Die ausnehmend hübsche Kommissarin hatte ihm wohl das Hirn vernebelt. Er nahm einen Schluck Bier, es schmeckte gut und süffig, konnte aber die schlechten Gedanken nicht vertreiben. So was tat man einfach nicht, nicht unter Schlotfegern, da hielt man zusammen. Gut, allerdings konnte es ja tatsächlich sein, dass einer von den beiden den Dominik auf dem Gewissen hatte, und dann gehörte der natürlich gestraft, und das richtig, sagte er sich, während Arnold Schwarzenegger im gelben Gymnastikdress gegen einen fetten Typen im blinkenden Leuchtkostüm kämpfte, der sinnloserweise beständig Opernarien vortrug. So was tat man trotzdem nicht, was hatte er sich nur dabei gedacht. Auch ein weiterer Schluck Bier konnte seine Missstimmung nicht vertreiben. Obwohl er beide nicht leiden konnte, der fette König war ein Arschloch, und der Stoll war ein wehleidiges kiffendes Muttersöhnchen. Er glaubte auch nicht, dass einer der beiden das Zeug dazu hätte, den Dominik umzubringen und noch dazu die Tat zu verschleiern, die waren doch alle beide dumm wie Brot. Arnold Schwarzenegger hatte den fetten Typen mit den Lichterketten, der tatsächlich irgendwie an den König erinnerte, nun besiegt, verschonte aber sein Leben. Wie edelmütig! Vielmehr fiel Jens sehr wohl jemand ein, der ein Motiv hatte, ein Motiv und außerdem das Zeug dazu. Es war jemand, der schlauer war, als man dachte, und der ziemlich unter Dominiks Taten gelitten hatte, so erzählte man sich zumindest. Jens wusste allerdings auch nicht um den Wahrheitsgehalt dieses Gerüchts, wahrscheinlich war sowieso alles komplett erfunden. Und er konnte es sich auch nicht wirklich vorstellen, denn dieser Schlotfeger war eine Ikone, ein Meister der Zunft, absolut unantastbar. Die athletische Brünette fiel soeben Arnold Schwarzenegger um den Hals, da er sie ja gerettet hatte. Kurz spielte Jens Hartmann mit dem Gedanken, Heiko und die hübsche Blondine auf den betreffenden Kollegen hinzuweisen, verwarf den Gedanken aber augenblicklich wieder. Er hatte sowieso schon zu viel gesagt.

Heiko atmete tief durch, und sofort bildete sich vor seinem Gesicht eine Atemwolke. Es gab nichts Schöneres, nichts Beruhigenderes, als nachts noch einmal mit dem Hund rauszugehen kurz vor dem Zubettgehen. Und auch, wenn er dem Winter insgesamt wenig abgewinnen konnte – die Nacht war schön. Sie war nicht schwarz, sie war blau, tiefblau. Im Licht der Straßenlampen glitzerte der Schnee wie Tausende wertvoller Edelsteine. Sita und er wanderten die Straße entlang, und der Hund war ganz still, aber glücklich. Er merkte wohl auch, dass alles, was lauter wäre als das Knirschen unter ihren Füßen, die Stimmung kaputtgemacht hätte. Vom Dorf her tönte dumpf der Glockenschlag der Veitskirche, es war elf. Viermal hoch, elfmal tief. Sita wandte sich dem Gängele zu, einem kleinen Weg, der zwei Straßen miteinander verband und nur etwa einen Meter breit war. Hier war es dunkler, auf den zweimeterhohen Hecken lag Schnee. Heiko hielt sich rechts, sie passierten den vollkommen verschneiten Spielplatz des Tiefenbacher Kindergartens. Schließlich wanderten sie den Seeweg entlang, um dann wieder die Kirchberger Straße hochzulaufen. Das Schneeglitzern hatte etwas Meditatives. Wunderschön. Und Heiko war ganz ruhig. Und zufrieden. Irgendwie glücklich.

SAMSTAG, 12. DEZEMBER

Man sah Sven Stoll an, dass er die Nacht in der Zelle verbracht hatte. Er war nervös, unruhig und wirkte unausgeschlafen. Vielleicht brauchte er auch eine Dosis von was immer er auch morgens nahm, vermutete Heiko. Na, das würde er aushalten müssen. Der Typ neben ihm war jedenfalls einer dieser unsympathischen Anwälte, die wohl zu viel CSI gesehen hatten und der das Gespräch mit einem schadenfrohen »Mein Mandant verweigert die Aussage« begonnen hatte. Lisa und Heiko probierten es trotzdem, und Frau Brucker, die unauffällige, aber überaus zuverlässige Sekretärin, die auch mal samstags kam, wenn es sein musste, protokollierte alles mit leisem Geklapper am Laptop.

»Herr Stoll, Sie wissen, wessen wir Sie beschuldigen?«

Sven blickte trotzig drein und blieb stumm. »Wir denken, dass Sie Herrn Dominik Winter in der Nacht von Sonntag auf Montag umgebracht haben.« Schweigen. »Möchten Sie sich dazu äußern?«, präzisierte Heiko und sah dem Mann, der ihn gänzlich ignorierte, in die Augen.

»Mein Mandant verweigert die Aussage«, leierte der Anzugheini.

»Das sagten Sie bereits«, versetzte Lisa.

»Sie haben es aber offenbar nicht begriffen«, gab der Anwalt zurück.

»Wissen Sie, am einfachsten wäre ja, er hätte ein Alibi«, erklärte Heiko. »Haben Sie denn ein Alibi, Herr Stoll?«

»Mein Mandant kann sich an die fragliche Nacht nicht mehr erinnern.«

Lisa blinzelte verwirrt und zog ihre Stirn kraus, ihr Verhörgesicht. Niedlich, fand Heiko und unterdrückte ein kleines Lächeln. Das wäre jetzt gerade abträglich. »Wieso das denn?«

»Mein Mandant hat ein Medikament nicht vertragen und war daher außer Gefecht.«

»So, ein Medikament«, meinte Heiko und konnte sich nun doch ein Grinsen nicht verkneifen. »War das vielleicht Cannabis?«

»Mein Mandant konsumiert keine verbotenen Substanzen«, behauptete der Anwalt.

»Da sagen aber die Grünpflanzen in seinem Zimmer was anderes«, widersprach Lisa. »Oder wollen Sie vielleicht sagen, dass die der Zimmerdekoration dienen?«

»Mein Mandant wusste nicht, um was für Samen es sich handelt, als er sie ausgesät hat«, erklärte der Anwalt. Nun lachte Lisa auf, und selbst Frau Brucker, die sich sonst absolut stoisch verhielt, erlaubte sich ein kleines Schnauben. »Und selbst wenn, das hat nichts mit einem Mord zu tun.«

»Können Sie beweisen, dass er es nicht war?«

»Können Sie beweisen, dass er es war?«

Lisa biss sich auf die Lippen. »Ich sage Ihnen, was wir haben. Wir haben ein fast leeres Fläschchen mit eben jener Substanz, mit der das Mordopfer außer Gefecht gesetzt wurde, gefunden. Im Haushalt Ihres Mandanten und mit seinen Fingerabdrücken drauf.«

Der Anwalt schwieg. Dann sagte er: »Das beweist gar nichts.«

»Es ist ein Indiz.«

»Sie können die Anwesenheit meines Mandanten am Tatort nicht beweisen.«

»Tatsache ist, dass wegen eines defekten Notausgangs *jeder* Zugang zum Tatort hatte«, gab Heiko zu bedenken.

»Mein Mandant war nicht dort«, beharrte der Anwalt, linste aber in diesem Moment erstmalig verstohlen zu Sven Stoll hin.

»Zudem hat Ihr Mandant ein Motiv«, meinte Lisa, die es aufgegeben hatte, Sven Stoll, der wie ein bockiges Kind wirkte, direkt anzusprechen. Der Anwalt schwieg, also erzählte Lisa. »Das Mordopfer hat durch gezielten Rufmord dafür gesorgt, dass Ihr Mandant eine Stelle, um die sich beide beworben hatten, nicht bekommen hat. Und er hat kein Alibi.«

»Na und«, schaltete sich nun erstmals Sven ein, wurde aber von seinem Anwalt sofort ermahnt, die Klappe zu halten. »Mein Mandant …«

»… verweigert die Aussage, ich weiß«, ergänzte Lisa und seufzte.

»Waren Sie es?«, fragte der Anzugmensch. Er hatte sich neben Sven Stoll auf der kahlen Pritsche in der Zelle im Keller des Crailsheimer Polizeireviers niedergelassen. Sven sah dem Mann konsterniert in die Augen. »Nein, verdammt. Natürlich nicht.«

»Sie müssen es mir sagen, wenn Sie es waren«, beharrte der Anwalt. »Ich bin an die Schweigepflicht gebunden. Es sieht nämlich nicht gut aus.« Sven schwieg bockig. Der Anwalt, den seine Mutter schnell besorgt hatte, roch penetrant nach teurem Rasierwasser, und er selbst stank nach kaltem Schweiß. Das war ihm einerseits unangenehm, andererseits hasste er den geschniegelten Typen auch dafür. »Und ich bin auf Ihrer Seite, vergessen Sie das nicht«, meinte der und versuchte ein klebriges Lächeln, das aber nicht recht glaubwürdig war. Schweigen vom Mandanten. Stattdessen betrachtete der junge Mann seine gelblich verfärbten Raucherfinger. Der Anwalt räusperte sich. »Was hat es denn mit diesem Fläschchen auf sich, von dem die Kommissare geredet haben? Wieso sind da Ihre Fingerabdrücke drauf?« Sven stöhnte und reckte sich. »Herr Stoll?«, insistierte der Anwalt.

»Vielleicht konnte ich mal nicht schlafen und hab ein bisschen was davon genommen, ein oder zweimal.«

Der Anwalt nickte. »Gut, prima, das verwerten wir. Sicherlich waren Ihnen die Beruhigungstabletten ausgegangen?«, machte er weiter.

»Ja, so kann man das sagen.«

»Gut. Und Sie erinnern sich wirklich nicht mehr an die fragliche Nacht?«

»Um ehrlich zu sein, momentan nicht. Ich war, glaub ich, ziemlich … übermüdet.«

»Hatten Sie gekifft?«, hakte der Anwalt nach.

»Vielleicht«, gab Sven zu und verbesserte dann: »Womöglich. Ja.«

»Mit wem?«

»Allein.«

»Und wo?«

»Zu Hause.«

»War Ihre Mutter daheim?«

»Nein, die hab ich schon gefragt. Sie hat an dem Abend anscheinend eine Freundin besucht.«

»Kann jemand bezeugen, dass Sie daheim waren? Haben Sie telefoniert?«

»Keine Ahnung«, meinte Sven und kratzte sich wie zur Illustration am Kopf.

»Wenn Sie es gewesen sind, müssen Sie es sagen. Dann überlegen wir uns, ob ein Geständnis nicht doch sinnvoll wäre«, erinnerte der Anwalt.

»Ich war es aber nicht.«

»Sie sind sich aber nicht sicher.«

»Ziemlich. Ich bin mir ziemlich sicher.«

»Wie wichtig war Ihnen diese Stelle?«

Sven schnaubte verächtlich. »War mir egal. Meine Mutter wollte, dass ich mich da bewerbe. Mir war das wurst.« Eine Pause entstand, in der sich vom Wasserhahn ein Tropfen löste, der dann geräuschvoll auf den Siphon klatschte.

»Das nimmt Ihnen aber keiner ab«, gab der Anwalt zu bedenken.

»Wer mich kennt, schon.«

»Der Richter kennt Sie aber nicht.«

»Hm.«

Der Anwalt klopfte ihm auf den Oberschenkel, kameradschaftlich, was dem Mandanten gar nicht recht war.

»Überlegen Sie sich alles noch einmal genau. Wägen Sie

ab. Ich komme am Montag wieder, und dann überlegen wir uns eine Strategie für die Verhandlung.«

Stefanie Winter hatte sich nicht besonders angezogen. Schwarze Hose und Pullover, darüber ihren schwarzen Mantel, der schon seit Ewigkeiten im Schrank hing und nun, als sie sich im Spiegel betrachtete, abgetragen wirkte. Anja war da und half ihr, doch seit diesem Vorfall von neulich war die Stimmung irgendwie anders. Das war schlimm, denn eigentlich hätte Stefanie verständnisvolle Unterstützung gebraucht und nicht dieses verschämte aneinander Vorbeireden. Und da waren dann noch die Zweifel. Sie schämte sich, dass sie auch nur in Betracht gezogen hatte, ihre Freundin bei der Polizei anzuschwärzen. Es konnte einfach nicht sein, dass sie etwas mit dem Mord zu tun hatte. Es durfte nicht sein. Trotzdem. Sie öffnete den Mund, um etwas zu sagen, und dann spürte sie die streichelnde Hand im Rücken, eine Hand, die so streichelte, dass es nicht mehr freundschaftlich war.

»Anja, ich …«, begann sie, aber ihre Freundin legte ihr die Finger auf die Lippen. »Schsch«, machte sie. »Jetzt nicht. Jetzt ist Beerdigung.« Stefanie sah sie beide im Spiegel. Anja war hübsch, puppenhaft, viel kleiner und zierlicher als sie selbst. Und offenbar empfand sie Gefühle für sie, die sie, Stefanie, nicht erwidern konnte. Gefühle, aus denen jeder Kommissar ein erstklassiges Mordmotiv konstruieren konnte. Anja hatte Dominik umgebracht, um ihn aus dem Weg zu haben. Um freie Bahn bei ihrer besten Freundin zu haben, von der sie nicht wissen konnte, ob sie sich auch für Frauen interessierte, zumindest ein bisschen. Und so, wie die Kommissare die Mordmethode beschrieben haben, könnte ohne Probleme auch eine Frau die Tat begangen haben. Das Beruhigungsmittel hatte ihren Dominik außer Gefecht gesetzt. Der Mörder – oder vielleicht Anja, wer konnte das wissen – konnte ihm die Nagelpistole an die Stirn setzen, genüsslich, langsam, den Moment auskosten, und dann abdrücken, und Dominik konnte nichts tun, als ... Stefanie Winter schloss die Augen. Nein, das konnte nicht sein. Es durfte nicht sein. Sie durchforstete ihr Hirn, ob und wann sie Anja ihr Leid geklagt hatte, weil sie zu Hause wieder alles allein hatte machen müssen. Weil Dominik wieder Party im *Apfelbaum* gemacht hatte, ohne daran zu denken, dass sie zu Hause mit den Kindern auf ihn wartete. Wie viele Male sie mitbekommen hatte, wie er sich von anderen Mädels – zumindest hatte hofieren lassen. Wie sie Augen und Ohren vor dem Tratsch verschloss, der ihm und Sybille Klein eine Affäre andichtete. Oder die Affäre der beiden verriet, wer konnte das schon wissen. Gebatsche war in Hohenlohe wie überall auf der Welt selten gänzlich ohne Auslöser, meist gab es zumindest einen kleinen Skandal, etwas latent Unanständiges, das dann zwar aufgebauscht wurde, aber im Kern vorhanden war. Vielleicht war sie mit schuld an dem Mord, weil sie Anja all das erzählt hatte. Und Anja hatte schon immer einen extremen Beschützerinstinkt für sie gezeigt und sie immer verteidigt. Vielleicht war sie mit schuld. »Stefanie, ist alles okay?«, fragte Anja, und ihr Ton verriet, dass es wohl nicht das erste Mal war und dass Stefanie die vorigen Male wohl überhört hatte. »Was, ich ...

jaja, alles okay«, sagte die junge Witwe tonlos. Sie schüttelte den Kopf, um die bösen Gedanken zu vertreiben. Aber die Gedanken ließen sich nicht vertreiben, sie blieben. Sie waren wie ein bösartiger Parasit, der sich in ihren Eingeweiden eingenistet hatte, sich von ihr nährte und stetig wuchs. Sie würde mit Anja später darüber reden müssen. Dann ging sie ins Kinderzimmer, um ihre Kinder zu holen.

Die Glocke der Friedhofskapelle des Friedhofs Altenmünster läutete dumpf. Kaum ein Friedhof in Crailsheim war so weitläufig, denn Altenmünster war einer der größten Stadtteile. Heiko und Lisa hatten in einer der hinteren Stuhlreihen Platz genommen. Es war bitterkalt, kleine Heizöfen spendeten nur sehr spärlich gerade so viel Wärme, dass man nicht den Eindruck hatte, sich direkt im Freien zu befinden. Die kleine Kapelle war zum Bersten voll, einerseits mit Familie und Freunden, Lisa entdeckte auch einige Schornsteinfeger, die ihre – passenderweise schwarze – Berufskleidung trugen. Den größten Anteil der Trauergemeinde bildeten jedoch wohl die Neugierigen. Eher ungewöhnlich für die Gegend war die Urne, die in einem Meer von Blumen und Kränzen kaum zu sehen war. Lisa und Heiko saßen neben einem älteren Ehepaar, das so wirkte, als hätte in der Ehe die Frau das Sagen. Sie war etwa doppelt so breit wie ihr Mann, ein kleines Männchen mit schütterem Haupthaar, das die verbliebenen Haarsträhnen mit Haarwasser ordentlich über die Glatze geklebt hatte. Sie hingegen trug das Haar zu einer kurzen Dauerwelle gelegt. Ihren massigen Körper umwogten unter dem leicht geöffneten Mantel ein weiter bauschiger Rock und eine Bluse, bei der sie gar nicht erst den Versuch unternommen hatte, sie in den Rock zu stecken, was auch wirklich sehr unvorteilhaft gewirkt hätte.

»Jetzt hat die den verbrenna lassa«, meinte der Mann wispernd im Tonfall von »Schade eigentlich«. Lisa grinste.

»Des mecht mer doch net!«, tadelte die Frau und schnalzte mit der Zunge.

»Ha, mi hätt jetz halt des Louch interessiert«, meinte der Mann.

»Scht! Also Kurt!«

»Wieso! Des deff ii doch soocha.«

»Nooh, des deffsch net. Also waasch. Des kou doch die macha, wie se will. Wenn die ihrn eichena Mou ouzinda lassa will, no kou se des doch macha.«

»Jetz sooch bloß, des hätt dii net interessiert«, unterstellte der Mann.

Die Frau schwieg kurz und flüsterte dann: »Ha, ii hätt mer des scho ouguggt. Aber mir wär's bloß drum ganga, mich von dem arma Kerle zu verabschieda.«

»Klar!« Nun schnaubte das Männchen und fügte hinzu: »Des glaabsch ja woll selwer net. Mir kenna denn doch gor net.«

»Der wor unser Schlotfecher«, behauptete die Frau. »Und do kennt mer sich ja woll.«

Ein weiterer Kranz wurde hereingetragen. Einer von der Schornsteinfegervereinigung, wie Lisa auf der Schleife las.

»Hätt unser Inschdallateur an Herzinfarkt und däd

sterwa, dädsch no aa uffd Beerdigung wella?«, bohrte der Mann weiter.

»Jetz här uff mit dem Gschwätz. Was soochan doo d' Leit!« Sie warf einen prüfenden Blick zu Lisa, die aber weiter stoisch geradeaus blickte und höflicherweise so tat, als hätte sie von dem Gespräch nicht das Geringste mitbekommen.

Minuten später eröffnete der Sängerbund Altenmünster/Ingersheim die Trauerfeier mit dem Lied »Ich hatt' einen Kameraden«, was inhaltlich ja nicht wirklich zu einem grausamen Mord passte und auch kaum einen religiösen Anstrich hatte, allerdings so rührselig war, dass diverse Trauergäste ihre Taschentücher zückten und pflichtschuldig schnieften. Anschließend hielt der Altenmünsterer Pfarrer eine kurze Predigt, in der er betonte, dass das Leben mit dem natürlichen Leben nicht zu Ende sei und dass Dominik Winter nun bei Gott sei. Die Witwe hielt die ganze Zeit den Blick gesenkt, und Lisa vermutete, dass sie weinte und nicht wollte, dass alle es sehen konnten. Links von ihr saß ein älteres Ehepaar, vielleicht ihre Eltern, und rechts von ihr ihre beiden größeren Kinder. Daneben ihre beste Freundin, ein zierliches Geschöpf, das die kleine Ines auf dem Arm trug und der jungen Witwe soeben einen freundlich-aufmunternden Blick sandte. Einen Platz weiter saß der alte Herr Winter, der keine Regung erkennen ließ, und in der zweiten Reihe folgten die Theaterleute.

Lisa dachte bei sich, dass das wohl der Pfarrer war, dem – ihrer Theorie nach – im Theaterstück eine Affäre mit der Dorfschönheit beziehungsweise einer Prostituierten angedichtet wurde, und schüttelte innerlich den Kopf. Der blonde schmächtige Mann mit dem dünnen Schnurrbart wirkte so brav und bieder, dass er erstens keinesfalls eine Affäre haben würde, andererseits auch wegen einer solchen Absurdität keinen Mord begehen würde. Der Pfarrer mahnte alle Gläubigen, ihr Leben zu Gott hinzuwenden, schließlich könne niemand wissen, wie lang oder wie kurz sein Leben dauern würde, das würde man ja am beklagenswerten Dominik Winter sehen. Anschließend sang der Chor »Mit Fried und Freud fahr ich dahin«, und der Pfarrer kündigte an, dass nun noch ein Kollege des Entschlafenen einige Worte an die Trauergemeinde richten wolle. Heiko dachte bei sich, dass der Begriff »Entschlafener« denkbar ungeeignet war, um Dominik Winter zu beschreiben. »Entschlafen«, vielleicht sogar sanft entschlafen, war er bestimmt nicht. Vielmehr war er grausam hingerichtet worden. Man konnte nämlich nicht wissen, wie viel er tatsächlich davon mitbekommen hatte. Denn er war wohl zumindest teilweise bei Bewusstsein gewesen, das hatten die Ulmer immerhin herausgefunden. Entschlafen war jedenfalls definitiv was anderes.

Ein alter Schornsteinfeger, den Lisa und Heiko noch nicht kannten und der irgendwie rotgesichtig wirkte, was wohl aus einem erhöhten Alkoholzuspruch resultierte, hielt eine tränenreiche Rede über den »guten Kerle Dominik«, der bei ihm damals das »ehrenwerte Schlotfecherhandwerk« erlernt habe und der immer zuverlässig und »so ein guter Kerle« gewesen sei. Die Rede erntete anerkennendes Nicken im Publikum. Der dicke alte Mann schniefte noch einmal, setzte kurz seinen zur Uniform gehörenden Zylinder ab, verneigte sich vor der Urne und ging zurück an seinen Platz. Erneut sang der Männerchor ein Lied – diesmal war es »Nun legen wir den Leib ins Grab« –, und dann ging die Trauergemeinde unter Glockengeläut in Richtung der letzten Ruhestätte von Dominik Winter.

Es war schneidend kalt. Überall lag Schnee, auf einigen wenigen wohl katholischen Gräbern brannten trübe die Totenleuchten, die trotz ihrer roten Farbe funzelig wirkten. Sonst gab es kaum Licht an diesem grauen Dezembertag. Es hatte wohl minus fünf oder zehn Grad, und nun begann es auch noch zu schneien. Allerdings fielen keine Bilderbuchflocken, sondern vielmehr feine, schneidend kalte Kristalle, die auf der Haut sofort schmolzen und dazu gemacht schienen, die qualvolle Stimmung zu verstärken. Hinter dem Pfarrer ging der Schornsteinfeger, der die Ansprache gehalten hatte, würdevoll und verhalten schluchzend. Es folgte die Witwe, gestützt von ihrer Freundin, die auch die Jüngste trug, an der Hand die anderen Kinder. Gleich dahinter kamen ihre Eltern und der alte Winter, alle mit stoischen, verschlossenen Mienen, die Frau mit der Hand auf der Schulter ihrer Tochter. Anschließend folgte etwa ein Dutzend uniformierter Schornsteinfeger in Paradeuniform. Das Licht schien mit einem Mal noch trüber zu werden und verlieh dem Trauerzug etwas Surreales. Schließlich blieb der Pfarrer vor einem frisch ausgehobenen kleinen Urnengrab stehen. Es war Heiko ein Rätsel, wie es die Friedhofsmenschen geschafft hatten, bei diesen Temperaturen und dem steinhart gefrorenen Boden ein Grab auszuheben. Da musste wohl ein Presslufthammer oder Ähnliches im Spiel gewesen sein. Der Schornsteinfegermeister stellte die Urne auf eine spezielle Vorrichtung, die das vasenähnliche Gefäß samt seinem Inhalt zu seiner letzten Ruhestätte hinabsenkte. Der Mann lüftete seinen Zylinder und verharrte kurz und andächtig, bevor der Pfarrer wieder ans Grab trat und Dominiks sterbliche Überreste endlich der Erde übergab.

Geduldig ertrug die junge Witwe zusammen mit ihren engsten Verwandten anschließend die nicht enden wollenden Kondolenzen von Leuten, die ihre Freunde waren, aber auch von Bekannten und schließlich von Leuten, die sie definitiv nicht kannte. Schließlich löste sich die Freundin mit dem Baby von der Gruppe und kam auf die Kommissare zu. »Wir täten uns noch zum Leichenschmaus im *Rigi* in Oonza treffen, und da seid ihr natürlich herzlich eingeladen.« Das ließen sich die Kommissare nicht zweimal sagen. Denn auch wenn sie den Mörder zu 90 Prozent schon gefasst hatten – ein Geständnis hatten sie schließlich noch nicht, und es konnte nie schaden, sich noch ein bisschen umzuhören.

Das *Fränkische Rigi* lag, ebenso wie die *Rose*, in Onolzheim direkt an der Ortsdurchfahrt und war nach derjenigen Wirtschaft benannt, die es früher auf dem Burgberg gegeben hatte. Üblicherweise ging man in Altenmünster nach Beerdigungen immer zum *Wieland*, der aber leider vor einigen Jahren dichtgemacht hatte. Die kleinen Restaurants und Kneipen auf den Dörfern starben reihenweise aus, was eigentlich schade war. Auch Silvio, der italienische Restaurantbesitzer, den die Kommissare in ihrem ersten gemeinsamen Fall, dem Mord an einem Kleintierzüchter, kennengelernt hatten, hatte sein *Da Silvio* in Tiefenbach inzwischen geschlossen und half nur noch hobbymäßig ab und zu bei einem Crailsheimer Kollegen aus. Sowohl die *Rose* als auch das *Rigi* hatten aber ihre feste Stammkundschaft, getreue Onolzheimer beziehungsweise Oonzamer, und würden wohl so schnell nicht kapitulieren müssen. Wie bei Beerdigungen auf dem Land üblich, kam eine große Trauergemeinde mit zum Leichenschmaus. Und es waren alle da. Die Familie, die Theaterleute, die beiden Autoren, die Kollegen. Und die Nachbarn und entfernten Bekannten sicherlich auch. Die Leute saßen um die Tische herum und unterhielten sich angeregt, nicht so, als wäre grad einer gestorben, aber das war ja sowieso immer das Seltsame bei solchen Feierlichkeiten. Gerade hatte man einen seiner Liebsten begraben, und eine Stunde später saß man in einem Restaurant, unterhielt sich und aß Würstchen mit Kartoffelsalat, ein Gericht, das an Banalität kaum zu überbieten war. Vielleicht war es aber auch gerade gut, dass man sich in dieser Situation Banalem, Essenziellem wie der Nahrungsaufnahme widmete. Denn das sorgte dafür, dass man nicht ins Grübeln geriet.

Lisa und Heiko saßen neben dem dicken Schornsteinfeger, der die Trauerrede gehalten hatte, und dem Ehepaar Häußler. Gegenüber saßen zwei Ehepaare, die sich beständig nur miteinander unterhielten und ihre Gegenüber keines Blickes würdigten, sich nicht einmal vorgestellt hatten. Die Obertheaterfrau hatte hingegen dafür gesorgt, dass sie neben den Beamten zu sitzen kam. Denn auf diese Weise war sie direkt an der Informationsquelle.

»Die Stefanie is a ganz Hübsche«, meinte sie gerade zu Lisa. »Uff en zwaata Blick, wissas. So a Bsondere, gell?«

Lisa, die gerade so viel Hohenlohisch verstand, dass sie den Sinn des Gesagten ungefähr begriffen hatte, stimmte zu. »Ja, finde ich auch. Sie hat so was Melancholisches.«

»Des dud mer sou laad fir des Maadle«, fügte die Häußlerin hinzu und schüttelte theatralisch die kurzen Locken. »Mit drei Kiind, denk amol!«, sagte sie zu ihrem Mann, der soeben bei der Bedienung ein Engel Kellerbier bestellte.

»Aber sie hat ja Unterstützung«, gab Lisa zu bedenken, »immerhin.« Sie meinte das zarte, blonde Geschöpf, das sich neben der jungen Witwe niedergelassen hatte und sich hingebungsvoll um die Frau kümmerte, die so aussah, als würde sie jede Sekunde einen Nervenzusammenbruch erleiden.

»Der Dominik wor a reechder Kerle«, meinte der Schornsteinfeger neben Heiko und trank einen Schluck Weißherbstschorle. Heiko nickte.

»Woher kennen Sie den?«

Der Mann nahm noch einen Schluck, strich sich dann über die goldbeknopfte, wegen des Bauchs stark gewölbte Weste und antwortete dann: »Der hat bei mir glernt.«

»Ah«, machte Heiko und beschloss, den Mann etwas weiter auszuhorchen.

»Und wie hat er sich so angestellt?«

»Priiima!«, versicherte der Mann. »Do hat mer nie was soocha kenna.«

Lisa wusste bereits, dass »Do kou mer nix soocha« oder die Perfekt-Form »Mer hat nix soocha kenna« in Hohenlohe für höchstes Lob stand. Denn die Hohenloher lebten nach dem Prinzip »Nix gsocht is gloubt gnuach«. Ergo war es als Lob absolut ausreichend, wenn man sich nicht beschwerte.

»So, hat er sich gut angestellt, ja? Jetzt hat er ja sogar seinen eigenen Bezirk gehabt«, lockte Heiko.

Der Mann hob einen Finger, der trotz seiner übrigen Leibesfülle seltsamerweise nicht wurstig, sondern eher dürr wirkte. Von der Geste her erinnerte er dadurch ein wenig an den Lehrer Lämpel aus den gesammelten Werken von Wilhelm Busch. »Und des schafft net jeder, des sooch ii eich.«

»Hm!«, machte Heiko und hoffte, dass das als Aufforderung zum Weiterreden reichen würde. Funktionierte aber nicht. Sie hatten es hier wohl eher mit der verschlossenen Sorte Hohenloher zu tun. »Wir haben schon gehört, dass es mit der Bezirksvergabe nicht so ganz mit rechten Dingen zugegangen ist«, meinte Heiko.

»Wie moona Sie des?«, fragte der Schornsteinfeger zurück.

»Ha. Mir ham ghört, dass der Dominik do aweng gmauschelt hat. So ein paar Sachen in die richtigen Ohren geflüstert hat. Anscheinend waren ja noch der Stoll und der König im Rennen.«

Der Schornsteinfeger winkte ab, trank noch einen

Schluck Schorle und sagte dann: »Des verzeilas halt. Des glaab ii net. Und die andera zwaa henn aa koon Daach.«

»Doch, doch«, beharrte Heiko. »Des ham mir von verschiedenen Zeugen ghört.«

Nun musterte der alte ›Schlotfechermeischder‹ Heiko und meinte dann pikiert: »Sie, junger Mann, mir sind hier auf einem Leichenschmaus. Moona Sie, dass ii jetz hier schlecht iwwer den Bua schwätz?« Er schüttelte theatralisch den Kopf, was die Fettfalten an seinem Hals zum Wackeln brachte. »Ii sooch nix Schlechts iwwer den. Der woor a reechder Kerle.«

Als die Bratwurst kam, erübrigten sich die meisten Gespräche sowieso. Der alte Herr Winter erhob sich und brachte einen Toast auf seinen Jungen aus. Alle tranken, und dann stürzten sich alle außer Stefanie und ihre Freundin wie ausgehungerte Wölfe auf die Würste und den Kartoffelsalat, vielmehr den ›Eebirasalood‹.

Aus dem Schornsteinfeger war nichts mehr herauszukriegen, er war jetzt sozusagen schon beleidigt. Stattdessen war Frau Häußler beständig bestrebt, Informationen zum aktuellen Ermittlungsstand zu erfahren. Das ging Heiko nach einer Weile dermaßen auf die Nerven, dass er beschloss, eine rauchen zu gehen.

Die Luft schnitt ihm kalt ins Gesicht. Es hatte zu schneien aufgehört, aber heute war einer dieser bitterkalten Tage, an die man sich auch nach 30 Jahren Hohenlohe niemals gewöhnte. Es war Heiko rätselhaft, was die Leute dem Winter abgewinnen konnten. Der Winter war nichts für ihn. Im Winter war es kalt und trübe. Und Heiko war ein Sommermensch, der die Wärme und das Licht brauchte wie die Luft zum Atmen. Er zog seinen Mantel enger um sich, sein repräsentativer Mantel war eigentlich zu dünn für die Jahreszeit, aber es war sein einziger schwarzer. Er müsste sich demnächst mal beim Herrenmoden Friedrich einen neuen kaufen, einen für den Hohenloher Winter, der trotzdem was hermachte. »Nein«, hörte er plötzlich hinter der Häuserecke. Es war eine weibliche Stimme, und sie war hoch, hysterisch und laut. Die Stimme bemerkte offenbar ihre eigene Lautstärke und dämpfte sich selbst. Heiko ging ein paar Schritte zurück, so lautlos wie möglich im knirschenden Schnee, und lehnte sich beiläufig an die Hauswand. Er vermied es, weiterzurauchen oder auch nur zu atmen.

»Weißt du, ich war schon kurz davor, es der Polizei zu erzählen«, fuhr die Stimme fort.

Nun stieß eine andere Person, ebenfalls eine Frau, ein verächtliches Schnauben aus. »Wie bitte? Du spinnst wohl.«

»Ja, das hab ich zuerst auch gedacht. Aber je länger ich darüber nachdenke …«

»Was? Was denkst du? Ich hätte deinen Mann umgebracht? So ein Schwachsinn.«

Die andere Stimme schwieg einige Sekunden. Nachdenklich. Dann fuhr sie fort: »Wo warst du denn an diesem Abend, hä?«

»Ich muss dir nicht sagen, wo ich war«, gab die andere Stimme zurück.

»So! Warum sagst du es nicht?«

»Ich will eben nicht.«

»Es könnte durchaus auch eine Frau gewesen sein.«
»Du spinnst.«
»Wenn es dir um mich ging?«, unterstellte die andere Stimme.
»Gut. Du weißt jetzt, wie ich fühle. Ich weiß nicht, ob das gut war. Aber ich denke doch. Weißt du, ich quäle mich.« Heiko hörte, wie schwere Jackenstoffe raschelten, offenbar bewegten sich die beiden Personen.
»Fass mich nicht an«, meinte die andere Stimme wieder, gefährlich leise.
»Ich habe deinen Mann nicht umgebracht«, versicherte die andere, und der Ton wurde weinerlich.
»Davon bin ich nicht überzeugt.«
»Du bist verwirrt, und das verstehe ich«, unterstellte die zweite Stimme.
»Nein. Ich bin nicht verwirrt. Ich will nur mit niemandem zu tun haben, der meinen Mann auf dem Gewissen hat. Denn wenn du es genau wissen willst: Ich habe ihn geliebt. Ich war glücklich mit ihm. Und ich steh nicht auf Frauen, sorry.«
Schweigen. Ein Schniefen. Dann: »Du bist ungerecht.«
»Bin ich nicht. Es passt alles zusammen.«
Dann kam Stefanie Winter hinter der Hausecke vor und erstarrte, als sie Heiko sah. »So, Frau Winter«, machte Heiko, und er konnte in ihrer Mimik sehen, dass sie fieberhaft überlegte, ob er das Gespräch wohl mitbekommen hatte.
»Herr Kommissar«, meinte sie. Auf der anderen Hausseite kam nach einigen Sekunden die junge Frau

hervor, die sich immer neben der jungen Witwe platziert hatte, mit gesenktem Blick, der aber die Tränen, die auf ihrer Haut gefroren waren, nicht verbergen konnte. Sie grüßte nuschelnd und ging an ihm vorbei ins Haus. Die Witwe stand immer noch wie angewurzelt da. Offenbar war ihr das Ganze unendlich peinlich. »Es interessiert Sie vielleicht, dass wir einen Verdächtigen verhaftet haben«, erzählte Heiko. »Einen Schornsteinfeger, dem Ihr Mann die Stelle weggeschnappt hat.«

Stefanies Augen weiteten sich. »So?«, machte sie.

»Wir verhören ihn zurzeit. Es sieht gut aus. Er hatte die Gelegenheit, ein Motiv und kein Alibi. Und er hat versucht, abzuhauen.«

Im Hirn der jungen Witwe arbeitete es. Dann sagte sie: »Entschuldigen Sie mich«, und ging ins Haus, wohl um sich bei ihrer Freundin für ihre Unterstellungen zu entschuldigen.

SONNTAG, 13. DEZEMBER

Lisa und Heiko schliefen heute extra lang aus, mit dem guten Gefühl, einen Mörder gefasst zu haben, auch, wenn der noch nicht gestanden hatte und der letzte Beweis noch fehlte. Als die beiden sich gegen elf aus den zerwühlten Laken schälten, schien draußen die Sonne, und der Blick aus dem Fenster war schlichtweg umwerfend: Eine dicke, weich wirkende Schneedecke überzog den Garten und hatte allem ein sahniges Mützchen aufgesetzt. Die Sonne brachte den Schnee zum Glitzern wie tausend Diamanten, und die Vögel im Vorgarten tummelten sich am Vogelhäuschen, das Heiko zu Beginn des Winters aufgestellt hatte. Bei einem Kaffee beschlossen die beiden, einen Spaziergang zu unternehmen, und zwar zum Mühlenfest nach Neidenfels.

Auch Sita war die gute Stimmung anzumerken, der Hund bellte, tollte hüpfend durch die Schneeberge, um dann prustend mit weißer Schnauze wieder aufzutauchen. Lisa und Heiko gingen die Straße entlang, dann das Gängele runter, am Kindergarten und an der Kirche vorbei, hoch zur Schule, und da waren die Felder. Der Anblick war umwerfend. Die Luft war kalt, aber kristallklar. Der Himmel war von einem so tiefdunklen Blau, dass man hätte meinen können, sich im Hochsommer in der Ägäis zu befinden. Die Felder waren mit einer schimmernden Schneedecke überzogen, und auch hier dieses Glitzern, dieses betörende, sinnesberauschende Gleißen. Heiko ließ Sita von der Leine – der Wald war noch ein gutes Stück weg – und der Hund wetzte los, zog seine Kreise im Schnee, wälzte sich prustend, heißen Hundeatem vor dem Maul, überglücklich. Heiko legte den Arm um Lisa und zog sie zu sich heran, spürte die Wärme ihres Körpers durch den Mantel. Sie folgten dem Weg – schließlich leinte Heiko den Hund wieder an – und passierten einen Weiher, der mit einer dicken Eisschicht überzogen war und den halbhohe Bäume umstanden, deren kahle Äste im Sonnenlicht vor lauter Schnee glitzerten. Lisa betrat probeweise den Weiher und lief ein paar Schritte, schlitternd, glücklich wie ein Kind. Dann endlich gingen sie am Waldrand entlang, entdeckten sogar noch vor Sita ein Reh zwischen den Bäumen, das erschreckt das Weite suchte, als der Hund bellte. Sie kamen endlich an der neuen Landstraße heraus, die um den alten Steinbruch einen großen Bogen machte, damit dieser erweitert werden konnte. Von der Landstraße aus war es nicht mehr weit bis nach Neidenfels. Das Erste, was man sah, war die alte Burg, die auf dem gegenüberliegenden Hügel auftauchte und ihr Turmdach in den Himmel reckte.

»Was heißt eigentlich Neidenfels?«, fragte Lisa. »Hat das was mit Neid zu tun?«

Heiko schüttelte den Kopf. »Es gibt zwei Theorien. Entweder kommt es von ›Nidenfels‹ und bedeutet ›der untere Fels‹, weil es noch einen höheren gibt. Oder es kommt von ›nit‹, was ›Neid‹ heißt und auf die Nachbarschaftszwistigkeiten anspielt.«

»Woher weißt du das denn?«, staunte Lisa.

»Mein alter Geschichtslehrer hat da mal einen Vortrag drüber gehalten.«

»So.«

Schweigend folgten sie der Landstraße, betraten endlich den Ort und passierten die Brücke, unter der die Jagst rauschte, klare und milchig blauweiße Eisränder am Ufer. Vorbei an einigen Hasenställen gelangten sie schließlich zur Mühle. Es handelte sich um eine Mehl- und Holzmühle, und die Besitzer richteten mehrmals im Jahr ein Mühlenfest aus. Lisa und Heiko betraten den niedrigen, aber recht großen Raum, der gut besetzt und schön dekoriert war. Auf Bierbänken saßen wohl mehr als 50 Leute, es roch nach Bratwurst mit deftigem Sauerkraut. Sie setzten sich auf eine Bierbank zu Leuten, die sie noch vom letzten Tiefenbacher Maibaumfest kannten, und bestellten Bratwurst mit Kraut und Brot, für Sita nur eine Wurst, und es schmeckte ganz wunderbar, dazu tranken sie echten Hohenloher Mouschd. Außerdem gab es an diesem Tag noch ein ganz besonderes Schmankerl, nämlich trat in einer Ecke des Raumes der Wiesenbacher Kurt Klawitter mit seinen »Mostpiloten« auf. Neben »Johkurt, Paulaner und Mannequin« sowie »Annâweech« war die Band eine der Koryphäen der Hohenloher Mundartdichtung. Kurt beendete jedes seiner Lieder mit einem überaus hohenlohischen »Sou«, animierte das Publikum zum Mitsingen – allerdings wurde man stets ermahnt, nicht zu früh einzusetzen –

»Sonschd versaut ihr's«. Das Repertoire von »Kurt Klawitter und die Mostpiloten« reichte dabei von Liedern wie »Mir fährt a Depp voraus« über Romantisches wie »Jetz lang halt nou, mensch, Mou!« bis zu überaus Poetischem wie der »Kalta Windernoochd«. Beim letzten Lied kuschelte sich Lisa an Heiko und sogar Sita lauschte ergriffen. Kurt Klawitter und die Mostpiloten erhielten frenetischen Beifall.

Gegen 15 Uhr brachen die beiden Kommissare und der Hund wieder auf. Allerdings nicht gleich, denn Lisa entdeckte das Mühlenhäuschen, das Produkte der Mühle und der Region anbot. Das Häuschen war nicht mehr als eine kleine, kaum zwei Quadratmeter große Holzhütte, in der man sich selbst bediente und das Geld in einen Briefkasten an der Wand warf. Aus den Augenwinkeln beobachtete einen dabei der Familienhund der Mühleninhaber, ein Berner Sennenhund, der wohl das gegenüberliegende Grundstück verteidigte, im Moment aber glücklich hechelnd im Schnee lag und sich für Sita zu deren Leidwesen nicht die Bohne interessierte. Da gab es Buchstabennudeln, feinstes Mehl, graachte Broodwirschd, die obligatorische Büchsenwurst und Bio-Gummibärchen. Lisa bestand darauf, zumindest eine Packung Mühlenmehl mitzunehmen, die Heiko dann nach Hause tragen musste.

Zu Hause angekommen, hatte Lisa auch gleich eine Idee – schließlich hatten sie ja noch keine Weihnachtskekse. Sofort korrigierte Heiko, das hieße nicht ›Kekse‹, sondern ›Breedlich‹. Lisa verdrehte lachend die Augen und machte einen Teig aus dem guten Mühlenmehl, stach schließlich nach einigem Suchen nach Ausstechformen aber keine Sterne, Tannenbäume und Glocken aus, sondern zu Heikos großem Amüsement Katzen, Hunde und Kaninchen. »Wo hast du die denn her?«, wollte Heiko wissen und hielt die Kaninchen-Ausstechform hoch. »Vom Eberl, woher sonst«, antwortete Lisa. »Ich wollte schon lange Kekse backen.«

»Breedlich.«

»Ja. Breedlich.«

Heiko grinste. »Ausstecherle, um genau zu sein.« Lisa schob bald das erste Backblech in den Ofen. Die Hunde, Katzen und Kaninchen wurden anschließend noch mit Eigelb bepinselt und erhielten Nikolausmützchen aus Zuckerfarbentuben, die sie ebenfalls aus der Schublade hervorzauberte.

Abends machten sie es sich mit einem Glühwein vor dem Fernseher gemütlich, kuckten den *Tatort* und naschten die frischen Ausstecherle.

Unterdessen saß Hanna Stoll zu Hause und versuchte, nicht in eine Depression zu verfallen. Ihr Mann hatte sich schon vor Jahren eine andere gesucht, eine Tschechin, aber es war okay gewesen. Sven war bereits aus dem Gröbsten heraus gewesen und war damit ganz gut klargekommen. Und sie eigentlich auch, denn die Liebe war schon lange aus ihrer Ehe verschwunden und das Zusammenleben nur noch eine reine Zweckgemeinschaft. Sie hegte den Verdacht, dass sie damit in ihrer Generation nicht alleine waren, denn früher hatte man schnell geheiratet, zu schnell. Man war froh, dass man jemanden gefunden hatte, den man mochte, in den man vielleicht sogar verliebt war. Jahre später stellte sich dann oft heraus, dass man eben doch nicht so gut zusammenpasste, wie man gedacht hatte. Oder gar nicht. Und dann quälte man sich und verbrachte sein Leben im Unglück. Denn was würden denn da die Leute sagen, wenn man sich scheiden ließe. So etwas tat man doch nicht. Aber es war okay gewesen, als er gegangen war, und insgeheim hatte sie auch auf eine neue Liebe gehofft, ihr erster Gedanke, als ihr Mann ihr seine Entscheidung mitgeteilt hatte. Es hatte sich jedoch nichts ergeben, und auch das war nicht so schlimm gewesen, denn sie hatte ja Sven.

Sie griff zum Weinglas, das neben ihr stand, und nahm einen tieferen Schluck, als sie es üblicherweise tat. Nur jetzt war alles Scheiße. Wenn Sven ins Gefängnis musste, dann war sie wirklich allein. Sie war ihm dankbar, dass er noch nicht ausgezogen war, und sie wusste, er tat es für sie. Für sie wohnte er unten in seinem Jugendzimmer im Keller. Dass er dieses komische Grünzeug rauchte, damit konnte sie leben. Heutzutage gab es viel schlimmere Drogen, und schließlich wurde Haschisch ja auch in der Medizin eingesetzt, da konnte es so schlimm nicht sein. Der Hund kratzte an der Hintertür, sie hatte ihn hinausgelassen, er tobte gern im verschneiten Garten. Nun blickte er sie durch die Glastür an mit nach oben gezogenen Lefzen und sah aus, als würde er sie liebevoll anlachen. Als wolle er sie aufmuntern. Ein Lächeln stahl sich auf ihre Lippen, als sie dem Hund die Tür öffnete, dieser freudig und schneeverschmiert an ihr hochsprang und sich schließlich mitten auf dem Wohnzimmerteppich trocken schüttelte. Und dann klingelte ein Handy. Zuerst war sie vollkommen irritiert, denn sie hatte ja keines. Dann fiel ihr ein, dass es das Handy ihres Sohnes sein musste, denn das hatte er ja zu Hause liegen lassen. Sie beeilte sich, sie wollte unbedingt wissen, wer ihren Jungen anrief. Nach vier Sekunden fand sie das Handy auf dem Buffet im Flur. Und dann nahm sie ab.

Sybille Klein saß auf dem Sofa und linste verstohlen auf ihr Handy. Eine SMS von ihm! Sie sah sich um, wo Matze gerade war. Keine Gefahr, bei genauem Lauschen hörte sie, dass die Dusche rauschte. Sie öffnete die SMS. Wie immer war sie nicht etwa in lauter Kleinbuchstaben oder einem wilden Mix aus Groß und Klein verfasst, wie die meisten Leute das taten. Nein, vielmehr war sie perfekt in Grammatik und Rechtschreibung. Sybille Klein bewunderte ihn, wie gebildet er war und wie viel er wusste. Sie liebte es, ab und zu in diese Welt einzutauchen, in diese kultivierte, abgehobene Welt. ›Oh Julia, hörst Du nicht die Nachtigall? Sie ruft uns morgen Abend zum Ballett nach Stuttgart. Antworte mir, o Geliebte. Dein Romeo!‹, lautete die Nachricht. Sybille unterdrückte ein Kichern, las die SMS noch einmal, weil sie so schön, witzig und geistreich war, und löschte sie dann mit einigem Bedauern. Nach dem Erlebnis von neulich, über das sie mit niemandem gesprochen hatte, nicht sprechen konnte, saß eine nagende Angst tief in ihr, hatte sich richtiggehend festgesaugt und war nicht mehr zu lösen. Angst vor ihrem Mann, vor Matze. Sie ertappte sich dabei, wie sie beobachtete, wo seine großen Hände waren, die Hände, die sie so schmerzhaft hochgezogen und geschlagen hatten. Sie erinnerte sich, wie diese Hände früher zärtlich und liebevoll gewesen waren, wie sie sie liebevoll gestreichelt hatten. Und sie taten es noch. Nur dieses eine Mal hatten sie es eben nicht getan, und daher kam die Angst.

Sybille hatte keine Ahnung, was passieren würde, wenn Matze eine von *seinen* SMS finden würde. Und sie wollte es auch nicht wissen. Noch immer rauschte die Dusche, trotzdem drehte sie sich noch um, um sich zu vergewissern, dass er nicht hinter ihr stand. Dann tippten ihre langen Fingernägel schnell und gekonnt: ›Oh Romeo, mein Romeo. Deine Geliebte harret Deiner! Triff mich, wenn die Sonne untergegangen ist (um sechs?), an der gewohnten Stelle‹. Sie las die SMS noch einmal, um sie auf Rechtschreibung zu überprüfen, drückte dann auf ›Senden‹ und löschte die Nachricht gleich anschließend. Und dann stand er hinter ihr. Er beugte sich zu ihr hinab, schlang von hinten die Arme um sie und drückte ihr einen kleinen Kuss auf die Wange. Er roch gut, aber sie wusste, dass das nur sein teures Duschgel war. »Wer war das?«, fragte er launig ohne echtes Interesse. Trotzdem schnellte in Sybille das Adrenalin hoch. Sie zwang sich zur Ruhe, streichelte seinen starken Unterarm und sagte: »Nur Becki. Wir gehen morgen Abend weg. Ist das okay für dich?« Er umfasste sie noch fester, dann sagte er: »Klar. Macht doch. Habt Spaß.« Sybille drehte sich zu ihm um, und dann sah sie, dass er noch nass war, tropfnass. Die Wassertropfen perlten von seiner Haut, die sich seidig über seinen Muskeln spannte, ab. Er war ganz nackt und grinste sie an, dieses verführerische Grinsen, das sie so an ihm geliebt hatte, immer. Sie musterte seinen Körper weiter und schnalzte mit der Zunge. Er sah gut aus, ihr Matze, wie ein echter Mann. Und dann kam er zu ihr aufs Sofa.

»Notrufzentrale Crailsheim?«, sagte die Stimme.
»Hallo? Ist da die Polizei?«, fragte die Frau.
»Ihr Name und Ihr Standort bitte?«, sagte die Stimme, und sie hätte ein bisschen wie eine Bandansage geklungen, wäre da nicht dieser latent hohenlohische Einschlag in der Intonation gewesen.
»Stoll, Hanna. Satteldorf.«
»Wie viele Verletzte und welche Art der Verletzung?«, leierte die Stimme geübt.
»Was? Nein, niemand ist verletzt, ich wollte die Polizei sprechen. Mein Sohn wurde verhaftet, und ich …«
»Meine Dame, das hier ist die Notrufnummer. Ich gebe Ihnen die Durchwahl des Crailsheimer Polizeireviers«, tadelte die Stimme nun sanft.
»Ach, ach so, ja, also bitte …«

MONTAG,
14. DEZEMBER

Die beiden Kommissare hatten sich wieder den jungen Schornsteinfeger zum Verhör geholt, wieder saß der Anwalt daneben und leierte seinen Satz, und dies mit einer Vehemenz, die in Heiko so langsam Aggressionen weckte. Der junge Mann hingegen wirkte einigermaßen verstört. »Ich war das nicht«, versicherte er soeben wieder, und sein Ton war etwas weinerlich.

»Ich werde Ihnen sagen, wie es war«, meinte Heiko unerbittlich. Die Tasten von Frau Bruckers Laptop klackten im Takt. »Sie waren unglaublich wütend, dass Dominik Winter Ihnen diesen Job weggeschnappt hat. Da haben Sie sich schon vor der Probe in die Turnhalle eingeschlichen und den Obstler mit dem *Vetidorm* vergiftet. Dann haben Sie sich irgendwo versteckt und gewartet, bis Dominik Winter weggetreten war. Und der Rest war leicht, Sie haben die Nagelpistole genommen, sie ihm auf die Stirn gesetzt und dann ...«

»Nein«, widersprach der Schornsteinfeger, »nein, nein, nein! Nein, verdammt noch mal!« Der Anwalt legte seinem Mandanten eine Hand auf den Arm und meinte dann: »Das können Sie sowieso nicht beweisen. Sie haben nichts in der Hand.«

»Wir haben das Fläschchen«, hielt Heiko dagegen, nicht zum ersten Mal, und es beschlich ihn das Gefühl, als drehe er sich im Kreis. »Und er hat ein 1-A-Motiv. Und er....«

Ein Klopfen unterbrach Heikos eher unmotivierten Redeschwall. Lisa sah ihn irritiert an, und sogar Frau Brucker blickte auf, um zu sehen, wer es da wagte, eine Vernehmung zu stören. Es war Simon, der jetzt den Kopf zur Tür hereinstreckte und sagte: »Heiko und Lisa, kommet ihr amol bitte?«

Simon führte die beiden Kommissare in sein Büro, wo er sie um das Telefon versammelte. Die Anlage war auf Lautsprecher, und eine Stimme sagte: »Hallo? Sind Sie noch dran, Herr Kommissar?«

»Frau Stoll, die Kollegen sind jetzt da«, meinte Simon. »Wenn Sie noch ainmal wiederholen täten, was Sie mir gerade gesagt habän.« Heiko platzte fast vor Lachen bei Simons Versuch, mit der Anruferin Hochdeutsch zu reden.

»Ich hab ja gestern Abend schon angerufen, und der Kollege hat gesagt, Sie kämen erst heut Morgen wieder. Also. Mein Junge kann es nicht gewesen sein«, behauptete Frau Stoll.

»Wieso?«, meinte Heiko kurz und bündig.

»Gestern Abend hat eine Nadine Großmann angerufen und gemeint, sie und mein Junge würden zweimal in der Woche telefonieren. Sie kennen sich aus einem dieser Internet-Spiele, sie sei da eine Elfe und er ein ... keine Ahnung, irgend so ein Viech.«

»Ja und?«

»Und die junge Dame hat gemeint, sie hätte auch am Sonntag mit meinem Jungen telefoniert, den ganzen Abend lang.«

Heiko fluchte leise vor sich hin. Es war so einfach gewesen, hatte so eindeutig ausgesehen. Nun, er hätte auch von unterwegs telefoniert haben können. Was aber wohl kaum sinnvoll wäre, wenn er sich hinter den Kulissen vor seinem Opfer verstecken wollte, hielt Heikos innere Stimme sofort dagegen. »Wo wohnt die Frau?«, fragte er.

»In Obersontheim.«

»Dann muss sie herkommen«, meinte Heiko.

»Habän Sie die Nummer der Dame, Frau Stoll?«, sagte Simon wieder in der Nähe des Telefons.

»Ja, die hab ich mir aufgeschrieben.«

Die beiden Kommissare beauftragten Simon damit, die junge Frau aufs Polizeirevier zu beordern und den Einzelverbindungsnachweis von Sven Stolls Handy zu besorgen, und gingen zurück zu ihrem Jetzt-nicht-mehr-ganz-so-Verdächtigen. Der saß mit verschränkten Armen tuschelnd mit seinem Anwalt im Verhörzimmer, daneben, so unbeweglich wie meistens, Frau Brucker. »So, Herr Stoll«, begann Heiko, »jetzt haben sich neue Entwicklungen ergeben.« Heiko sah, wie dem Anwalt der Schweiß ausbrach, und machte eine extra lange Pause, bevor er weitersprach. »Kennen Sie eine Nadine Großmann?«

Der junge Mann stutzte und meinte dann: »Na klar, die Nanni, wie telefonieren öfters.«

»Woher kennen Sie denn die junge Dame?«, forschte Lisa.

»Was soll das werden?«, blaffte der Anwalt nun misstrauisch.

»Ein Alibi, also halten Sie den Mund«, bestimmte Lisa. Sven blickte unsicher zu seinem Anwalt hin, der nickte ihm zu und machte eine auffordernde Handbewegung. »Wir kennen uns von ›Planet der Kampfkraft‹. Ein Online-Spiel. Sie ist eine Elf, und ich bin ein Ork.«

»Ein was?«, meinte Heiko.

»Ein Ork«, wiederholte Lisa. »Hast du denn niemals Herr der Ringe gesehen?« Heiko brummte, konnte schon sein, er erinnerte sich an einen grauhaarigen Typen mit Bart, der frappierende Ähnlichkeit mit seinem Onkel Sieger gehabt hatte. An viel mehr aber auch nicht, dazu war der Film schon zu lange her.

»Jedenfalls kennen wir uns aus diesem Spiel. Und da telefonieren wir ab und zu miteinander.«

»Wann haben Sie denn das letzte Mal telefoniert?«, wollte Lisa wissen.

Der junge Mann schüttelte den Kopf. Der Anwalt war cleverer. »Etwa zur Tatzeit?«

»Die Zeugin behauptet das«, gab Lisa zu. »Sie muss es jetzt nur noch bestätigen. Eine Aussage machen. Und es wäre hilfreich, wenn Sie sich ebenfalls erinnern könnten, Herr Stoll.«

Der junge Schornsteinfeger schüttelte nur leicht den Kopf.

Eine Stunde später saß eine Frau im Verhörzimmer, die so gar nicht zur Rolle der Elfe passte. Sie war klein und untersetzt, eine wallende, bunt gescheckte Tunika und eine weite Haremshose verbargen ihre allzu üppigen Rundungen.

»Also, Frau Großmann«, eröffnete Heiko.

»Was haben Sie noch mal am Sonntagabend gemacht?«

»Ich hab telefoniert. Mit dem Sven.«

»So. Und von wann bis wann?«

»Von circa halb acht bis nach zwölf.«

»Das war aber ein langes Telefonat«, staunte Lisa.

»Andere chatten, wir telefonieren«, gab die junge Frau lakonisch zurück.

Stimmt, dachte Lisa bei sich, über einen sich über den ganzen Abend erstreckenden Chat würde sich heutzutage keiner mehr wundern. Die Zeiten hatten sich geändert. »Und um was ging es in Ihrem Gespräch?«

Die Augen der jungen Frau nahmen einen träumerischen Ausdruck an. »Och, um alles Mögliche. Ich kann mit dem Svenni über alles reden. Er ist sozusagen mein Seelenpartner.«

»Und worüber reden Sie dann so?«, beharrte Heiko.

»Über das Spiel. Über das Wetter. Über unsere Gedanken und Gefühle. Darüber, dass wir ein bisschen anders sind.«

»Wie anders?«

»Na, anders halt. Nicht so wie die meisten Menschen.«

Heiko dachte bei sich, dass das durchaus sein konnte. »Getroffen haben Sie sich aber noch nie?«, vermutete Lisa.

»Wir wollten uns mal treffen. Aber es hat sich noch nicht ergeben.« Es entstand eine Pause, und schließlich fragte die Frau: »Was soll er denn angestellt haben?«

»Er soll jemanden ermordet haben«, informierte Heiko lakonisch und beobachtete, welche Reaktionen dies bei der jungen Frau auslöste.

Es folgte ein albernes Kichern. »Der Svenni? Maximal im Online-Spiel. Dafür lege ich meine Hand ins Feuer.«

»Wir brauchen immer noch seinen Einzelverbindungsnachweis«, erinnerte Lisa.

»Ich liefere Ihnen den Beweis, dass er es nicht gewesen sein kann«, versprach die junge Frau und kramte in ihrer Tasche nach einem modern wirkenden Smartphone. Nach einigem Scrollen und Schieben hielt sie Heiko das Display vor die Nase. Darauf stand eine Nummer, die sich Heiko als Svens Nummer notiert hatte, und darunter: *06.12.2015, 19.33-00.07*. »Es reicht noch nicht ganz«, gab Lisa zu bedenken, »wir brauchen noch die Info, wo sich Sven zu diesem Zeitpunkt aufgehalten hat. Wo er telefoniert hat. Denn wenn das in Altenmünster war, dann könnte es immerhin sein, dass … na ja.« Lisa glaubte allerdings selbst nicht mehr so recht daran. Sie würden wohl weiter nach Dominiks Mörder suchen müssen.

Eine Stunde später war Sven Stoll frei. Die Auswertung der Mobilfunk-Daten seines Anschlusses hatte ergeben, dass er die ganze Zeit in Satteldorf gewesen war. Genauer ließ sich das nicht positionieren, aber Satteldorf war von Altenmünster eindeutig so weit weg, dass das als Alibi vollkommen ausreichte. Dazu kam noch die Tatsache, dass er sein Alibi ja nicht einmal selber geliefert hatte, sondern dass es ihm durch Zufall gegeben worden war. Daher waren hier Täuschungsmanöver irgendwelcher Art unwahrscheinlich. Und so kam der junge Schornsteinfeger frei.

Heiko und Lisa hatten beschlossen, in der Hütte beim *Götz* eine Pause zu machen, um den Kopf freizubekommen. Die Skihütte war natürlich keine echte Skihütte, vielmehr stand sie direkt vor der Liebfrauenkapelle, in Sichtweite des Optikers Götz, dessen Hobby das Betreiben dieser Hütte war. Die Hütte war sozusagen ein Café auf Zeit, in dem sich herrlich ein Glühwein und eine warme Suppe genießen ließen. Als sie die Hütte betraten, schob sich ihnen sogleich wohlige Wärme entgegen, die ihre warmen Mäntel augenblicklich unbequem werden ließ. Das Innere der Hütte war mit ausgestopften Tieren, rot karierten Stoffen, Hirschgeweihen und alten Fotos vom Skifahren in den Bergen dekoriert, was eine einigermaßen authentische Stimmung ergab, auch, wenn Lisa überzeugt war, dass eine echte Skihütte niemals so aufwendig dekoriert wäre. Ein Holzofen in der hinteren rechten Ecke glühte beinahe, und direkt am Eingang befand sich die Bar, wo man auch bestellen konnte. Heiko holte zwei Kinderpunsch – Alkohol durften sie im Dienst ja nicht trinken – und er und Lisa setzten sich an einen der Tische neben eine junge Familie, deren Kind mit zwei Autos auf der Tischdecke mit nervenaufreibenden »NÄÄÄÄÄÄÄN-NÄÄÄÄ-ÄÄÄÄN«-Geräuschen Rennen spielte.

»Und was machen wir jetzt?«, fragte Lisa und nippte am Punsch, der wohlig von innen wärmte. Heiko starrte missmutig in die violette Brühe. »Keine Ahnung.«

»Wer käme denn noch infrage?«, überlegte Lisa laut. Heiko kostete nun auch das Getränk. Es war gut und nicht zu süß.

Als er sich im Lokal umsah, fiel ihm plötzlich die Szene, die er beim Rauchen nach der Beerdigung am Vortag zufällig mitbekommen hatte, wieder ein. Er schluckte und meinte dann: »Weißt du, gestern hab ich was Komisches gehört.«
»Was denn?«
»Erinnerst du dich an die Freundin von der Stefanie Winter, die sie immer so unterstützt hat?«
Lisa nickte. »Rührend war das. Und?«
»Anscheinend will die was von der.«
»Wie?«
»Na ja, die will was von der. Was ist daran nicht zu verstehen?« Heiko trank wieder einen Schluck.
»Also du meinst so ... liebespaarmäßig? Die ist in die Stefanie *verliebt*?«
»Na, sooo ungewöhnlich ist das ja gar nicht«, meinte Heiko.
»Nein, das kommt schon mal vor«, gab Lisa zu.
»Der beste Beweis sitzt da drüben«, wisperte Heiko und wies auf das in einer Ecke der Hütte sitzende Pärchen Günter und Helmut. Die beiden sympathischen und überaus stylischen Männer wirkten immer extrem glücklich und waren in Crailsheim bekannt wie bunte Hunde, bei allen Partys und Festen dabei, immer da, wenn irgendwas los war. »Und jedenfalls hat die Stefanie ihrer Freundin unterstellt, sie hätte ihren Mann um die Ecke gebracht, woraufhin die geheult hat.«
»Was!«, entfuhr es Lisa. »Wie kommt sie denn darauf?«
»Anscheinend hat die Freundin kein Alibi. Sie hat dann ihre These aber wieder verworfen, nachdem ich

ihr erklärt habe, wir hätten den Mörder zu 90 Prozent schon.«

»So.« Lisa nippte wieder am Punsch, und Heiko betrachtete ihre schönen, küssenswerten Lippen. Er brauchte noch ein Weihnachtsgeschenk für seine Freundin, fuhr es ihm durch den Kopf, bald war Weihnachten, nur noch zehn Tage, und er hatte noch gar nichts. Lisa hatte sicher schon alles besorgt, sie war immer hervorragend organisiert. »Da wäre es doch sinnvoll, wir würden da mal nachhaken«, meinte Lisa.

Eine halbe Stunde später waren die beiden bei Stefanie Winter zu Hause. Die junge Frau wirkte immer noch todunglücklich und trug Schwarz. »Wie geht es Ihnen, Frau Winter?«, fragte Lisa mitfühlend, als sie auf dem Sofa saßen. Die Kleine hielt ihren Mittagsschlaf, hatte die Frau gemeint, und die beiden Großen hörte man im Zimmer spielen.

»Ganz gut«, meinte die junge Witwe und fügte dann hinzu: »So weit.«

Schweigen, in dem man nichts hörte als gedämpfte Laute aus dem Kinderzimmer. »Sie haben gestern gesagt, Sie hätten den Mörder?«

»Das hat sich wieder zerschlagen«, meinte Heiko, »der Mann hat wider Erwarten ein Alibi.«

Stefanie Winter sackte richtiggehend in sich zusammen: »Ach.« Dann, nach einer weiteren Pause: »Und jetzt?«

Heiko räusperte sich und meinte: »Frau Winter, ich konnte nicht umhin, noch einmal an die Szene von gestern zu denken.«

»Sie haben es also mitbekommen. Sie haben gelauscht.« Stefanie klang tadelnd.

»Glauben Sie mir, das war wirklich Zufall«, versicherte Heiko.

»Da unser Kandidat jetzt nicht mehr infrage kommt, ist Ihr Gespräch mit Ihrer Freundin für uns umso interessanter«, erklärte Lisa.

Stefanie Winter schwieg erst verstimmt, schnaubte kurz und sagte: »Ihr glaubt doch nicht ernsthaft, dass ich meiner Freundin das Messer in den Rücken stoße? Einer der wenigen Personen, die mich in dieser schweren Zeit unterstützen?«

»Offenbar haben Sie doch selbst Zweifel an ihrer Unschuld«, hielt Lisa dagegen, »sonst hätte es das Gespräch von gestern ja so nicht gegeben.«

Stefanie strich sich eine Haarsträhne aus dem Gesicht und meinte: »Ich ... ich war verwirrt. Nie im Leben glaube ich, dass Anja etwas mit dem Mord zu tun hat.«

»Anja – und wie weiter?«, fragte Heiko. Stefanie schüttelte den Kopf wie ein trotziges Kind. Lisa legte ihr die Hand auf den Arm. »Hören Sie«, meinte sie in beruhigendem Tonfall, »wenn Ihre Freundin nichts verbrochen hat, dann hat sie doch auch gar nichts zu befürchten.«

»Aber wenn sie kein Alibi hat, dann schon«, hielt Stefanie dagegen. Lisa versuchte es mit einer neuen Strategie. »Sie haben doch Ihren Mann geliebt. Und Sie haben Zweifel an der Loyalität Ihrer Freundin. Wollen Sie, dass der Mord an Ihrem Mann unaufgeklärt bleibt, und dass Sie sich für immer unsicher sind, was Ihre Freundin angeht?«

Eine Träne rann nun aus Stefanies Augenwinkel. »Sie liebt mich doch«, meinte sie mit weinerlicher Stimme.

Lisa nickte. »Und genau das ist ein gutes Motiv, nicht wahr?«

»Hat Ihre Freundin irgendwelche Haustiere?«, forschte Heiko.

»Nein. Aber sie hat mal ein Praktikum beim Tierarzt gemacht.« Sofort legte Stefanie die Hand auf ihren Mund, als wolle sie die Worte zurückholen.

»So. Bei welchem denn?«

Stefanie Winter schüttelte den Kopf und sagte nichts mehr außer: »Bitte gehen Sie jetzt.«

Vom alten Winter hatten sie Anjas Nachnamen erfahren und kurz darauf bei den beiden einschlägigen Crailsheimer Tierärzten nach den Praktikanten gefragt. Frau Meißner hatte nie eine Praktikantin mit diesem Namen gehabt, und in Tiefenbach in der Tierklinik Dr. Kunz war nur eine Azubine am Telefon, die erklärte, sie wüsste nicht, wie man so was nachschaut und ob sie diese Auskunft geben dürfe, und dass es gut wäre, wenn die Polizisten kurz vorbeikämen.

20 Minuten später standen die beiden Polizisten vor der Theke der hell und freundlich eingerichteten Tiefenbacher Tierklinik. Der abgetrennte Wartebereich war voll mit Leuten, die sich entweder angeregt unterhielten oder trübsinnig vor sich hin starrten und eisern schwiegen. Es handelte sich deshalb um eine TierKLINIK und nicht eine bloße TierARZTPRAXIS, weil die Ärzte dort rund um die Uhr verfügbar waren. Es gab eine Hotline, bei der

man zuerst angeben musste, ob man »mit einem Klein- oder einem Großtierarzt« sprechen wollte. Da Heiko nur Kleintiere hatte und weder Rinder noch Schweine noch Pferde, hatte er bisher immer den Kleintierarzt gewählt, wenn sein Alfred außerhalb der Sprechzeiten mal schlechte Laune hatte und er fürchtete, es ginge ihm nicht gut. Eine resolut wirkende Frau im grünen Kittel mit flottem rotem Kurzhaarschnitt und Brille eilte vorbei, begleitet von einer schlanken und ebenfalls bebrillten Blondine. »Entschuldigen Sie ...«, begann Lisa, aber die Frau, die sich gerade in astreinem Hochdeutsch über Maßnahmen beim Zwergkaninchen Haso beriet, war schon weitergeeilt und hatte sie offenbar gar nicht gehört. »Ich rufe den Chef«, meinte jetzt die Azubine, eine junge brünette Frau, der es offenbar peinlich war, dass sie der Polizei noch nicht hatte helfen können. Kurze Zeit später sah sich das hohenlohisch-westfälische Ermittlerteam dem glatzköpfigen Chef-Tierarzt gegenüber, der irgendwie cool wirkte. Er trug eine Wollmütze und ebenfalls eine Brille. Er war auch nicht im Mindesten ärztlich gewandet, sondern hatte einen schlabbrigen blauen Wollpullover und verwaschene Bluejeans an. Trotzdem oder vielleicht gerade deshalb wirkte er cool. »Grüß Gott, Herr Kunz«, grüßte Heiko und stellte sie beide vor.

Der Tierarzt nickte wohlwollend und fragte dann: »Wie kann ich Ihnen helfen?«

»Kennen Sie eine Anja Kellner?«, fragte Lisa. Heiko sah, wie die Sprechstundenhilfe die Ohren spitzte, und bat dann: »Können wir vielleicht irgendwohin gehen, wo man sich ungestört unterhalten kann?«

Kurze Zeit später saßen die Kommissare zusammen mit Doktor Kunz in einer Art Kaffeeküche, die wohl für die Mitarbeiter bestimmt war. Heiko hatte draußen auch einen Kaffeeautomaten entdeckt, der offensichtlich den Patientenbesitzern zur Verfügung stand. Eine gute Idee, so ein Kaffee im Wartezimmer beruhigte die Nerven.

»Also?«, nahm Lisa das Gespräch wieder auf.

»Anja wie?«

»Kellner.«

Der Mann dachte kurz nach und meinte schließlich: »Sagt mir schon irgendwas. Einen Moment, bitte.« Er verschwand und kehrte gleich darauf mit einer Mappe zurück, die offenbar Mitarbeiterprofile enthielt. Er suchte eine Weile und zog dann ein dünnes Papier hervor, welches er auf den Tisch legte. »Anja Kellner«, bestätigte er. »Jetzt erinnere ich mich. Hat hier vor vier Jahren ein Praktikum gemacht. Und sich gar nicht so dumm angestellt. Aber die wollte dann doch keinen Ausbildungsvertrag. Das war eben nicht so ihr Ding, mit den Tieren …« Lisa zog fragend eine Augenbraue hoch.

»Wissen Sie, der Tierarztjob ist weniger romantisch, als die meisten denken. Klar kann man vielen Tieren helfen und sie retten, aber manche muss man eben auch aufgeben, wenn nicht sogar selber einschläfern, totspritzen, wenn Sie so wollen. Und das ist nichts für schwache Nerven. Dazu kommen noch die ganzen weinenden Kinder und durchaus auch Erwachsenen, mit denen man ständig zu tun hat.«

Lisa nickte und meinte dann: »Das ist sicher nicht einfach.«

»Das ist es«, bestätigte der Mann und verschränkte die Arme. »Erklären Sie doch mal einer Zwölfjährigen, dass ihr Kaninchen an Myxomatose sterben wird, erst erblinden und dann schwachsinnig werden, schließlich qualvoll sterben wird.«

»Hm. Schwierig«, befand Heiko.

Der Tierarzt nickte versonnen. »Wissen Sie, als Tierarzt ist man auch noch Psychologe und Pfarrer. Den Kleinen erzählt man dann Storys von der Regenbogenbrücke, über die das Meerschweinchen zukünftig rennt.«

»Hm.«

»Ist jedenfalls nichts für zarte Mädchen, die auf der Suche nach sich selbst sind.«

»Ist Anja Kellner so jemand?«, hakte Lisa nach.

»Das sind sie doch meistens, die Praktikanten«, unterstellte Kunz.

»Gäbe es denn die Möglichkeit, dass Anja Kellner an ein Präparat wie *Vetidorm* herangekommen sein könnte?«

»Wirkstoff Acepromazin«, kam es wie aus der Pistole geschossen vom Tierarzt. »Was sollte sie damit anstellen wollen?«

»Das Acepromazin war in einer Obstlerflasche, mit der ein Mordopfer kurz vor seiner Ermordung betäubt wurde«, erzählte Lisa.

Kunz pfiff durch die Zähne. »Normalerweise verwendet man das tröpfchenweise zur Beruhigung von Hunden und Katzen.«

»Schon klar«, meinte Heiko. »Also wäre sie da drangekommen?«

Kunz wiegte den Kopf. »Eher nicht. Solche Sachen sind weggesperrt. Aber man kann nie wissen, gell. Das kann ich nicht 100-prozentig sagen.«

»Es könnte also durchaus sein, dass Anja Kellner ein Medikament mit dem Wirkstoff Acepromazin mitgenommen hat?«, resümierte Heiko.

»Durchaus«, bestätigte Kunz.

Sie trafen Anja Kellner daheim an, was sie nicht unbedingt vermutet hätten, weil es ja noch früh am Tag war. Sie wohnte in einem dieser kleinen Häuschen, die sich Leute auf dem Land leisten konnten. In der Stadt hätte die junge Frau wohl in einer Dreizimmerwohnung gelebt, hier eben in einem entzückenden kleinen Häuschen in Unterspeltach. »Sie sind ja zu Hause«, meinte Lisa verwundert und sah auf die Uhr.

»Ich bin Taxifahrerin und nehme meistens die Nachtschicht«, erklärte Anja. »Wie kann ich euch helfen?« Sie strich sich eine blonde Haarsträhne aus dem Gesicht, die sich vorwitzig aus ihrem Pferdeschwanz gelöst hatte, und wirkte dabei in ihrer Zierlichkeit, ja Zerbrechlichkeit durchaus attraktiv. Lisa war froh, dass sie sich bei Frau Kellner offensichtlich keine Sorgen machen musste, wie sie Heiko fand. Nach allem, was sie gehört hatte. »Dürfen wir hereinkommen?«, ersuchte Heiko, und die junge Frau trat beiseite. Es war einigermaßen unordentlich, aber nicht auf eine schmuddelige, sondern auf eine sympathische Weise. Es handelte sich um die Art von Wohnung, der man ansah, dass die Besitzerin trotz relativer Unordnung keinesfalls untätig war. Auf dem Sofa lag Häkelzeug, der

Tisch war mit einem enormen, offenbar selbst gemachten Adventskranz belegt, an dem schon alle vier Kerzen angezündet worden waren. In einer Ecke des Wohnzimmers auf dem Boden lag Geschenkpapier mit kleinen Schneemännern drauf. Anja Kellner führte die Kommissare an den Esstisch im Wohnzimmer. »Wollt ihr etwas trinken?«, bot sie an, aber die Kommissare winkten ab.

»Frau Kellner, wir sind hier, weil … hm … Sie haben ja vielleicht gemerkt, dass ich gestern Ihr Gespräch mit Ihrer Freundin zufällig mitbekommen habe.«

In Anja Kellners Hirn arbeitete es. »Welches Gespräch?«

»Nach der Beerdigung. Draußen, hinterm Haus, am *Fränkischen Rigi*.«

Anja errötete leicht, dann nickte sie. »Ach so, *das* Gespräch.«

»Hm.«

»Abgesehen davon, dass es nicht grad die feine englische Art ist, Leute bei Privatgesprächen zu belauschen: und?« Die grünen Augen funkelten angriffslustig.

»Sie werden doch verstehen, dass sich daraus ein ganz hervorragendes Motiv ergibt?«, fragte Lisa in Verständnis heischendem Ton.

Nun lachte Anja auf, so laut und künstlich, dass es gleich in mehrfacher Hinsicht nicht zu ihr passte. »Ich?«, meinte sie fassungslos. »Ich soll den Dominik umgebracht haben?«

»Sie hatten ein Motiv, und Sie wären auch in der Lage gewesen, an das verwendete Beruhigungsmittel zu kommen.«

»Ein Tierberuhigungsmittel?«

»Woher wissen Sie das denn?«, forschte Heiko.

»Hat Stefanie mir erzählt.« Anja Kellner brach ein Zweiglein vom Adventskranz ab und begann, die Nadeln abzupulen. »Und wie soll ich da drangekommen sein?«, hielt sie dagegen.

»Sie haben doch mal ein Praktikum beim Tierarzt gemacht.«

Anja schwieg. Offenbar fragte sie sich, woher die Kommissare das wissen konnten. »Stefanie hat Ihnen das erzählt«, riet sie, und sie riet richtig.

»Das tut nichts zur Sache«, meinte Lisa streng und ein wenig hilflos. Die Situation war wirklich unschön. Anja schüttelte den Kopf und hatte dabei offenbar Mühe, nicht loszuheulen. »Ich kann mich auch noch ganz gut erinnern, dass Ihre Freundin Sie während des Gesprächs nach einem Alibi gefragt hat«, fuhr Heiko fort. »Und dass Sie keines hatten.«

Jetzt blitzten die grünen Augen wütend, und die zarten Hände zerknickten das Zweiglein und warfen es auf das Nadelhäuflein. »Weil ich es ihr nicht sagen muss. Weil ich den Dominik nicht umgebracht habe. Weil es mich fassungslos macht, dass sie überhaupt auf diese Idee kommt.«

Heiko räusperte sich. »Haben Sie denn ein Alibi?« Anja Kellner sah ihn geradezu hasserfüllt an, mindestens aber verzweifelt. »Sonntagabend?« Heiko dachte bei sich, dass sie, wenn sie Glück hatte, eine Taxifahrt sonst wohin gemacht hatte und dass sie damit aus dem Schneider wäre. Und sie wären wieder bei null.

»Ich war in Stuttgart, in meiner alten WG«, erklärte sie.

»Und wieso haben Sie das Ihrer Freundin nicht einfach gesagt?«

»Weil ich ihn nicht umgebracht habe, und weil sie das auch so zu glauben hat, verdammt«, beharrte die junge Frau.

»Was haben Sie denn da gemacht?«, fragte Lisa weiter.

»Ich hab in Stuttgart BWL studiert und bin seither arbeitslos. Aber zu meiner alten WG hab ich noch gute Kontakte. Einer von denen hatte Geburtstag, und da haben wir gefeiert und sind anschließend noch in einen Club. Ich bin erst am nächsten Mittag heimgekommen.«

»Sie können uns sicherlich die Telefonnummer der WG geben?«

»Wenn es sein muss.«

Draußen wählte Heiko die Nummer. Er hatte einen jungen Mann dran, der einen deutlich schwäbischen Einschlag in einer ansonsten bemüht hochdeutschen Sprache hatte. »Grüß Gott, hier Wüst von der Kriminalpolizei«, stellte sich der Kommissar vor.

»Hab ich was angestellt?«

»Herr …«

»… Kerner.«

»Ja, Herr Kerner, mich würde interessieren, was Sie denn am Sonntagabend gemacht haben.«

Am anderen Ende der Leitung war nun ein merkliches Schlucken zu hören. »Oh, waren wir zu laut?«

»Wobei denn?«, lockte Heiko.

»Wir hatten doch diese Party am Sonntagabend. Die

Christine hatte doch Geburtstag, meine Mitbewohnerin, und da kann es sein, dass wir ein bisschen zu laut waren. Nicht? Rufen Sie deswegen an?«

»Das wäre ein bisschen spät, meinen Sie nicht?«, hielt Heiko dagegen. »Vielmehr interessiert uns, wer denn so alles auf ihrer Party war.«

Er ließ sich von dem jungen Mann die Namen aufzählen, es waren etwa 20, und als die Stimme »die Anja Kellner« nannte, sagte Heiko: »Stopp! Wie lange war denn Frau Kellner da?«

»Och, die hat hier übernachtet. Die ist erst gegen elf am nächsten Morgen los.«

Hinter ihnen ging soeben die Haustür auf, und in der Tür stand Anja Kellner, ihr Smartphone in der Hand. »Hier übrigens mein Alibi«, sagte sie und hielt den Kommissaren das Display vors Gesicht. »Wir waren noch im Club, hab ich doch gesagt.« Das Display zeigte Anjas ClixMix-Profil. *Sonntag, 00.31 Uhr* stand da, *Anja ist im Club Schwabenland*, daneben eine Google-Maps-Karte und ein Foto von fünf gut gelaunt wirkenden jungen Leuten vor einem Sangria-Eimer.

»Wie hieß denn der Club, wo Sie waren, und was haben Sie da gemacht?«, fragte Heiko den jungen Mann am anderen Ende der Leitung.

»Wir waren im *Schwabenland*. Und wir haben ein bisschen Sangria getrunken.«

Minuten später, die beiden Kommissare saßen schon wieder im Auto, rief Stefanie Winter an, in Tränen aufgelöst, und bat Heiko, sie sollten Anja Kellner bei ihren Ermittlungen außen vor lassen. »Erstens können wir das nicht«, antwortete Heiko, »und zweitens hat Frau Kellner für den Sonntagabend ein hieb- und stichfestes Alibi. Sie kann es nicht gewesen sein.« Schweigen am anderen Ende der Leitung, dann ein gemurmeltes »Gott sei Dank«. Wenige Augenblicke später hatte Stefanie Winter aufgelegt und war mit ihren Kindern unterwegs nach Unterspeltach.

Sybille Klein wartete bei ihrer Freundin Becki zu Hause auf Romeo. Sie hatten es sich mit einer Tasse Tee auf dem Sofa gemütlich gemacht. »Sag mal, weißt du, welcher Gedanke mir neulich gekommen ist?«, fragte Becki. »Denkst du nicht, dass dein Romeo vielleicht eifersüchtig auf den Dominik war?«

Sybille schnaubte. »Eifersüchtig? Wieso das denn? Ich und der Dominik ... das wäre ja lächerlich.« Sie nippte mit ihren vollen schönen Lippen am Tee.

»Na ja, immerhin hat der eure Knutschszenen auch immer mitbekommen. Und für den scheinst du ja schon so was wie seine Traumfrau zu sein.« In Sybilles Hirn arbeitete es, das konnte man sehen. »Quatsch«, meinte sie dann.

»Lass es uns doch mal durchspielen«, schlug Becki vor und fühlte sich ein bisschen wie Miss Marple aus den Agatha-Christie-Romanen. »Nehmen wir an, Romeo hat die innige Knutscherei bei den Proben bemerkt.«

»Was für eine innige Knutscherei?«, hielt Sybille dagegen.

»Das hast du mir selber erzählt, dass ihr euch da küssen musstet, der Dominik und du.«

»Das war doch aber nicht *innig*.« Und dann fügte sie

hinzu: »Aber ein guter Küsser war er, das muss man ihm lassen.« Becki schwieg und machte stattdessen eine ›siehst du‹-Handbewegung. »Und wenn, dann ist das eher vom Dominik ausgegangen. Der hat mir die Zunge in den Mund gesteckt, nicht ich ihm.«

»Du hast dich auch nicht grad gewehrt«, unterstellte Becki.

»Ein harmloser Kuss«, relativierte Sybille.

»Vielleicht fand dein Romeo den Kuss nicht harmlos«, gab ihre Freundin zu bedenken. »Vielleicht ist dein Romeo eifersüchtiger als dein Mann.«

Sybille hatte begonnen, den Kopf zu schütteln, sekundenlang, und sagte schließlich: »Völliger Quatsch! Der bringt doch nicht seinen eigenen Sohn um!«

Heiko und Lisa hatten nach dem erneuten Rückschlag beschlossen, noch ein bisschen in die Stadt zu gehen, und zwar getrennt voneinander. Schließlich nahte Weihnachten mit großen Schritten, und sie brauchten Geschenke füreinander.

Heiko war nicht gut in solchen Sachen. Er wusste nicht, was er Lisa schenken sollte. Die Stadt war völlig überlaufen, die Menschen in den Straßen erzeugten eine ungesunde, dämpfige Atmosphäre. Gelblich leuchtete die Weihnachtsdeko über den Straßen – die Sterne und Schnörkel – und aus allen Lautsprechern dröhnte Weihnachtsgedudel. Heiko hasste einkaufen, und zur Weihnachtszeit noch viel mehr. Und so irrte er ziellos durch die Stadt, durch Klamottenläden, durch das *TC* und das *Woha*, wo er sich längere Zeit mit etwas peinlich berührten Blicken sogar in der Unterwäscheabteilung aufhielt, bis ihm schließlich einfiel, dass er Lisas Größe ja gar nicht kannte, weder ihre Körbchengröße noch sonst irgendeine. Außerdem konnte er Lisa schlecht im Beisein ihrer Mutter heiße Spitzenunterwäsche schenken. Am meisten fürchtete sich die Mutter ja vor einem Verlobungsring, denn sie kam auch nach zwei Jahren noch nicht mit der Vorstellung klar, dass ihre Lieselotte einmal einen schwäbischen Bauern heiraten würde. Wie die alte Hexe kucken würde, wenn er seiner Lisa einen Ring schenken würde, womöglich einen Verlobungsring … das alleine wäre natürlich kein Grund, Lisa einen Ring zu schenken, geschweige denn, sich mit ihr zu verloben. Er war nicht so der Heiratstyp, war eigentlich gegen feste Bindungen. Heiko passierte das *Lager*, den Laden mit Dekokitsch aller Art, den er persönlich mied wie der Teufel das Weihwasser, der aber auf Frauen jeden Alters eine geradezu magnetische Anziehungskraft ausübte. Aus den Augenwinkeln sah er Lisa, wie sie soeben einen hässlichen Plüschelch begutachtete, und machte, dass er weiterkam.

Lisa hingegen war da effizienter vorgegangen. Sie kannte natürlich Heikos Größe und hatte im *TC* einen wunderschönen, sogar reduzierten Kaschmirpullover erstanden, der so weich war, dass man ihn ununterbrochen streicheln wollte. Ferner hatte sie ein paar Unterhosen gekauft – Heiko brauchte dringend neue – und suchte noch Duftkerzen fürs Bad, nicht als Geschenk, sondern einfach so. Sie konnte sich allerdings nicht entscheiden, ob sie Zimt-Gewürznelke oder Kardamom-

Patschuli nehmen sollte, also erstand sie schließlich beide. Dieselbe Ausstattung kaufte sie auch gleich noch für ihre Mutter, die Duftkerzen ebenso sehr liebte wie sie. Im *Lager* deckte sie sich außerdem noch mit Rentier-, Weihnachtsstern- und Glöckchen-Geschenkpapier ein, weihnachtliches Geschenkpapier konnte man nie genug haben. Ebenso wie rotes Geschenkband, das sie auch noch gleich dazunahm. Und dann fiel ihr Katrin ein, und wie die ihr Haus angeschaut hatte, nicht gut war das, gar nicht gut. Also erwarb sie noch drei Weiden-Rentiere, drei Nikolausmützen, zwei bunte Lichterketten, drei Sturmlaternen mit Stumpenkerzen, drei Packungen winterliches Potpourri und eine Dose Sprühschnee mit Winterlandschafts-Schablone. Außerdem kaufte sie ein paar Läden weiter ein einigermaßen teures Parfum mit Pfingstrosen-Mandarinen-Pfeffer-Note. Ihrem Vater kaufte sie eine seidene Krawatte, die gut zu seinem grünen Anzug passte. Für Heikos Vater kaufte sie einen großformatigen Bildband mit Riesen-Baumaschinen und für seine Mutter ein wunderschönes Seidentuch. Nach einer guten Stunde war sie fertig und ging nach Hause, sie hatte etwas Dringendes zu erledigen.

Lisbeth Hähnlein öffnete den Ordner mit den Zeitungsausschnitten. Sie hatten alle Zeitungsausschnitte gesammelt, die für ihr Leben relevant waren. Die Geburtsmeldung der Kinder, Florians Erfolge im Schulsport. Einmal war Katharina flötespielend bei einer Musikschulaufführung abgebildet gewesen. Dann, viel später, die Schulabschlussfotos der Kinder, dann die Hochzeitsanzeigen, die Todesanzeige ihrer Mutter, die Geburt der Enkel. Und dann gab es da noch diesen einen Zeitungsausschnitt, der ihr Leben verändert hatte und der nur deshalb eine Bedeutung hatte, weil ihr Mann so ein gutherziger Esel war, dass er, statt andere Leute ihre verdiente Strafe kriegen zu lassen, sich lieber schützend vor einen kleinen, dummen Jungen, der etwas verbockt hatte, stellte. ›Der ist noch so jung‹, hatte er gesagt, ›sein Leben ist dann kaputt. Ich kann das vertragen, ich halte das aus, ich nehme das auf mich.‹ Ich, ich, ich. Er hatte immer nur an sich gedacht und nie an sie. Er hätte sie fragen müssen, ob sie einverstanden war. Wäre sie *nicht* gewesen, niemals, aber er hatte sie ja nicht gefragt. Er hatte sie vor vollendete Tatsachen gestellt, immer. Die klassische Rollenverteilung, wie vor 100 Jahren. Sie fand den Ausschnitt und war so wütend, dass sie nicht einmal die Klappe anhob, sondern ihn einfach herausriss, was hässliche Löcher verursachte. Die Zeitungsmeldung gehörte sowieso nicht zu ihrem Leben, nicht wirklich. Sie nahm einen Umschlag und schrieb in Druckbuchstaben ›Polizeirevier Crailsheim, Fall Dominik Winter‹ darauf und darunter die Adresse des Reviers. Den Absender ließ sie weg, der war irrelevant. Dann schrieb sie noch unter den Artikel: ›Das war der Dominik‹, ergänzte nach kurzem Überlegen noch ›Winter‹, steckte den Ausschnitt in den Umschlag und ging gleich los, um ihn einzuwerfen.

Zu Hause atmete Lisa erst einmal tief durch. Sie sah auf die Uhr. Die Landfrauen wären bald beim Nachbarn, vielmehr bei der Nachbarin, und bis dahin musste alles erledigt sein. Zuerst schleppte sie die Weidenrentiere nach draußen, arrangierte sie hübsch im Schnee und setzte ihnen die Nikolausmützchen auf. Eine zauberhafte Idee, wie sie fand, die Tierlein sahen richtig süß aus! Dann ging sie wieder nach drinnen, um sich dem Hauseingang zu widmen. Sie stellte die drei rotlackierten Sturmwindlichter auf den Sims, etwa im Goldenen Schnitt, rückte sie noch ein bisschen zurecht. Dann riss sie die Tütchen mit dem weihnachtlichen Potpourri auf und verteilte je eine auf dem Boden der Laternen. Zauberhaft sah das aus, die Hagebutten, die kleinen Nüsse, die Zweiglein. Darauf kamen goldene Stumpenkerzen, die sie sogleich anzündete. Sie trat einen Schritt zurück und betrachtete ihr Werk. Schön sah das aus, sehr schön, das konnte sich sehen lassen. Wieder nach drinnen, und dort klebte sie mit Klebeband die ›Wunderland-Lichterketten‹ um die beiden Fenster, die zur Straße hin gelegen waren, und steckte sie gleich ein. Hach, wie schön sich die blinkende, wechselnd bunte Beleuchtung machte, das Zimmer wurde in glitzerndes Funkeln getaucht. Schließlich klebte sie die Schablone auf das Küchenfenster, das von draußen am besten einsehbar war, und bearbeitete die Klebestelle mit dem Sprühschnee, der irgendwie chemisch wirkte. Sita beobachtete ihr Treiben mit schief gelegtem Kopf, und sie schickte den Hund hinaus, die Dämpfe aus der Dose waren sicher nicht gut für Hunde. Nach fünf Minuten war das Ganze getrocknet, und Lisa konnte die Schablone abziehen. Das Ergebnis war perfekt, duftig und weiß hob sich die Winterlandschaft ab, sanft illuminiert von der blinkenden Lichterkette. Lisa nickte, ging kurz hinaus, ohne den Mantel anzuziehen, und betrachtete das Gesamtwerk. Schön, fand sie, prima. Ihr Blick huschte einmal in jede Richtung die Straße hinunter. So konnte sie mithalten.

Heiko hingegen schlenderte immer noch ziellos umher, bis er schließlich zum Juwelier seines Vertrauens ging, zum Krauss in der Jagststraße gegenüber von einem der wenigen verbliebenen Stückchen Stadtmauer, die vom Bombardement der Stadt 1945 verschont worden waren. Hier hatte er auch vor gut zwei Jahren schon die Horaffen-Kette gekauft, sein erstes Geschenk an Lisa überhaupt. Der Horaff war, seit die Crailsheimer im Jahr 1379 von den Hallern, den Rothenburgern und den Dinkelsbühlern belagert worden waren, ein Symbol für Crailsheim. Als die Crailsheimer nämlich fast ausgehungert gewesen waren, backten sie aus ihrem letzten Mehl »Horaffen« in Poform und die immer noch üppige Bürgermeisterin zeigte sich mit ihrem drallen Hinterteil auf der Stadtmauer. Die so entmutigten Angreifer brachen die Belagerung ab und Crailsheim war gerettet. Heutzutage erhalten alle Schulkinder am Stadtfeiertag einen Hefehoraff. Und insgesamt war der Horaff beliebt, als Deko aus Beton zum Aufstellen, als Stickerei auf Taschen und eben als Anhänger. Die alte Dame, die die 80 schon überschritten hatte, beriet ihn auch heute überaus engagiert, ließ sich Lisa beschreiben (»Blond, blauäugig, hübsch«, erklärte Heiko), fragte dann, ob sie vom Stil her eher elegant oder sportlich sei (Heiko zuckte die Achseln und antwortete: »Normal halt«) und riet ihm schließlich zu einem silbernen Collier mit, wie sie betonte, aquamarinfarbenen Topasen, die für Heiko einfach nur blau waren. Schließlich kam noch der Sohn der Ladeninhaberin aus seinem Arbeitskämmerchen, welches sich hinter der Kasse befand, hervor. Dort hinten wurden Schmuck und Uhren fachmännisch repariert. Auch der Sohn, der sich als Gunther vorstellte, fand, dass das ein wunderschönes Collier sei und etwas ganz Besonderes. Genau wie Lisa, setzte Heiko in Gedanken hinzu, sagte es aber nicht.

Draußen atmete er tief durch und zündete sich eine Zigarette an. Es hatte sich einfach nicht ergeben, einen Ring zu kaufen, und das war gut so. Obwohl sie im Schaufenster wirklich wunderschöne Ringe hatten, *wunderschöne*. Er spürte die Schachtel mit dem ebenfalls wunderschönen Collier in seiner Jackentasche, schüttelte den Kopf und ging weiter in Richtung Schweinemarktplatz. Das Schicksal wollte es aber so, dass er beim Juwelier Druckenmüller über ein Plakat mit einem Ring stolperte, dem er als echter Crailsheimer einfach nicht widerstehen konnte.

Sie machte nicht auf, und Stefanie Winter befürchtete schon, sie hätte sich etwas angetan. Panik stieg in ihr hoch, wenn Anja eine Dummheit gemacht hatte, dann war es ihre Schuld, nur ihre. »Mama, komm, wir gehen wieder, die Tante Anja ist nicht da«, meinte Philipp jetzt, und Stefanie hatte Mühe, ruhig zu bleiben. Dann, als sie schon nicht mehr daran geglaubt hatte, die Erlösung: Sie hörte Schritte im Inneren, und schließlich öffnete ihre Freundin die Tür einen Spaltbreit. Es tat der jungen Witwe weh, im Gesicht ihrer Freundin Ablehnung, Wut und Schmerz zu lesen. Sie fühlte, wie ihr die Tränen hochstiegen. Anja sagte nichts, sondern senkte den Blick und vermied es, sie anzusehen. »Was willst du?«, meinte sie endlich, und Stefanie hörte sich sagen: »Verzeih mir.« Anja sah sie an, in den Augen eine Spur Hoffnung. »Verzeih mir, Anja, ich weiß nicht, wie ich das von dir denken konnte … ich wollte das nicht … ich … ich brauche dich doch, du bist wichtig für mich … es tut mir leid.« Anja sah ihr direkt ins Gesicht und entdeckte eine Träne auf der Wange ihrer besten Freundin. »Wollt ihr nicht reinkommen?«, meinte Anja und trat einen Schritt zur Seite.

Hermann Hähnlein saß am Wohnzimmertisch und trank seine Weißherbstschorle. So, wie jeden Abend. Seine Frau sagte nichts mehr dazu, zu seinen, wie er es nannte, Gewohnheiten. Vielmehr ging sie abends mit schöner Regelmäßigkeit zur Nachbarin, um mit der alten Kuh über ihn zu lästern. Er hatte ihr schon vor Jahren angeboten, sich scheiden zu lassen, aber das wollte sie nicht. Denn was würden denn da die Leute sagen? Richtiggehend unanständig wäre das, und als unanständig wollte sie keinesfalls gelten, da hatte sie ja schließlich schon genug im Leben mitgemacht, wie sie betonte, da brauchte sie nicht auch noch so was. Und so blieben sie eben zusammen, lebten nebeneinander her, waren einander herzlich egal. Das war Hermann nicht unrecht, immerhin hatte er so Zeit und Muße, seine Sorgen im Alkohol zu ertränken. Genauer gesagt handelte es sich um eine Sorge, eine ganz spezielle.

Er hatte im Leben eine dumme Sache gemacht, auf die er nicht stolz war. Er nahm einen Schluck Schorle, der Wein rann links aus seinem Mund heraus, und Hähnlein benutzte den Ärmel, um ihn abzuwischen. Er bleckte unfroh die Zähne. Das hätte seine Frau nun nicht sehen dürfen, gut, dass sie nicht da war. Obwohl ihm diese Sache damals richtig erschienen war, er hatte damit eine junge Existenz gerettet. Das Leben der anderen Person war hingegen zerstört gewesen, unwiederbringlich. Denn was konnte es Schlimmeres geben als das. Hähnlein hoffte und betete sogar, dass er so etwas niemals würde erdulden müssen, und bisher war es ihm erspart geblieben. Eigentlich war es unfair gewesen, Dominik zu helfen. Und das nagte an ihm, als wäre es ein Wurm, der in seinem Inneren nagte und ihn langsam, aber stetig auffraß. Er hatte geglaubt, richtig zu handeln, damals, auch wenn ihn seine Frau immer wieder vom Gegenteil zu überzeugen versucht hatte. ›Nimm das nicht auf dich‹, hatte sie gesagt. ›Das ist er nicht wert.‹ Und dann, als sie die Todesanzeige in der Zeitung gesehen hatte: ›Endlich. Das hat er verdient.‹ Hähnlein hatte nicht widersprochen, der Gedanke war nur menschlich. Obwohl er den Dominik schon hatte ganz gut leiden können. Die Sache hatte auch sein Leben zerstört, nicht nur das derjenigen Person, die damals den größten Schaden davongetragen hatte, einen schrecklichen, irreparablen Schaden.

Als Heiko schließlich nach Hause kam – etwas später als Lisa – fand er den Vorgarten und überhaupt das ganze Haus verwandelt vor. Im Garten empfingen ihn drei komische vierfüßige Tiere aus Reisig, die entfernt an Hirsche erinnerten und die Onkel Sieger maximal zum Anschüren verwenden würde. Die undefinierbaren Tiere trugen sinnloserweise Nikolausmützen. Im Hauseingang auf dem Sims standen drei Laternen, wie man sie früher an der Küste benutzt hatte, und darin brannten riesenhafte Kerzen, und es lag auch noch anderes vertrocknetes Zeug darin. Die beiden zur Straße hin gelegenen Fenster waren mit hektisch blinkenden LED-Lichterketten umrahmt. Und aus dem Küchenfenster schimmerte es hell, daher war zu erkennen, dass mit irgendeinem weißen Zeug etwas auf die Scheibe geschmiert war. Heiko schüttelte den Kopf. Weiber.

Eine halbe Stunde später standen die beiden Kommissare zusammen mit ungefähr 30 anderen Leuten auf der Straße vor dem Haus der Nachbarin. Soeben hatten sie ihr Lied (Kling, Glöckchen klingelingeling), bei dem Heiko nur die Lippen bewegte – er würde sich hüten, wirklich mitzusingen – beendet, und nun schwang der Laden des heutigen Adventskalenderfensters auf. Die Künstlerin, die sie ja schon als nette Nachbarin kannten, hatte sich selbst übertroffen. Ihr Adventsfenster war wirklich phänomenal schön. Sie hatte zwei formatfüllende Scherenschnitte gemacht und sie mit farbigem Transparentpapier hinterklebt. Einer zeigte einen riesigen, wunderschönen Engel und einer eine verträumte Winterlandschaft. Im oberen Teil hatte sie eine Sternen-Lichterkette eingearbeitet, sodass die Scherenschnitte nicht nur vom eingeschalteten Raumlicht, sondern auch von der sanft leuchtenden Lichterkette illuminiert wurden. Katrin schnalzte anerkennend mit der Zunge und meinte: »Wunderschä hat ses gmacht, gell?« Die so gelobte Künstlerin, unter deren gehäkelter Wollmütze neckische Zöpfe hervorlugten, verteilte hektisch Glühwein an alle und nötigte denen, die ihre Tasse bereits geleert hatten, noch einen weiteren Schluck aus der Thermoskanne auf. Dazu reichte sie selbst gebackene Anisspringerle, die auch deshalb ausgiebig bewundert wurden, weil sie mit einem alten, von der Großmutter geerbten Model gemacht worden waren. Lisas Blick schweifte wieder ab zu ihrem Haus, natürlich war die Deko der Künstlerin viel schöner. Aber ihre war auch okay.

Anschließend hatten die beiden Kommissare etwas Entspannung bitter nötig, und so gingen sie noch in den *Parc Vital*, die Crailsheimer Saunalandschaft, die im Winter überaus beliebt und gut besucht war. Vor allem Heiko brauchte im Winter diese wohlige Wärme. Und letztlich war die Sauna auch ein soziales Erlebnis, denn die beiden hatten einige Freunde, die sie eigentlich nur in der Sauna sahen. Dazu gehörten Andi, Till und Jochen. Und seit längerer Zeit waren sie auch gut bekannt mit Jürgen Majewski. Heute fehlten Andi und Jochen, dafür saßen Till und der Schraubenhändler, ein älterer Herr mit Brille, den jeder irgendwie nur bei seiner Berufsbezeichnung nannte, auf der obersten Bank der Sauna und harrten des Aufgusses, der da kommen würde. Lisa saß unten, dazwischen Heiko, und insgesamt war die Sauna proppenvoll. Die Crailsheimer hatten die seltsame Angewohnheit, sich fast eine Viertelstunde vor dem Aufguss in die Sauna zu setzen, was dazu führte, dass die meisten schon kurz vor dem Aufguss verdächtig schwankten. Lisa legte immer ihr Handtuch hin, um sich einen Platz zu sichern, und wartete dann so lange vor der Tür, bis Alex, der hiesige Haupt-Saunameister, den Eimer mit der Aufgussflüssigkeit herangeschleppt hatte und sie freundlich aufforderte, sich nun hineinzubegeben. Alex war ein Zugezogener, ein Fischkopf, der sich aber redlich bemühte, die Hohenloher zu verstehen, auch wenn er immer noch astreines Hochdeutsch sprach. In Crailsheim in der Sauna war Schweigen nicht so unbedingt erforderlich wie in Schwäbisch Hall, was Heikos und Lisas Bedürfnis nach Kommunikation und etwas Ablenkung vom Fall sehr zupasskam. Und so saßen die beiden Kommissare kurz vor dem Aufguss in der Außensauna des *Parc Vital*, Lisa machte soeben Anstalten, sich zu erheben und noch einmal rauszugehen, bevor es losging. Da kam Majewski, den wiederum jeder beim Nachnamen nannte, zur Tür herein und grüßte freundlich, und die Kommissare grüßten zurück.

»Ah, der Gift- und Futtermittelhändler«, tönte es von oben. Der Schraubenhändler grinste Majewski an und rutschte demonstrativ ein Stück. »Do hoggsch di newwa mii nou, do is noch Platz.«

»Wieso denn Gift- und Futtermittelhändler?«, wunderte sich Lisa wispernd. In der kleinen Sauna war es allerdings müßig zu wispern, und so antwortete Majewski: »Ii hobb doch a Tierfutterhandlung.«

»Ach so, stimmt«, meinte Lisa.

Und die Hohenloher erfanden wohl die Dramatisierung ›Gifthändler‹ dazu. Lisa stand dann aber doch noch auf, verließ die Sauna und ging nach draußen, wo sie die Kälte wie eine Keule traf. Es war schon dunkel, und die kugelförmigen Leuchten vor der Sauna schimmerten aus den dürren Grasbüscheln, die um sie herumwuchsen, hervor und tauchten den glitzernden Schnee, der alles bedeckte, in gelbes Licht. Wie ein blauer Kristall schimmerte der Pool, der für Lisas Geschmack ruhig noch etwas wärmer sein könnte. Trotzdem strahlte er inmitten der winterlichen Landschaft eine gewisse Behaglichkeit aus. Die Tür der Saunalandschaft öffnete sich, und Alex trat heraus, schnellen Schrittes näherte er sich der Sauna, ein Tablett mit gefrorenen Fruchtscheiben in der einen und den Aufgusseimer in der anderen Hand. Er nickte Lisa zu, und sie ging schnell wieder nach drinnen, wo der junge und nicht mal schlecht aussehende Saunameister alsbald mit seinem wohltuenden Aufguss begann, der alle winterliche Kälte und Depression aus den schwitzenden Körpern vertrieb.

DIENSTAG,
15. DEZEMBER

Am nächsten Morgen saßen Heiko und Lisa einigermaßen ratlos im Büro. »Wen haben wir noch nicht komplett ausgeschlossen?«, sinnierte Lisa und zupfte an ihren Orchideenpflanzen herum. Heiko hatte sich einen Bergkristall geschnappt und hielt ihn vors Auge. Die Esoteriker waren überzeugt, dass das – welch sinnreiche Vorstellung – für einen klaren Blick sorgen würde. Heiko schloss seine Hand um den Stein und spürte die glatte Oberfläche. Er glaubte nicht an solchen Kram, trotzdem wäre ein klarer Blick hier ganz hilfreich. »Die beiden Schriftsteller, oder doch Marianne Zeitler?«, schlug er halbherzig vor. Lisa winkte ab. »Oder die junge Witwe? An die haben wir noch gar nicht gedacht«, machte Heiko weiter.

»Das wäre nicht logisch«, erinnerte Lisa. »Würdest du den Vater deiner drei Kinder umbringen?«

»Wenn ich völlig verrückt wäre und psychische Probleme hätte …«, schlug Heiko vor.

»Quatsch«, urteilte Lisa, »die wirkt absolut nicht so.«

In diesem Moment ging die Tür auf und Simon streckte den Kopf herein. »Da ischd eine junge Dame für euch«, meinte er und ließ eine junge Frau ein, die Heiko von irgendwoher kannte, es fiel ihm aber nicht sofort ein, woher.

Die junge Frau, deren rotbraune Haare zu einem französischen Zopf geflochten waren und deren blassgrüne Augen effektvoll ihren hellen Teint unterstrichen, stellte sich als Rebekka Hambrecht vor. Sie sei die Freundin und die Kollegin von Sybille Klein und sie hätte etwas zu sagen.

»Ja?«, half Heiko nach. »Was denn?«

Die junge Dame holte tief Luft, betrachtete noch kurz ihre kupferfarben lackierten, gegelten Fingernägel und meinte dann: »Die Sybille hat ein Verhältnis mit dem Winter.«

»*Hatte*, meinen Sie wohl? Das ist ein Gerücht, das haben wir schon überprüft«, wiegelte Lisa ab.

»Nein, nicht mit dem jungen«, erklärte Rebekka. »Mit dem alten.«

Heiko schnappte nach Luft. Dieser alte Sack sollte sich eine Frau wie die Sybille geangelt haben? Vielleicht ging es ihr ums Geld? »Es geht ihr aber nicht ums Geld«, meinte Rebekka, die offensichtlich Gedanken lesen konnte. »Der Matze ist ein strunzdummer Ochse, und da braucht die Sybi eben ab und zu mal einen Ausgleich. Jemanden, der ihren Intellekt anspricht.«

»Sind Sie da ganz sicher, ich meine, wegen der Sache mit der Affäre?«, hakte Lisa nach.

»Sie lässt sich immer bei mir zu Hause abholen. Dem Matze sagen wir, wir gingen in den *Apfelbaum*, da geht der nicht hin, der hasst Menschenmengen, wegen der Keime.«

»So«, machte Heiko. »Aber was hat das mit dem Mordfall zu tun?«

Rebekka holte tief Luft und meinte dann: »Sie sind aber fantasielos für einen Kriminalkommissar, das liegt doch vollkommen auf der Hand.«

»Nämlich?«, forschte Heiko amüsiert.

Rebekka seufzte in Columbos »Ich-hätte-da-noch-eine-Frage«-Stil. Dann meinte sie: »Der alte Winter liebt die Sybille wirklich aus tiefstem Herzen. Der hat die nicht nur fürs Bett, er nennt sie seine *Julia*, sie nennt ihn ihren *Romeo*. Die schreiben sich sogar solche SMS. Wie zwei verliebte Teenager.«

»Und?«

»Der Alte hat ja die ganze Zeit mitbekommen, mit welcher Inbrunst Dominik bei den Proben immer die Sybille geknutscht hat.«

»Hm«, machte Heiko und forderte mit einer wedelnden Handbewegung zum Weiterreden auf.

Rebekka beugte sich vor, sodass Heiko sehen konnte, dass sie hellgraue Spitzenunterwäsche trug. Passte gut zu ihren Augen. »Da könnte es doch sein, dass der Alte Angst hatte, dass der Dominik ihm die Sybille ausspannt. Und der liebt die wirklich. Und wenn der Dominik tot wäre, dann wäre die Sache ja geritzt.«

»Sie denken, dass er seinen eigenen Sohn umgebracht hat?«, meinte Lisa zweifelnd und hörte gleichzeitig eine Stimme in sich, die ihr sagte, dass sie momentan ja wohl nichts Besseres hatten.

Nun lehnte sich Rebekka wieder zurück und erklärte: »Kann doch sein. Jedenfalls, ich wollte es nur sagen. Und passt ja auf, dass der Matze nichts davon erfährt, der schlägt die Sybille sonst tot.«

Mit eher gemischten Gefühlen begaben sich die beiden Kommissare kurze Zeit später zur Firma Winter-Bau. Sie wurden von einer hübschen Empfangsdame begrüßt und wenige Minuten später zum Chef vorgelassen. Der erhob sich zwar, als er die beiden Ermittler sah, trotzdem hatte Lisa sofort das Gefühl, er sähe sie als seine Angestellten, jedenfalls weit unter ihm stehend. »Die Kommissare«, tönte er und schüttelte ihnen überschwänglich die Hand. Er bestellte, ohne zu fragen, »Kaffee für drei« bei der Sekretärin und lehnte sich dann in seinem Ledersessel zurück, sodass dieser vernehmlich knautschte. »Sie haben gute Nachrichten? Den Mörder?«, eröffnete er dann das Gespräch. Dieser Mann war es gewohnt, das Heft in der Hand zu haben. Er war gebildet und kultiviert. Und er hatte Geld. Kein Wunder, dass das auf Sybille Klein einen entsprechenden Eindruck machte. »Momentan gehen wir einem neuen Hinweis nach«, druckste Heiko herum. Die Tür ging auf, und der Kaffee, in weißen Tassen mit dem Firmenlogo und mit ordentlich Crema, wohl aus einem teuren Vollautomaten, wurde hereingebracht. Die tief dekolletierte Sekretärin lächelte Heiko an, als sie die Tasse betont langsam vor ihm abstellte, und erntete dafür einen freundlichen Blick von Heiko und einen giftigen von Lisa.

Lisa wartete, bis die Sekretärin wiegenden Schrittes wieder draußen war, dann sagte sie: »Uns ist zu Ohren gekommen, dass Sie ein Verhältnis mit Sybille Klein haben.«

Der Mann zuckte nicht mit der Wimper. »Unsinn«, sagte er dann. »Wie kommen Sie denn darauf?«

»Sichere Quelle«, konstatierte Heiko. »Todsicher.«

»Hat die Becki geplaudert? Die dumme Kuh«, entfuhr es Winter. Dann beugte er sich vor und faltete die Hände wie zum Gebet, wohl, um eindringlicher und ehrlicher zu wirken. »Dann ist es also raus. Ja. Ich habe was mit der Sybille. Aber es ist eher … platonisch, eine Seelenverwandtschaft.« Lisa hob eine Augenbraue, was seine Wirkung nicht verfehlte. »Gut, vielleicht hatten wir auch schon was miteinander, aber … das ist nicht die Hauptsache bei der ganzen Geschichte. Es ist eher so, dass wir uns schätzen, ja, lieben, und dass dann daraus das Bedürfnis entsteht, sich das auch körperlich zu zeigen. Nicht so diese rein physische Anziehungskraft.«

»Kann ich verstehen«, ätzte Heiko, »Sybille Klein ist ja auch hässlich wie die Nacht.«

»Ein glücklicher Zufall«, behauptete der alte Winter, »ihre innere Schönheit ist eben nach außen hin sichtbar.«

»Ah ja«, machte Heiko und sah, wie Lisa die Augen verdrehte.

»Herr Winter«, meinte sie dann, »könnte es denn nicht sein, dass Sie Ihren Sohn als Konkurrenten um die Gunst der schönen Julia gesehen haben? Bei all dem Geknutsche, das bei dem Stück offensichtlich vonnöten war?«

Bei der Nennung des Kosenamens seiner Geliebten war Winter nun doch die Röte bis in die Haarwurzeln gestiegen. Er fing sich aber gleich wieder und meinte dann: »Unsinn. Die Sybille steht auf Männer, nicht auf Jungs. Und Dominik war glücklich mit der Steffi.«

»Das muss ja nicht heißen, dass er die Gelegenheit, mit der Sybille zu knutschen, nicht gerne mitgenommen hat. Vielleicht wäre da eines Tages doch mehr gelaufen? Oder *ist* da schon mehr gelaufen?«, lockte Heiko.

Winter lehnte sich wieder zurück in den knarzenden Sessel und meinte: »Ich habe das unbestimmte Gefühl, Sie verdächtigen mich.« Heiko seufzte. Gut, momentan hatten sie nichts Besseres. »Also dann. Ich bin als Erster von allen gegangen, um kurz nach neun. Dann war ich noch im *Wasserturm*.«

»In Altenmünster?«

»Wo denn sonst«, schnauzte Winter, nun ungehaltener. »Und zwar bis um eins. Es war ein lustiger Abend.«

»Kann das jemand bestätigen?«, forschte Lisa.

»Klar, der Sülomo«, kam es wie aus der Pistole geschossen. »Und der Rindles Jürgen, der Schuberts Thomas und der Glöckners Harald, also alle, die an dem Abend dabei waren.«

Die beiden Kommissare tranken erstmalig und einigermaßen simultan einen Schluck Kaffee. »So«, sagte Heiko, er wusste nicht mehr so recht, was er antworten sollte, das Ganze war ihm inzwischen etwas peinlich. »Wir werden Ihr Alibi nachprüfen.«

Jetzt wurde Winters Ton eisig. »Tun Sie das. Und dann machen Sie bitte Ihre Arbeit und fangen Sie den Mörder meines Sohnes. Und passen Sie auf, dass dieser Prolet nichts von unserer Affäre erfährt, dieser Matthias. Sonst ist Sybille ihres Lebens nicht mehr sicher.«

»Das haben jetzt aber schon einige betont, dass die Sybille von ihrem Mann umgebracht wird, wenn sie eine Affäre hat«, meinte Lisa.

»Kann ja auch sein, dass der den Dominik umgebracht hat«, meinte Heiko. »Was hat der noch mal für ein Alibi?«

»Er war im Fitnessstudio. Wir haben das überprüft.«

»Stimmt. Diese Karten-Video-Sache kann man nicht faken?«

Heiko winkte ab. »Für so clever halte ich ihn nicht.«

»Hat der *Wasserturm* schon auf?«, fragte Lisa. Sie kannten die Location gut. Der *Wasserturm* war etwas ganz Besonderes. Im hiesigen Buchverlag war sogar schon ein ganzes Werk über den Turm, seinen verschrobenen Erbauer und seine außergewöhnliche Geschichte erschienen. Der Erbauer war ein echter Hohenloher gewesen. Um gegen seine Pensionierung zu demonstrieren, erkletterte er damals im Alter von 72 Jahren die Spitze des Wasserturms und streckte die freie Hand und das freie Bein über das runde Dach. Ein echter ›gwaldädicher‹ Hohenloher also. Heute stand der Wasserturm nicht nur unter Denkmalschutz und war wegen seiner Einzigartigkeit und seiner Bauweise vor allem bei Modelleisenbahnern in ganz Deutschland bekannt. Vielmehr war der *Wasserturm* auch eine äußerst coole Kneipe. Der Betreiber war Süleyman, genannt »Sülomo«, der sich ebenso als Hohenloher wie als Weltbürger begriff. Dies äußerte sich unter anderem darin, dass er jedes Jahr Hilfstransporte nach Syrien und in andere Kriegsregionen organisierte. Ein cooler Typ. Und noch dazu gab es im *Wasserturm* leckere Pizza, Salate und Pide. »Schauen wir halt mal nach«, meinte Heiko.

Tatsächlich war der *Wasserturm* aber noch geschlossen, und so fuhren die beiden Kommissare erst einmal zurück aufs Revier.

In ihrem Büro fanden sie einen braunen Umschlag ohne Absender auf ihrem Platz vor. Heiko zog die Augenbrauen zusammen und setzte sich. Er klingelte bei der Poststelle durch und fragte, wo der Umschlag her sei, der zwar einen Poststempel, aber keinen Absender habe. »Ist das ungewöhnlich? Hätte ich was beachten müssen?«, fragte die Dame von der Poststelle. Heiko verneinte, es wird schon nichts sein, sagte er sich. Trotzdem fasste er den Umschlag mit derart spitzen Fingern an, dass es für eine Untersuchung auf jeden Fall noch reichen würde. Er öffnete ihn mit einem Brieföffner und drehte ihn dann um. Ein Zeitungsartikel flatterte heraus, einmal gefaltet, vergilbt und wahrscheinlich uralt. Heiko griff nach Lisas Nagelfeile, die immer in ihrem Schreibtischutensilo steckte, und benutzte sie, um den Ausschnitt aufzufalten, ohne Spuren zu verwischen. Lisa war hinter ihn getreten, um mitlesen zu können. »Was ist es?«, fragte sie.

»*Tragischer Unfall in Frankenhardt*«, las Heiko, und dann überflogen beide den Artikel. *Schlampig gearbeitet und damit einen tragischen Unfall mit tödlichem Ausgang verursacht hat ein Schornsteinfeger in der Gemeinde Frankenhardt. Bei der Abgasuntersuchung war dem Mann entgangen, dass der Ofen in einem Frankenhardter Kinderzimmer leckte. Durch das Gasleck entwich Kohlenmonoxid, das einen im Zimmer befindlichen achtjährigen Jungen erstickte. Der Schornsteinfe-*

ger bedauerte den Unfall zutiefst und sprach vor Gericht den Eltern sein Mitgefühl aus, was ihn wohl vor einer Gefängnisstrafe bewahrte. Die Eltern äußerten gegenüber dem Hohenloher Tagblatt Zweifel an der Tatsache, dass der Schornsteinfeger selbst die Arbeiten am Ofen im Kinderzimmer verrichtet hatte, sondern verwiesen vielmehr auf dessen Auszubildenden. Der Schornsteinfegermeister bestand aber darauf, die fatale Abgasuntersuchung eigenhändig durchgeführt zu haben. Er wurde wegen fahrlässiger Tötung zu zwei Jahren Haft verurteilt, die zur Bewährung ausgesetzt werden konnte.
Und darunter stand in bemüht normaler Handschrift:
»Das war der Dominik Winter.«
»Muss das zum Uwe?«, fragte Lisa.
Heiko zuckte die Achseln. »Wichtiger ist ja die Information an sich, und die wird wohl kaum vom Mörder sein.«
»Im März vor neun Jahren«, sinnierte Heiko.
»Ja, aber das ist nur das Datum der Gerichtsverhandlung. Das sagt nichts darüber aus, wann der kleine Junge gestorben ist.« Lisa nagte an ihrer Unterlippe.
Heiko wandte sich seinem Computer zu und rief die Website des *Hohenloher Tagblatts* auf. Anders als die meisten Zeitungen in der Gegend war das *HT* nämlich auch online für jedermann verfügbar, nicht erst nach langwieriger Codeeingabe und nur für Abonnenten. Heiko klickte rechts oben auf *Anzeigen*, dann weiter zu den *Todesanzeigen*. Dort auf den Pfeil *ganz nach hinten*, um festzustellen, dass der erste Eintrag nur fünf Jahre zurücklag. Obwohl, immerhin fünf Jahre. Aber

eben für ihre Zwecke nicht lange genug. Heiko lehnte sich wieder in seinen Sessel zurück, nahm einen Rosenquarz von der Fensterbank und drehte ihn zwischen seinen großen Fingern hin und her.

»Rufen wir das Standesamt an?«, schlug Lisa vor.

Heiko winkte ab. »Die Wahrscheinlichkeit ist sowieso hoch, dass der anonyme Tipp von einer bestimmten Person kommt.«

»Nämlich?«, fragte Lisa.

»Von dem Schornsteinfegermeister. Nur der hätte ja was davon, wenn die Sache endlich auf Dominiks Konto geht. Allerdings hat der bei der Beerdigung einen anderen Eindruck auf mich gemacht.«

»Du meinst den, der die Rede gehalten hat?«

»Wenn es stimmt, was da steht,« er deutete mit seinem rechten Zeigefinger auf das Handgeschriebene, ohne das Blatt zu berühren, »dann hat der alte Meister sein ganzes Leben lang mit der Bürde gelebt, anscheinend den Tod eines kleinen Jungen verschuldet zu haben. Für den Dominik.«

Lisa schüttelte leicht den Kopf. »Wieso macht man so was?«, fragte sie.

»Das müssen wir ihn schon selber fragen.«

Eine halbe Stunde später standen die Kommissare vor dem Haus des alten Schornsteinfegermeisters. Das Häuschen stand in Hohnhardt und war durchaus adrett zu nennen, der Schnee im Vorgarten bedeckte die leuchtend bunten Rosenkugeln nur teilweise, was einen überaus reizvollen Kontrast abgab. Eine Elch-Leuchtfigur stand seitlich des Gartenweges, was dem ganzen Haus einen etwas amerikanischen Touch verlieh. Der Gartenweg war ordentlich geschippt, der Hauseingang überdacht und ebenfalls liebevoll dekoriert. Die Kommissare klingelten, und nach etwa einer halben Minute hörten sie Schritte hinter der schweren Haustür, und es wurde geöffnet. Der Frau, die hinter der Tür stand, entgleisten buchstäblich die Gesichtszüge, als die Kommissare sich vorstellten. Sie war wohl um die 50 und trug ihr dunkel gefärbtes Haar in einem modischen Bob. Ferner hatte sie einen beigefarbenen Wollpullover und eine braune Hose an.

»Dürfen wir kurz hereinkommen?«, fragte Lisa. »Aber natürlich«, meinte die Frau und trat beiseite. Das Innere des Hauses war überwiegend in Holz gehalten und wirkte charmant antiquiert und gepflegt. Es liefen leise deutsche Schlager. Die hellen Holzdielen führten in ein Wohnzimmer mit beigefarbener Auslegware und einer freundlich blumengemusterten Couchgarnitur. Wie in Wohnzimmern aus dieser Dekade üblich, befand sich am Eingang eine Essecke, die aus einer furnierten Sperrholzbank und drei Stühlen bestand. Auf der Bank saß der Schornsteinfegermeister Hermann Hähnlein, vor sich ein Viertele Wein und neben sich die Zeitung. »Hermann, da sind welche von der Polizei«, leitete die Frau ein, und Lisa und Heiko setzten sich auf ein Nicken des alten Schornsteinfegers auf zwei der Stühle, während die Frau sich auf dem dritten niederließ.

Lisa kramte in ihrer Manteltasche und legte eine Kopie des Zeitungsausschnittes auf den Tisch. »Ist das von Ihnen?«, fragte sie unumwunden, und der Blick, den Hähnlein seiner Frau sandte, machte klar, dass die Kommissarin ins Schwarze getroffen hatte. Die Frau dachte sich wohl, dass Leugnen hier zwecklos sei, sicherlich hatte die Polizei schon ihre Fingerabdrücke gefunden, schluckte, senkte den Kopf und nickte.

»Lisbeth!«, entfuhr es dem Mann, »was machst du denn für Sachen!«

»Wieso schicken Sie uns das anonym?«, fragte Lisa, das Kinn in die Hand gestützt. Die Frau zuckte die schmalen Achseln. »Weiß nicht. Ich wollte keine Schererein. Und ich wollte meinen Mann da raushalten.«

Heiko lehnte sich in den Stuhl zurück, der reichlich unbequem war, da die Lehne schmal und ungepolstert war. »Dann erzählen Sie mal, Herr Hähnlein«, forderte er. »Was war denn damals los?«

Dem Mann war sein Unwohlsein anzusehen, ihm brach der Schweiß aus und er musste zweimal an seinem Wein nippen, bevor er beginnen konnte: »Das ist doch alles schon so lange her.«

»Ziemlich genau zehn Jahre«, schaltete sich die Frau ein, wurde aber durch einen mahnenden Blick ihres Mannes augenblicklich zum Schweigen gebracht.

Hähnlein faltete die Hände wie zum Gebet. Aus den Lautsprechern dröhnte der Gassenhauer »Das ist Wahnsinn« von Wolfgang Petri. »Der Dominik war so jung, das war dem sein zweites Lehrjahr«, erzählte der Mann schließlich. »Er hat damals die Heizung bei den Leuten gewartet, im Kinderzimmer, und das Leck übersehen.«

»So, das Leck«, meinte Lisa, die sich keinen Reim darauf machen konnte. »Und dann?«

»Die Eltern waren auf dem Elternabend und haben

den Kleinen zu Hause allein gelassen. Und vorher noch die Heizung aufgedreht, damit er es schön warm hat«, fuhr Hähnlein fort. Wieder ein Schluck Wein, während Petri die Hölle besang.

»Und?«, machte Lisa.

»Na, dann ist das Kohlenmonoxid ausgetreten, und der Kleine ist erstickt. Es war ein schrecklicher Unfall.«

»Ein Unfall«, bestätigte Heiko. »Und die Idee, dass das ein fantastisches Mordmotiv abgibt, ist Ihnen erst jetzt gekommen?«, tadelte Heiko.

Hähnlein zuckte die Achseln und wirkte absolut hilflos, klammerte sich nun mit beiden Händen am Weinglas fest. »Mein Mann hat sich wohl gedacht, dass die arme Frau schon genug gestraft ist«, schaltete sich die Ehefrau wieder ein. Erneut versuchte ihr Mann, sie durch bloßes Anstieren zum Schweigen zu bringen, was aber diesmal nicht funktionierte.

»Welche Frau?«, fragte Heiko.

»Na, die Zeitlers Marianne aus Banzenweiler«, ereiferte sich die Hausherrin. »Mein Mann ist ja sooo gutherzig!« Jetzt wurde ihr Ton böse, und ihre Augen verengten sich zu schmalen Schlitzen. Ihre Mundwinkel zuckten, und man sah, dass sie nur mühsam die Fassung behielt. »Der *arme kleine Dominik* hat Scheiße gebaut und aus Versehen mal ein Kind umgebracht. Aber er kann nicht dafür geradestehen, nein.«

»Ich wäre sowieso drangewesen«, verteidigte sich der Mann. »Als Meister bin ich mitverantwortlich.«

Die Frau beugte sich nach vorne und verschränkte dabei die Arme fest über der Brust. »Zehn Jahre lang haben die Leute meinen Mann hinter vorgehaltener Hand als Kindsmörder beschimpft. Und ich, ich bin seine Frau, die Frau des Kindsmörders.« Die Stimme der Frau schwankte nun zwischen gefährlich leise und brechend.

»Und jetzt hatten Sie genug«, meinte Lisa.

Die Frau lehnte sich wieder zurück und antwortete: »Sie können sich nicht vorstellen, wie das ist. Oder?« Lisa schwieg.

»Man ist gebrandmarkt. Es gibt die wildesten Gerüchte. Mein Mann sei pervers und hätte das mit Absicht gemacht. Oder mindestens, er sei ja vollkommen unfähig in seinem Job. Und ich, ich bin seine Frau, ich gehöre quasi dazu. Und alles nur, damit der liebe Dominik unbehelligt weiterleben kann. Dabei hat *er* die Scheiße gebaut.«

»Sie wollten ihn beschützen«, stellte Heiko fest, an den Mann gewandt, um der wütenden Gattin etwas die Luft rauszulassen. Kurz durchzuckte der Gedanke sein Hirn, die Frau könne selbst etwas mit dem Mord zu tun haben, bei all der Wut. Aber nein, dann hätte sie ihnen wohl kaum den Zeitungsausschnitt geschickt.

»Er war untröstlich. Und seine Lehre hätte er in der Pfeife rauchen können. Dabei war doch der Dominik ein guter Junge, so hoffnungsvoll …«

»… und an deine Frau hast du nie gedacht, niemals«, kam es wieder von der Seite.

»Du hättest mich unterstützen müssen«, widersprach Hähnlein.

»Niemals. An andere Leute, ja. Aber an mich«, sie schlug sich mit der flachen Hand auf den Brustkorb, und ihr Tonfall wurde weinerlich, ihre Stimme brach, »an mich niemals.« Der Mann sagte nichts mehr, sondern trank noch einen Schluck Wein. »Du denkst immer nur an dich, das reicht für zwei«, unterstellte er schließlich murmelnd. Die Frau biss sich auf die Lippen und schüttelte statt einer Antwort einfach nur den Kopf.

»Also hat der Dominik Winter den Sohn von Marianne Zeitler auf dem Gewissen«, stellte Heiko fest. »Wussten die Zeitlers das?«

»Steht doch im Artikel«, erinnerte Lisa. »Dass das Ehepaar während der Verhandlung Zweifel geäußert hat, ob nicht der Azubi den Ofen gewartet hat.«

»Stimmt«, bestätigte der alte Meister. »Der Richter hat aber mir geglaubt, und ich habe gelogen, für den Dominik.«

»An die Eltern haben Sie nicht gedacht?«, tadelte Lisa sanft.

»Nichts, was ich gesagt oder getan hätte, hätte den kleinen Benni wieder zurückgebracht«, versetzte der Mann. »Ich hätte nur noch eine weitere Familie ins Unglück gestürzt, Dominiks Leben ruiniert und das seiner Familie.«

»Jetzt ist *er* tot«, meinte Heiko lakonisch.

»Ja«, sagte der Mann und leerte endlich sein Glas bis auf den letzten blutroten Tropfen. »Jetzt ist er tot.«

»Und das Leben der Zeitlerin ist zerstört«, meldete sich die Frau wieder mit gefassterer Stimme.

»Ihr Kind ist tot, der Mann ist ihr davon, weil er sie nicht mehr ertragen hat, sie war lang in Weinsberg, und jetzt hat sie auch noch einen Mord begangen.«

»Na, na«, tadelte Lisa, »das zu klären, müssen Sie schon der Polizei überlassen.«

Heiko und Lisa setzten sich in den M3 und fuhren sofort los nach Banzenweiler.

»Das Foto«, erinnerte sich Lisa.

»Welches Foto?«

»Na, das von dem kleinen Jungen.«

»Hm?«

»Das die Frau Zeitler in der Wohnung hat. Das ist doch sicher der Benjamin, und nicht ihr Patenkind.«

Heiko nickte. »Ja, das kann sein.«

»Aber woher kann die Frau denn das Beruhigungsmittel haben? Die hat doch gar keine Haustiere.« Heiko dachte nach. Für so clever, dass sie es per Internet bei irgendwelchen dubiosen chinesischen Internethändlern quasi vorbei am Zoll bestellt hatte, hielt er die Frau nicht. Das war nicht ihre Generation. »Der Gift- und Futtermittelhändler!«, entfuhr es ihm plötzlich.

»Hm?« Lisa zog fragend die Augenbrauen zusammen.

»Hat nicht gestern in der Sauna der Schraubenhändler den Majewski ›Gift- und Futtermittelhändler‹ genannt? Vielleicht kommt der an so was dran.« Lisa dachte kurz nach und nickte dann. Das konnte durchaus sein. Oder der wusste zumindest noch jemanden, der das Mittel haben könnte. Heiko steckte das Handy in die Freisprechvorrichtung und rief seinen Saunakumpel an.

»Majewski?«, meldete sich der.

»Hallo Majewski, hier Heiko, du, ii hobb do mol a Frooch«, begann Heiko das Gespräch.

»Ou«, meinte der Mann, »dienstlich?«

»Ja, so ziemlich.«

»Wenn ich der Polizei helfen kann.«

Heiko konnte das Grinsen des Mannes fast durch die Leitung sehen. »Hast du in deinem Repertoire ein Medikament mit dem Wirkstoff Acepromazin?«

»Is des ein Verhör?«, kam die Gegenfrage.

»Mir egal, ob du das darfst oder nicht«, beruhigte Heiko, »piepegal. Es geht um einen Mordfall.«

»Bin ich verdächtig?«, fragte Majewski.

»Nein«, beruhigte Heiko. »Aber jemand anderes.«

»Wer denn?« Nun sprach unverhohlene Neugier aus der Tonlage.

»Hast du jetzt was mit Acepromazin oder nicht?«

»*Calmicare* hab ich«, versetzte der Mann schließlich zähneknirschend. »Privat, weisch.«

»Is scho recht«, beruhigte Heiko ihn, er würde sich hüten, seinem Saunakumpel daraus einen Strick zu drehen. »Und hast du das neulich mal irgendjemand verkauft? Oder gegeben?«

Schweigen am anderen Ende der Leitung, der Mann schien zu überlegen. Dann, endlich: »Da kam eine aus Banzenweiler und hat gemeint, ihre Katz sei immer so unruhig. Und da hab ich ihr das gegeben. Einmal *Calmicare*. Ist so drei, vier Wochen her.«

»So«, meinte Heiko. »Und weißt du auch noch, wie die hieß, die Frau?«

»So eine dürre, ungesund ausschauende«, überlegte Majewski. »So Mitte 40 vielleicht.«

»Und der Name?«

»Weiß ich doch net, glaubsch du, meine Kunden stellen sich vor? Die hat bloß gesagt, sie hätte eine Katze, und die tät net gut. Und ich kann mich auch nur an die Frau erinnern, weil die derart viel von ihrer Katz gschwätzt hat.«

»Hat sie vielleicht mit EC-Karte bezahlt?«, fragte Lisa.

»Awwa«, meinte Majewski, »bestimmt net.«

»Aber du tätesch sie erkennen, wenn du ein Foto siehst?«, hoffte Heiko.

»Das auf jeden Fall.« Heiko, der wusste, dass der Majewski kein allzu modernes Handy hatte, beorderte den Mann an seinen Computer, hielt kurz am Straßenrand an und googelte nach den letztjährigen Aufführungen des Sängerbundes Altenmünster. Und tatsächlich fand er ein Pressefoto, auf dem Marianne Zeitler, als Putzfrau verkleidet, zu sehen war, zumindest im Hintergrund. Er mailte das Bild dem Gift- und Futtermittelhändler, rief ihn wieder an und fragte ihn, ob die Frau, die das *Calmicare* gekauft hatte, auf dem Foto sei.

»Die mit dem Kleiderschurz«, informierte Majewski.

»Die Putzfrau?«, versicherte sich Heiko.

»Das könnte sie sein«, bestätigte Majewski.

Das genügte vollkommen. Die winterliche Landschaft rauschte an den Kommissaren vorbei, die weißen Felder hatten etwas Meditatives. Und dann, endlich, standen sie wieder vor dem trostlosen Haus und klingelten vergeblich, denn Marianne Zeitler war nicht daheim.

Sofort rief Heiko auf dem Revier an und schrieb die Frau zur Fahndung aus. Dann riefen sie bei Häußlers an, weil Lisa die Idee hatte, dass die vielleicht wissen könnten, wo sich die Zeitlerin aufhielt. Allerdings war auch hier niemand zu Hause, was zumindest die Wahrscheinlichkeit erhöhte, dass alle drei bei einer Theaterprobe waren.

Es war inzwischen dunkel geworden, stockdunkel, und trübe schien schummriges Licht durch die Oberlichtfenster der Turnhalle Altenmünster. Der Schnee schimmerte grauweiß vom Boden herauf, hier und da durch das Licht der Straßenlaternen auch silberglänzend oder funkelnd. Auf der Tür klebte ein gelbes Plakat, das auf die Veranstaltung hinwies, nur der Termin war mit einem weißen Aufkleber korrigiert. Die Kommissare betraten die Vorhalle und sahen durch die geöffnete Tür sofort, dass die Probe tatsächlich in vollem Gange war. Kurze Zeit später standen Lisa und Heiko am hinteren Ende der Halle und entdeckten auch wirklich Marianne Zeitler auf der Bühne, ebenso wie alle anderen Schauspieler. Offenbar handelte es sich um die Schlussszene des ›Dorftheaters‹. Heiko rief flüsternd auf dem Revier an und forderte Verstärkung an, schärfte den Beamten auch ein, den Notausgang hinter der Bühne von außen zu benutzen beziehungsweise zu besetzen. Die Zeitlerin durfte ihnen jetzt auf keinen Fall durch die Lappen gehen. »Des hätt ii net denkt, dass du mit derra rumschmiersch«, sagte Else Häußler gerade in ihrer Rolle als spießige Oberlandfrau zu Martin Seiler, der einen Arm um Sybille gelegt hatte. »Ii hobb mers scho halwi denkt«, schauspielerte Marianne weltvergessen. Keiner hatte die Kommissare bisher bemerkt, so versunken waren die Schauspieler in ihr Spiel. »Sou schlecht is des Maadle net«, relativierte der Pfarrer, der alte Winter. »A elende Schlampe ist das«, meinte Verena Polanski in zweifelhaftem Hohenlohisch, das einen deutlich ostdeutschen Einschlag hatte. »Stätt net scho in dr Bibel: Wer unter euch ohne Sünde ist, der werfe den ersten Stein«, dröhnte der Pfarrer-Winter und hob theatralisch-mahnend den Zeigefinger. »Dass du des segsch, wor ja klar«, meinte die Häußler-Landfrau trocken. »Jesus hat die Maria Magdalena aa uffgnomma«, meinte wieder der Pfarrer. »Und du hasch die Luise aa uffgnomma, net wohr«, meinte die Häußlerin trocken. Sie spielte nicht schlecht. Stimmt sogar im wahren Leben, dachte sich Lisa. »Wir sind außerdem nicht Jesus«, hielt die Zeitler-Landfrau dagegen. Wie wahr, dachte Heiko bei sich und wechselte einen Blick mit Lisa. »Aber Chrischda simmer, oder net?«, meinte nun der Häußler, der auf der Bühne irgendwie deplatziert wirkte, die Hände in den Hosentaschen. »Helmut!«, mahnte die Häußlerin und fiel damit aus der Rolle. »Ii hobb dr doch gsocht: Natürlicher muss des aussecha. Hend aus dr Hosadasch. Schbiel aweng. Versetz dich in die Situation hinein.«

In diesem Moment schimmerte von draußen unregelmäßiges Blaulicht herein. Offenbar waren die Kollegen da. Die Schauspieler hielten inne und sahen verwundert zur Fensterreihe, durch die das Licht hereinfiel. »Was issn jetz los!«, eiferte sich die Häußlerin, blickte in den Zuschauerraum hinunter und erstarrte, als sie die beiden Kommissare wahrnahm, die inzwischen direkt vor der Bühne standen. »Ihr stört unsere Probe«, meinte sie ungehalten und zog die Augenbrauen tadelnd zusammen.

»Des muss sein«, meinte Heiko und kam sich schlagartig ein klein bisschen wie Columbo in der Schlussszene vor. Oder wie Hercule Poirot.

»So wichtig?«, meinte der alte Winter. »Haben Sie den Mörder?«

»Ja. Wir glauben, dass wir den Mörder haben«, meinte Lisa. »Die Mörderin vielmehr.«

Automatisch trat Häußler einen Schritt zurück, wohl froh, dass er nicht eines Mordes bezichtigt werden würde, den er nicht begangen hatte. »Des is ja lächerlich«, wiegelte die Häußlerin ab. »Von uns würd' niemand so was machen, niemand.« Trotzdem ließ sie ihren Blick nachdenklich-interessiert zwischen ihre Geschlechtsgenossinnen schweifen.

»Ich war's nicht«, beteuerte Verena Polanski sofort. Diese Lehrer hatten offenbar immer ein latent schlechtes Gewissen.

»Es gibt jemanden, der ein besseres Motiv hatte, Dominik Winter umzubringen, als alle anderen zusammen«, begann Lisa.

»Lassen Sie das Theater und reden Sie Tacheles«, forderte Winter ungehalten.

Lisa nickte und machte dann weiter: »Genau zehn Jahre vor Dominiks Tod ereignete sich ein schrecklicher Unfall. Ein junger Schornsteinfegerlehrling, Dominik Winter, hatte eine Heizung in einem Kinderzimmer nicht ordnungsgemäß gewartet. Und der kleine Junge, dessen Kinderzimmer das war, starb tragischerweise an einer Kohlenmonoxidvergiftung.«

»Schrecklich«, meinte Sybille, und die Häußlerin schüttelte nur fassungslos den Kopf. ›Das war doch der Meister‹, hielt der alte Winter, der wohl den Ruf seines Sohnes rein halten wollte, dagegen.

»Das wurde allen erzählt, um Dominiks Karriere zu retten. Der Meister hat es auf sich genommen. Aber an der Heizung geschraubt hat der Dominik.«

Schweigen breitete sich aus, alle blickten sich betreten an, jeder überlegte wohl, wer damals ein Kind verloren hatte. »Frau Zeitler«, begann Lisa. »Ich kann Sie irgendwie verstehen.« Marianne Zeitler stand mit verschränkten Armen da. Winter musterte sie mit einem Ekel im Blick, dass es Heiko ganz anders wurde. Marianne schüttelte den Kopf, ging dann ein paar Schritte zurück, fasste hinter die Bühne und hielt plötzlich eine Nagelpistole in der Hand. Natürlich. Es gab eine neue. Die wurde noch für die Kulissen gebraucht, immer noch.

»Ja, so war das. Und er hat es verdient.«

Die anderen rückten von ihr ab, mit offenen Mündern, und starrten sie ungläubig an. »Er hat es verdient«, behauptete sie und streichelte die Nagelpistole, als wäre sie eine willkommene Freundin.

»Marianne, mach keine Dummheit«, raunte Verena, gerade so laut, dass es alle hören konnten.

»Er hat sich einen Dreck um meinen Jungen geschert. Nicht einmal entschuldigt hat er sich.« Tränen rannen nun über das magere Gesicht. Die Zeitlerin drehte die Pistole in Händen. Eine Freundin. Eine liebe Freundin. Willkommen. So willkommen. »Ich hab das Zeug in den Obstler gekippt«, erklärte die Frau.

»Das der Majewski Ihnen gegeben hat.«

Die Frau lachte kurz und unfroh auf. »Nicht schlecht«, meinte sie und hielt den linken Zeigefinger lobend in die Höhe. »Nicht schlecht, Herr Kommissar.« Dann legte sie die Hand zurück an die Pistole und fuhr fort, das Werkzeug zu umklammern und zu streicheln. So intensiv, dass ihre Fingerknöchel weiß hervortraten. »Nicht schlecht.« Auch Heiko war inzwischen auf die Idee gekommen, dass die Frau eine Dummheit vorhaben könnte, und simste den Beamten blitzschnell, dass der Polizist am Notausgang sich von hinten an die suizidgefährdete Frau anschleichen sollte. Er hoffte inbrünstig, dass die Kollegen seine SMS kapierten und richtig reagierten. Inzwischen mussten sie Zeit gewinnen.

»Er hat meinen Benni auf dem Gewissen, und es war ihm egal.«

»Es war ihm nicht egal«, widersprach Winter. »Er hat immer wieder davon angefangen. Ich wusste ja nicht, dass er das war.«

»Mir war klar, dass ich ihn bestrafen musste, weil unsere Justiz nicht funktioniert. Die haben alle dem alten Hähnlein geglaubt, alle. Dabei hab ich mit eigenen Augen gesehen, wie der Dominik an der Heizung geschraubt hat.«

Die Zeitlerin zog ihre inzwischen rinnende Nase hoch und wischte sich kurz mit dem Ärmel darüber. Dann fuhr sie fort: »Also habe ich mir schon vor zwei Jahren ausgedacht, wie ich ihn bestrafen könnte. Ich bin ja meines Lebens nicht mehr froh geworden. Wir beide nicht. Mein Mann und ich. Ich war sogar in der Klapse, in Weinsberg!« Sie lachte unfroh, laut, hysterisch. »Und dann sah ich sein Foto in der Zeitung, bei der Theateraufführung.«

»So«, machte Heiko, um wenigstens eine kleine Verzögerung zu erzeugen. Er hörte, wie der Notausgang leise auf und zu ging und betete, dass die Zeitlerin es nicht merken würde. Aber da bestand keine Gefahr, denn die Frau war völlig weggetreten. Ihre Finger spielten zärtlich mit dem Abzug, der erst durchziehen würde, wenn die Nagelpistole auf einen Widerstand träfe. Auf eine Stirn zum Beispiel. Von hinten näherte sich nun der Kollege, und Heiko hoffte inbrünstig, dass die Frau sich nicht umdrehen würde und dass auch keiner der anderen Schauspieler den Kollegen durch kuhäugige Blicke in seine Richtung verraten würde. »Und dann hab ich auch bei dem Theater mitgespielt.«

»Marianne!«, ereiferte sich die Häußlerin. »Du hast das die ganze Zeit geplant? Zwei Jahre lang?«

»Es musste perfekt sein. Und es durfte nichts schiefgehen. Also habe ich ihn betäubt. Und mich versteckt und gewartet, bis alle weg waren. Und bis der Dominik handlungsunfähig war. Aber er hat es trotzdem gemerkt. Er konnte sich nur nicht mehr wehren.« Unfroh bleckte sie die Zähne. Schweigen bei den anderen Schauspielern. Hinter der Zeitlerin knarzte eine Bohle, weil sich der Polizist langsam auf sie zubewegte. Alle hielten den Atem an, aber die Frau bemerkte das Geräusch nicht. »Mein Junge hat nichts gemerkt. Und er konnte sich nicht wehren. Er war so hilflos. So unschuldig. Ein Kind. *Mein* Kind. Und ich konnte ihm nicht helfen. Er war schon tot, als wir nach Hause kamen.« In der Halle war es für einige Sekunden so still, dass Heiko seinen eigenen Atem hören konnte. Der Kollege hinter der Frau erstarrte in seiner Bewegung. Er war auf etwa einen Meter an sie herangekommen. Die Frau hob die Nagelpistole. »So hab ich es gemacht«, meinte sie und machte eine Bewegung, um das Gerät an die Stirn zu führen.

»Nein«, schrie Verena, »mach's nicht, Marianne! Ich … kann dich verstehen.« Tatsächlich hielt die Frau inne und schickte der Referendarin ein Lächeln. »Danke, Verena. Aber es ist zu spät.«

»Ja, mach doch«, meinte Winter kalt, eiskalt. Die Wut in seinen Augen war blanker Hass geworden. »Du weißt, wie es ist, wenn man ein Kind verliert, und nimmst mir meinen Jungen. Mach doch. Nur zu. Du verdienst es.« Marianne richtete sich kerzengerade auf, breitbeinig, spannte den ganzen Körper an, konzentriert, hob die Hand zur Stirn, schloss die Augen, näherte sich mit dem Gerät der Stirn, zehn Zentimeter, fünf, zwei – und dann packte der Polizist von hinten ihren Arm, drehte ihn so brutal auf den Rücken, dass Marianne Zeitler vor Schmerz aufwimmerte, und entwand der Mörderin die Waffe, die mit einem Scheppern zu Boden fiel.

SAMSTAG,
19. DEZEMBER

Die Turnhalle Altenmünster war bis auf den letzten Platz besetzt. Die schweren Holztüren waren geschlossen, und die Altenmünsterer und Ingersheimer unterhielten sich angeregt, das Programm verfolgend. Auf den Tischen lagen kleine Tannenzapfen und rote Glaskugeln, die Wände schmückten Tannengirlanden. Nicht nur der Sängerbund würde heute auftreten, sondern auch die *Vielharmoniker*, ein Kammerchor, und die *Klangfärberinnen*, ein Frauenchor. Ganz vorne in der Halle saß Stefanie Winter, neben sich die eher gelangweilt wirkenden Kinder und ihre Freundin Anja. Sie hatte sich schon bei Lisa und Heiko für die Aufklärung des Falles bedankt und wirkte deutlich gelöster. Die Kommissare hatten sich einem netten Ehepaar gegenübergesetzt, mit dem sie angeregt plauderten. Obwohl die Veranstaltung eben erst begonnen hatte, war die Halle aufgeheizt und schwül. Allerdings empfand man das nicht als unangenehm, vielmehr vermittelte es eine recht gemütliche Atmosphäre. Die Stimmen der sich unterhaltenden Menschen schwollen zu einem gleichmäßigen Murmeln an, das erst beendet war, als schließlich der Vorsitzende des Sängerbundes Altenmünster/Ingersheim, wie seine Sangesbrüder in ein dunkelrotes Sakko gewandet, zum Mikrofon trat und mit dem Finger probeweise dagegenklopfte.

»Guten Abend, meine Damen und Herren«, begrüßte er die Anwesenden in mühevollem Hochdeutsch, »und herzlich willkommen zur Jahresfeier des Sängerbundes Altenmünster/Ingersheim.« Verhaltener Applaus war zu hören. Im Hintergrund marschierten die Sängerbündler auf und stellten sich in Position. »In diesem Jahr wird unsere Jahresfeier von einem furchtbaren Verbrechen überschattet«, meinte der Mann weiter, und seine Stimme wurde etwas brüchig. Die Gespräche, die bisher weitergeführt worden waren, nur eben etwas leiser, verstummten jetzt gänzlich. »Unser Dominik wurde abberufen«, fuhr der Vorsitzende fort und strich sich etwas unbeholfen übers Haar. »Ich bitte Sie daher alle, sich zu erheben.« Nun war a außer dem Scharren beim Stühlerücken nichts mehr zu hören. Birkenmeier drehte sich zu seinen Sangesbrüdern um und dirigierte. Schließlich klang ein volltönendes »Ich hatt' einen Kameraden« aus den Männerkehlen, und der Mann neben Heiko wischte sich verstohlen eine Träne aus dem Augenwinkel. Als der Chor geendet hatte, ging Birkenmeier zur jungen Witwe und kondolierte ihr. Dann trat er wieder ans Mikrofon. »Wir werden dem Dominik ein ehrendes Andenken bewahren«, versprach er. Zustimmendes Murmeln erklang. »So, aber jetzt wollen wir doch die Jahresfeier beginnen lassen.«

Die Menschen atmeten kollektiv hörbar durch, die während einer Rede in Hohenlohe üblichen Nebengespräche brandeten wieder auf. Birkenmeier sagte die verschiedenen Lieder an, die der Sängerbund, die *Vielharmoniker* und die *Klangfärberinnen* anschließend zum

Besten geben würden. Heiko bestellte während ›Am Brunnen vor dem Tore‹ bei der Bedienung murmelnd eine Schlachtplatte, während sich Lisa für den Vesperteller entschied, aber erst, nachdem sie sich absolut versichert hatte, dass der keine Büchsenwurst enthielt. Auf dem Programm stand nämlich seit einigen Jahren, dass während des Theaterstücks kein Essen serviert wurde, um wenigstens das Besteckklappern während der Aufführung einzudämmen. Die Sängerbündler gaben noch einige modernere Stücke zum Besten, schließlich traten die *Vielharmoniker* und dann die *Klangfärberinnen* mit ihren typischen blauen Schals auf.

»Die sind gut«, meinte Lisa und applaudierte nach ›I will follow him‹ frenetisch. »Hm!«, machte Heiko und hielt Ausschau, ob die Bedienung nicht endlich seine Schlachtplatte brächte. »Lose?«, fragte jemand. Lisa und Heiko blickten auf und entdeckten einen mittelalten Mann, der einen hölzernen Kasten mit bunten Losen in Händen trug. »Kommt dem Sängerbund zugute.« Heiko nickte und zückte seinen Geldbeutel. »Zehn Stück bitte.«

»Und was gewinnt man da?«, fragte Lisa.

»Das erfahrt ihr nachher bei der Ausgabe«, erklärte der Mann.

»Das ist ja spannend!«, meinte Lisa kichernd. Heiko ließ seine Freundin alle Lose aussuchen – Frauen hatten da ein besseres Händchen – und tatsächlich hatten sie sechs Nummern und nur vier Nieten. Schließlich stellte die Bedienung vor Heiko die Schlachtplatte und vor Lisa den Vesperteller ab. Lisa schüttelte sich nach einem Blick auf die Schlachtplatte. »Musst du das denn immer essen«, schimpfte sie.

»Wieso, des schmeckt gut«, rechtfertigte sich Heiko.

»Aber es schaut nicht gut aus«, meinte Lisa.

»Den Männern ist das egal«, erklärte die Sitznachbarin. Lisa inspizierte ihren Vesperteller und nickte anerkennend. *Das* sah gut aus.

Eine halbe Stunde später waren die Darbietungen beendet und das Theaterstück begann. Und Heiko musste zugeben, dass Martin Seiler als Geliebter der Prostituierten Sybille Klein gar nicht schlecht war.

»Die ist ja auch von ihrem Mann weg«, erzählte die Frau.

»Wer?«, fragte Lisa.

»Na, die die Prostituierte spielt.«

»Sybille Klein?«, wunderte sich Heiko.

»Ja, das hab ich gehört.«

»Na, manchmal passt man eben doch nicht so gut zusammen«, meinte Lisa unverbindlich, konnte sich aber insgeheim schon denken, warum.

Alle Schauspieler mimten ihre Rolle gut, auch wenn es bei Verena Polanski mit dem Hohenlohisch etwas haperte. Und perfekt war natürlich gar nichts, vor allem, weil es jetzt keinen Souffleur mehr gab. Aber das machte nichts, die Aufführung des ›Dorftheaters‹ war durchaus gelungen. Das Publikum brüllte vor Lachen, als der Pfarrer aus Luises Wohnwagen schlich und Berta im Gebüsch hockte. Insgesamt amüsierten sich die Leute wunderbar, natürlich nicht, ohne sich nebenher angeregt zu unterhalten.

»Aber besonders leise ist es ja nicht«, kritisierte Lisa im Flüsterton. »Ich kenne das vom Theater anders.«

Heiko grinste. »Das ist bei den Hohenlohern normal. Die könna oofach ihr Gosch net halta.«

Zwei Stunden später standen die Kommissare in einer Schlange vor der Ausgabe. Der Abend war fast vorüber, die Leute hatten den Weißherbstschorlen und Bierhalben ordentlich zugesprochen, waren pappsatt und gut gelaunt. Vor einer Stunde hatte ein Alleinunterhalter angefangen, Schlager zum Besten zu geben, und Lisa hatte aus Trotz mit dem Altenmünsterer Postboten getanzt, weil Heiko sich schlichtweg mit einem »Nix« geweigert hatte. Soeben erklang ›Ein Stern, der deinen Namen trägt‹.

Schließlich war das hohenlohisch-westfälische Ermittlerpaar an der Ausgabe, und Heiko reichte dem konzentriert dreinblickenden Herrn seine sechs Lose. Der Mann verschwand zu den Tischen hinter sich, auf denen die Preise lagen, und stellte beziehungsweise legte nach und nach ein rosa Alpenveilchen, eine Salami, eine Flasche Heidelbeerwein, ein Duschgel mit Ginkgo-Extrakt, eine Reisezahnbürste und ein kleines Teddybärchen mit Nikolausmütze vor den beiden ab. Lisa schnappte sich sofort das Bärchen und meinte grinsend: »Schau mal, Bärchen. Das passt ja wunderbar!« Das war einer der Momente, in denen Heiko brummte.

DONNERSTAG, 24. DEZEMBER

Lisa war nervös, denn es musste alles perfekt sein. Soeben zerließ sie die Butter in der Pfanne (Hohenloher sagten eigentlich »der Butter«), der Karpfen schmorte in der Röhre. Das Haus war geputzt, die Kerzen auf dem Adventskranz, der jetzt auf dem Couchtisch stand, brannten. Der Esstisch war wunderschön weihnachtlich dekoriert, mit einem Rentier-Tischläufer und fröhlichen Strohsternen. Die Außenbeleuchtung war angeschaltet, und sogar die Küche war trotz des großen Essens schon wieder einigermaßen vorzeigbar. Der Haushalt ihrer Mutter Maria Luft war perfekt, man konnte vom Boden essen. Sternzeichen Jungfrau. Akribisch und pedantisch. Ihre Mutter hatte damals nicht begriffen, was sie in der Fremde wollte. Aber sie hatte eine Auszeit gebraucht, und tatsächlich hatte sie eigentlich gedacht, dass ihr Ausflug in die Provinz eine vorübergehende Sache sei, kontemplativer Art sozusagen, Selbstfindung. Dann war sie doch einigermaßen überrascht gewesen, dass sie hier tatsächlich ihr Glück gefunden hatte. Ja. Sie war tatsächlich glücklich in ihrem tiefsten Inneren.

Und den Fall hatten sie gut abgeschlossen. Und die Betriebsweihnachtsfeier, bei der Schorsch eine tränenreiche Rede gehalten hatte (alle hatten sich auf die Lippen gebissen, um nicht laut loszulachen, als er sich sogar eine Träne aus dem Augenwinkel wischte, weil sie so ein »tolles Team« seien) und bei der Simon endlich zum Kommissar ernannt worden war, war vorbei. Alles war erledigt, man konnte sich der Zeit zwischen den Jahren widmen, zur Ruhe kommen. Nach der Weihnachtsfeier, denn alles musste perfekt sein. Heiko trat von hinten an sie heran und schlang die Arme um sie.

»Na, du perfekte Hausfrau«, frotzelte er, und sie machte sich brüsk los und drehte sich zu ihm um, um ihm mit dem Kochlöffel kräftig auf den Po zu klopfen. »Ich geb dir gleich perfekte …«, fing sie an, aber Heiko hatte schon ihre Arme in einen eisernen Griff gezwungen, sie geschnappt und geküsst. Sie musste lächeln. »Doch, echt, du machst das gut.« Lisa drehte sich zurück und rührte in der Pfanne, obwohl es eigentlich nichts zu rühren gab. »Hm«, machte sie. Das war in dem Fall wohl die passende Antwort. Sekunden später klingelte es, und Sieger stand vor der Tür. Sita stieg kläffend an ihm hoch, und die Katze verzog sich mit erhobenem Schwanz ins Wohnzimmer. Nur Alfred blieb, wo er war. Heikos Onkel wohnte in Cröffelbach und war der Inbegriff des Hohenlohers. Ein Hüne mit enormen Händen, Urhohenlohisch redend – für Lisa absolut unverständlich, deshalb blieb ihr oft einfach nur ein freundliches Nicken, wenn Sieger das Wort an sie richtete. »Is die Oma net dabei?«, fragte Lisa.

»Die will ihr Ruh«, antwortete Heiko. »Wir sollen morgen mal vorbeikommen.« Obwohl Heikos Oma noch relativ fit war, hasste sie es, ihr Haus zu verlassen, und sei es auch für Familienfeste.

»So, hier«, meinte Sieger, der ein weißes Hemd mit zu kurzen Ärmeln und eine schlecht sitzende Krawatte zur Jeans trug – es war ja Weihnachten. Er überreichte Heiko mit unprätentiöser Geste eine Flasche Wein, die Heiko sogleich ausgiebig würdigte. »Was mekschn mit denna Reisigbüschl im Vorgarta? Und wieso sin do sou Mütza druff?«

»Scht«, mahnte Heiko und zeigte in Lisas Richtung. »Das sind doch Rentiere. Die sind Deko.« Sieger grinste. Nun kam Lisa aus der Küche und entdeckte die Weinflasche in Heikos Händen. »Aber Bescherung ist doch erst nachher«, tadelte Lisa.

»Sou a Schwachsinn. Mir sin doch ko Kiind mehr«, meinte Sieger und schüttelte den Kopf.

»Also ich finde das schön. Weihnachten ist doch ein Familienfest, das Fest der Liebe, und da …« Das Türklingeln unterbrach sie, und sie wusste sofort, dass das ihre Eltern waren, denn so durchdringend und fordernd konnte nur ihre Mutter klingeln. Sie strich sich über die Haare, Heiko verzog sich wie ein kleiner Junge hinter sie, und dann ging sie zur Tür. Sita begleitete sie hüpfend und bellend, die Katze blieb verschwunden. Lisa öffnete die Tür.

»Liiiiiiiebes«, machte ihre Mutter und umarmte sie geziert, um dann links und rechts an ihr vorbei die Luft zu küssen. »Wie geht es dir? Die Landluft scheint dir gutzutun, du bist etwas fülliger geworden, nicht, Lieselotte?« Lisa schnappte nach Luft. Sie hatte vielleicht zwei Kilo zugenommen, mehr nicht. Außerdem hasste sie es, bei ihrem vollständigen Namen genannt zu werden.

»Haasch du etwa Lieselotte?«, tönte Sieger aus dem Wohnzimmer. Lisa verdrehte die Augen. Na super, jetzt würde Onkel Sieger sie jahrelang damit aufziehen.

Hinter Maria Luft drängte nun Roland herein, Lisas Vater, mit dem sich Heiko recht gut verstand. Er umarmte erst Lisa und streckte dann seinem Schwiegersohn in spe die Hand hin. »Na, alles klar?« Heiko nickte. Maria, mit der er inzwischen notgedrungen per Du war, hielt ihm affektiert und spitzfingrig die Hand hin. »*Grüß Gott*, das sagt man doch bei euch so, nicht wahr?« Heiko nickte. Was hätte er auch anderes tun sollen. »Kommt rein«, lud Lisa ein.

Eine halbe Stunde später kamen auch noch Heikos Eltern, und schließlich saßen alle um den Esstisch. »Aber nett habt ihr es hier«, meinte Maria und blickte sich um, wobei ihr Bob ruckartig wippte. »Richtig nett.« Pause. Und dann: »Obwohl ich jetzt keinen Kaninchenkäfig im Wohnzimmer stehen haben wollte.«

»Der Alfred ist so ein süßer Hase!«, widersprach Doris, Heikos Mutter.

»Ii däd den aa net in sou an Schdool einschberra«, meinte Sieger.

»Wie bitte?«, meinte Maria konsterniert und sah hilfesuchend Lisa an.

»Er sagt, er würde den Hasen auch nicht in einen Käfig sperren«, übersetzte sie. Manchmal verstand sie den Sieger doch.

»Nicht wahr!«, bestätigte Maria. Heiko grinste. Da hatte sie was missverstanden.

»Der Sieger meint sicher, dass er für den Hasen eine

andere Verwendung hätte«, half Roland seiner Frau auf die Sprünge. Sieger nickte, pfiff durch die Zähne und deutete eine Genick-ab-Bewegung an.

»Ach so, na ja … nun gut, hier auf dem Land ist das halt so, nicht wahr«, meinte Maria Luft und schob sich eine Gabel Karpfen in den Mund.

»Fleisch kommt in der Stadt auch von den Tieren, Liebling«, erinnerte Roland.

»Also bitte. Doch nicht von unserem Alfred!«, empörte sich Lisa. »Der Sieger isst halt auch alles! Sogar Büchsenwurst.«

»Ist doch gut«, meldete sich nun Werner, Heikos Vater, der bei Konversationen eher schweigsam war, zu Wort. »A reechde Bichsawuurschd.«

Maria nickte verständnislos. »Nun, dein Karpfen schmeckt jedenfalls wunderbar, meine Liebe. Aber wenn ich dir einen Tipp geben darf, ich würde noch ein bisschen Olivenöl drantun. Aber sonst … perfekt!«

Lisa lächelte dünn. Es war klar, dass ihre Mutter immer etwas auszusetzen hatte. Damit würde sie wohl leben müssen.

Eine Stunde später war das Essen verzehrt und der Weihnachtsbaum ausgiebig bewundert (obwohl Maria die Marabufedervögel »too much« fand). Man ging zur Bescherung über.

»Wir sollten zuerst ein Weihnachtslied singen«, schlug Lisa vor.

»Hach, ja, bei uns zu Hause haben wir ja ein Klavier, da hat die Lieselotte an Weihnachten immer so schön gespielt und gesungen. Und weißt du noch, deine Cousine Alexa hat immer so schön Geige dazu gespielt.« Wieder ein gezwungenes Lächeln von Lisa. Sie wusste noch, wie sie als Kinder zum Spielen von Weihnachtsliedern gezwungen worden waren. Eine wahre Freude war das gewesen. Und es hatte sooo viel Spaß gemacht. »Ein Klavier haben wir zwar nicht«, meinte Doris, »aber der Heiko kann doch Gitarre.« Heiko zog die Augenbrauen zusammen und runzelte die Stirn.

»Oh ja«, meinte Lisa. »Genau. Der Heiko soll ›Stille Nacht‹ auf der Gitarre spielen.«

»Kann ich nicht«, meinte Heiko und hob abwehrend die Hände.

»Stell dich nicht an, natürlich kannst du das. Jemand, der das Solo aus ›November Rain‹ auswendig spielt, wird doch wohl drei Akkorde hinkriegen«, schimpfte Lisa. Heiko sah seine Freundin an, die er eigentlich liebte, allerdings im Moment … nun gut. Die versammelte Mannschaft hatte den Vorschlag bereits für gut befunden, und somit blieb eigentlich nichts anderes mehr übrig. Heiko holte seine E-Gitarre hinter dem Schrank hervor (unterbrochen von Marias Kommentar: »Hach, ach so, keine Akustik-Gitarre, na ja.«), stöpselte sie ein, dachte bei sich, dass er auf die Weise wenigstens ums Singen drumrum käme, und eine Minute später erfüllte die ›Stille Nacht‹ das Wohnzimmer, die Frauen sangen mit hellen, begeisterten Stimmen, die Männer gar nicht. »Wunderschön«, konstatierte Doris.

»Nicht wahr«, stimmte Maria zu, und Lisa lächelte. Sieger brummte und enthielt sich jeglichen Kommentars. Weihnachtslieder brauchte kein Mensch. Und diese alberne Bescherung auch nicht.« »Einen Moment«, meinte Lisa, verschwand kurz und kehrte dann mit einem Berg Geschenke im Arm wieder. Aber statt jedem einfach sein Geschenk in die Hand zu drücken, wie vernünftige Leute das machen würden, legte sie den ganzen Berg unter dem Weihnachtsbaum ab. Sofort wurde der Haufen von der schnüffelnden Sita begutachtet. Heiko zog den Hund am Halsband weg, aber Lisa meinte: »Lass sie doch, es ist doch Weihnachten!« Und tatsächlich hatte Sita ihr Geschenk schon im Maul, ein deutlich wurstförmiges Gebilde, das in Küchenpapier eingepackt war. »Das ist wohl eindeutig für die Sita«, meinte nun Doris lachend.

»Ja, und für den Alfred gibt es auch was«, erklärte Lisa, ging kurz aus dem Zimmer und kehrte wenig später mit einem kegelförmigen Gebilde zurück. »Was issn des«, staunte Sieger. Lisa schnalzte empört mit der Zunge. »Also bitte, das sieht man doch. Das ist ein Kleintier-Nager-Weihnachtsbaum«, erklärte sie.

»Wie, bitte was?«, fragte Heiko.

»Ein Kleintiernagerweihnachtsbaum«, wiederholte Lisa. Heiko schüttelte fassungslos den Kopf, während Lisa den Käfig öffnete und Alfred das Gebilde, das wohl aus irgendwelchem Knabberzeugs mit Tannennadeln obendrauf bestand, vor die schwarze Schnauze stellte. Nahezu sofort begann das Kaninchen mit unglaublich raspelnden Nagegeräuschen *seinen* Weihnachtsbaum zu bewundern. Da Garfield sich mittlerweile ins Schlafzimmer verzogen hatte, ging Lisa kurz in die Küche, um ihm eine Dose ›Thunfisch mit feinem Basmati-Reis an Basilikumpesto‹ zu kredenzen. Sieger beugte sich zu Heiko hin und wisperte: »Mecht dia immer sou a Theater?« Heiko grinste und zuckte die Achseln. »Weiber halt.«

»Und von den Menschen kann sich ja jeder selbst sein Geschenk nehmen«, verkündete die mittlerweile zurückgekehrte Lisa.

Wenige Minuten später war das Wohnzimmer von allgemeinem Rascheln erfüllt, Lisa hatte von ihren Eltern – vielmehr ihrer Mutter – eine »ganz zauberhafte und sehr damenhafte« Perlenkette geschenkt bekommen, Lisas Mutter freute sich über die Zimt-Gewürznelken- und die Kardamom-Patschuli-Duftkerze und das Pfingstrosen-Mandarinen-Pfeffer-Parfum, das »total zart und edel« duftete, ihre Mutter freute sich auch mehr über die seidene Krawatte, die Roland geschenkt bekam, als er es selber tat. Heiko zog seinen Kaschmirpullover gleich an – die Unterhosen würde er später anprobieren. Doris freute sich unbändig über den Seidenschal, und Werner riss das Cellophan des Baumaschinenbildbandes sofort auf, um ihn interessiert und anerkennend murmelnd durchzublättern. Onkel Sieger erhielt von den Wüsts eine Flasche Wein, von Heiko einen Korb mit Hohenloher Spezialitäten (Büchsenwurst und eine Flasche guten Heuholzer Wein) aus dem Regionalmarkt und von den Lufts eine Flasche Wein. Sieger hatte für die Lufts gar nichts und für seinen Bruder und dessen Frau eine Flasche Wein.

Nur Heiko hatte seiner Lisa noch nichts geschenkt, und wie immer brach der alten Hexe der Schweiß aus, da sie befürchtete, dass es sich um einen Verlobungsring handeln könnte.

Heiko zögerte die Geschenkübergabe extra noch eine Weile hinaus, den Moment genießend. Dann endlich, als es gar nicht mehr anders ging, zog er sein professionell im Laden verpacktes Päckchen heraus und gab es seiner Lisa. Es war deutlich zu erkennen, dass es sich nicht um eine Ringschachtel handelte, und neben ihm atmete die alte Luft hörbar auf.

»Oh«, machte Lisa und hauchte: »Danke!« Sie öffnete – von allen beobachtet – das Päckchen und freute sich über das wunderschöne Collier.

»Hast du das allein ausgesucht, Bua?«, wunderte sich Doris.

»Klar«, gab Heiko an und verschwieg dabei, dass er doch sehr professionelle Hilfe gehabt hatte.

»Schää«, fand Doris.

»Wie bitte?«, fragte Maria.

»Schön.«

»Ach so. Ja, sehr schön.«

»Gell.«

Heiko legte Lisa das Collier um – er wusste, dass sie das eigentlich selbst gekonnt hätte, dass das aber zum Schenken irgendwie dazugehörte, und Lisa ging, um sich im Spiegel zu betrachten. »Zeich«, fand Sieger, wurde aber sofort von Doris getadelt. »Also, Sieger. Das ist ein ganz tolles Aquamarinblau. Das passt ganz wunderbar zu Lisas Augen.« Heiko wunderte sich keine Sekunde, dass seine Mutter sofort die richtige Bezeichnung für das Blau gewusst hatte und nicht etwa nur »Blau« gesagt hatte.

Sie ließen den Abend bei ein, zwei guten Tassen Glühwein ausklingen, und endlich, so gegen elf, lagen Lisa und Heiko, einigermaßen entkräftet wegen der Familiendröhnung, aneinandergekuschelt im Bett. »War jetzt doch noch ganz nett«, meinte Lisa, und Heiko fand, dass auch hier die passende Antwort ein »Hm« war. Gott sei Dank waren Sieger und seine Eltern und der Roland auch dagewesen. Dann ließ sich sogar die alte Hexe verschmerzen.

»Und noch mal danke für das schöne Geschenk«, sagte Lisa, drehte sich zu Heiko um und strich ihm die schwarzen Haarsträhnen aus der Stirn.

Heiko küsste sie. »Und der Pullover ist auch schön«, gab er zurück.

»Finde ich auch.«

»Hm.«

»Ja.«

»Aber eigentlich hab ich noch ein Geschenk für dich«, meinte Heiko. Lisa zog verwundert die Augenbrauen zusammen, wobei sich diese entzückende Steilfalte bildete. Heiko kramte im Nachttisch und förderte die kleinere Schachtel zutage. »Hier«, meinte er und übergab Lisa das Päckchen. Ihre Augen weiteten sich. »Was ist denn das …«, meinte sie und machte sich sofort ans Auspacken. Währenddessen klopfte ihr Herz wie wild, er würde doch nicht … tatsächlich. Es handelte sich um eine Ringschachtel. Mit rasendem Puls öffnete Lisa die Box und fand darin einen gelben Ring aus Keramik und Stahl, der mit Crailsheimer Motiven bemalt war. Sie sah einen Horaff, einen Eilooder, den Rathausturm, sogar den Wasserturm. »Der ist ja toll«, meinte sie und nahm ihn heraus.

»Ja«, sagte Heiko und nahm ihn ihr aus der Hand, um ihn dann mit einer unsicheren Bewegung über ihren linken Ringfinger zu streifen. »Das ist ... ein Freundschaftsring oder so«, meinte er. Lisa biss sich auf die Lippen, um nicht lachen zu müssen. So was konnte er echt nicht gut, war dabei aber umso niedlicher. »So, ein Freundschaftsring«, wiederholte sie also. »Na, dann nehme ich ihn gerne an, deinen Freundschaftsring.«

Stefanie Winter lag im Bett, es war ein langer, anstrengender Tag gewesen. Vor ein paar Tagen noch war ihr so gar nicht nach Weihnachten zumute gewesen, und sie hatte erwogen, es einfach ausfallen zu lassen, dieses Jahr gab es eben kein Weihnachten. Dann waren ihr die Kinder eingefallen und dass sie jede Ablenkung gebrauchen konnten, jede. Dominik fehlte, er fehlte am Esstisch, er fehlte als Vater, er fehlte im Bett. Stefanie drückte ihre Nase in sein T-Shirt, es roch noch nach ihm. Nicht mehr lang, und der Duft würde verblassen wie alles, was vergänglich war. Sie hatte den Kindern ein schönes Weihnachtsfest gemacht, sie hatte traumwandlerisch die Geschenke eingekauft und sogar Würstchen mit Kartoffelsalat aufgetischt. Sie hatten am Samstag Plätzchen gebacken, und die Kinder hatten gelacht und Spaß gehabt. Und ihren Papa vergessen für eine kleine Weile. Bei der Bescherung hatte Dominik auch gefehlt, und beim Essen, beim Glühweintrinken. Stefanie grub ihre Nase tiefer in das Shirt, schloss die Augen und wünschte sich, Dominik wäre da. Dass alles nur ein böser Traum gewesen wäre. Sie wusste, dass es nicht so war.

»Mama, was machst du da?«, fragte plötzlich eine Stimme von der Tür her. Sie erschrak, denn sie hatte nicht damit gerechnet, dass noch eines der Kinder wach war. Es war Philipp, ihr Ältester. Sie legte das T-Shirt beiseite und meinte dann: »Nichts, mein Schatz. Schlaf jetzt.« Der Junge rieb sich die Augen, und sie stand auf und trug ihn wie ein Kleinkind in sein Bett, was er sich gefallen ließ, so müde war er. Sie streichelte ihren Sohn, bis er eingeschlafen war, und kehrte dann zurück in ihr stilles, ihr totenstilles Schlafzimmer. Stefanie Winter verharrte einige Minuten, nahm die Stille in sich auf, die sich in ihr ausbreitete und sie ganz ausfüllte. Dann schüttelte sie den Kopf. Es war zwei Uhr nachts. Sie ging langsam zu ihrem Kissen, nahm das T-Shirt und warf es in die Wäschetruhe.

NACHWORT UND DANKSAGUNG

Liebe Leserinnen und Leser,

nun haben Lisa und Heiko schon ihren vierten Fall geschafft, und wieder muss ich mich bei einigen Leuten bedanken. Zunächst einmal bei meinem »Hauptinformanten«, was die Welt der »Dorftheaterstücke« angeht, nämlich Thomas Franz von der Theatergruppe Lendsiedel. Ihn durfte ich nicht nur zur Sache ausfragen, sondern er hat das Buch auch Probe gelesen. Einen besonderen Dank möchte ich an dieser Stelle auch der Theatertruppe Altenmünster aussprechen, die mir eine »Tatortbesichtigung« gewährt hat. Ferner war Herr Romig von den Crailsheim Merlins ein hilfreicher Ratgeber. Auch Herr Rainer Zörlein, meine Mutter Sonja Streng, Silke Neusser und natürlich der »echte« Heiko, der mich mit seiner ureigensten Hohenloher Art immer wieder neu inspiriert (und der leider immer noch raucht, aber sonst wirklich »a reechder Mou« ist!), waren kompetente Probeleser. Zum »Schlotfegerhandwerk« durfte ich den Bezirksschornsteinfeger Uwe Hermenau und die Schornsteinfegerin Frau Yvonne Böres mit Fragen löchern. Vielen Dank an Claudia Senghaas und ihr versiertes Lektoratsteam, ebenso an den Rest des Gmeiner-Verlags, ihr seid spitze! Wie schon bei den letzten drei

Büchern ist das Cover wunderschön geworden, dafür vielen Dank an den Grafiker Lutz Eberle.

Seit fast drei Jahren wohne ich nun wieder in unserer schönen FRH (Freien Republik Hohenlohe), und ich könnte nirgendwo anders glücklich sein. Deshalb möchte ich mich auch ganz speziell bei den Hohenloherinnen und Hohenlohern bedanken, die unseren Landstrich durch ihre unvergleichliche Art zu dem machen, was er ist – dem besten der Welt. Vielen Dank auch an alle Chöre und Theatertruppen, die die bitterkalte Zeit um die Jahreswende mit ihren Auftritten versüßen. Danke an Sie, die Leser, dass Sie das Buch gekauft und gelesen haben – ich hoffe, ich konnte Sie gut unterhalten. Sollten Sie nicht das Glück haben, in Hohenlohe zu wohnen, dann kommen Sie doch gerne einmal zu Besuch vorbei – es lohnt sich!

Ihre Wildis Streng

*Weitere Titel finden Sie auf den
folgenden Seiten und im Internet:*

WWW.GMEINER-SPANNUNG.DE

Kommissare Wüst und Luft ermitteln:

1. Fall: Ohrenzeugen
ISBN 978-3-8392-1191-5

2. Fall: Trauerweiden
ISBN 978-3-8392-1389-6

3. Fall: Fischerkönig
ISBN 978-3-8392-1542-5

4. Fall: Dorftheater
ISBN 978-3-8392-1758-0

5. Fall: Todesgleis
ISBN 978-3-8392-1956-0

6. Fall: Muswiese
ISBN 978-3-8392-2158-7

7. Fall: Hammeltanz
ISBN 978-3-8392-2315-4

8. Fall: Die letzte Kurve
ISBN 978-3-8392-2704-6

9. Fall: Bürgerwache
ISBN 978-3-8392-0006-3

10. Fall: Sichelhenket
ISBN 978-3-8392-0303-3

GMEINER SPANNUNG

WWW.GMEINER-VERLAG.DE
Wir machen's spannend

DIE NEUEN Lieblingsplätze

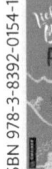
ISBN 978-3-8392-0154-1
AM INN

ISBN 978-3-8392-2730-5
AUGSBURG UND BAYERISCH-SCHWABEN

ISBN 978-3-8392-0155-8
FÜNFSEENLAND

ISBN 978-3-8392-0158-9
HARZ

ISBN 978-3-8392-0160-2
NORDSEEKÜSTE NIEDERSACHSEN mit Hund

ISBN 978-3-8392-0159-6
LÜNEBURGER HEIDE

ISBN 978-3-8392-0161-9
NIEDERRHEIN

ISBN 978-3-8392-0163-3
OSTSEE MECKLENBURG-VORPOMMERN

ISBN 978-3-8392-0164-0
OSTSEE SCHLESWIG-HOLSTEIN

ISBN 978-3-8392-2626-1
SACHSEN

ISBN 978-3-8392-0156-5
BODENSEE für Senioren

ISBN 978-3-8392-0157-2
NORDSEE SCHLESWIG-HOLSTEIN für Senioren

ISBN 978-3-8392-0166-4
SÜDLICHE WEINSTRASSE UND PFÄLZERWALD

ISBN 978-3-8392-0166-4
SÜDTIROL

ISBN 978-3-8392-2838-8
USEDOM

ISBN 978-3-8392-0168-8
WIESBADEN RHEIN-TAUNUS RHEINGAU

GMEINER | KULTUR

WWW.GMEINER-VERLAG.DE
Mensch, Kultur, Region